桃花畫扇起長歌

上卷

側側輕寒 著

目　　　　　　　錄

第一章

花落花開年復年

一場大雨讓陌生的他們在小廟邂逅，替彼此推算未來的緣分。

暮春初夏，正是春天即將過去、盛夏還未到來的時候，所有的花都不顧一切開到最絢爛，彷彿要用自己所有力氣，來拚將這一場繁華。

盛顏就出生在此時，四月初六。

她出生的那一天，守在母親門外的父親剛剛聽見她的啼叫，還沒有來得及看一眼，宮裡的人就趕過來了。

「盛大人，聖上喜獲龍子，召你進宮面聖。」

或許就是所謂的緣分，她與後來的尚訓帝出生在同一天。她的父親盛彝當時供職於天章閣，詩文名滿天下，想必是要他入宮題寫賀詩。他只來得及聽下人說了一句是千金，馬上就離開了。

崇德帝對於那位剛剛生下皇兒的妃子是極其寵愛的，所以雖是第二個孩子了，卻像初為人父一樣喜不自禁。而盛彝無奈地坐著寫詩，難免露出幾分焦急，崇德帝便問：「愛卿心中莫非另有牽掛？」

盛彝忙跪下請罪：「微臣惶恐，微臣記掛自己的妻子，她也是今日生產，臣出門前她剛剛誕下女兒，所以不覺記掛……」

崇德帝剛剛也守在殿外等過孩子，聞言便立即催促道：「怎麼不早說？這是朕的疏忽了，你趕緊回家去看女兒，朕等一下賜賀儀過去。」

「臣不敢。」盛彝馬上要告辭了回去，崇德帝又問：「可有小名了？」

「還未來得及。」他說道。

崇德帝看他一副歸心似箭的樣子，不覺笑出來，說：「這一對小兒女，出生在同一天也算有緣，朕賜她個名字吧。」

「多謝聖上。」他趕緊謝恩。

崇德帝伸手在紙上寫了一個顏字給他。

或者在帝王的眼中，女人其他的東西都不必擁有，只要有一副美麗容顏就可以了。

儘管有皇帝這樣的恩典，但在盛顏九歲那年，她的父親就因為朝政黨派上的牽連，被貶至偏遠地方做了一個司倉。

司倉不過是個看管倉庫的官吏，俸祿微薄，根本沒有其他途徑可以撈到油水。盛彝無能而懦弱，帳房中的事實在是一點也不懂，上面來的人要撥走錢糧，他常常迷迷糊糊就交出去了，絲毫不懂交接手續，出了什麼紕漏，到最後都只能是自己墊上，錢糧數目往往驚人。

未過多久，他家因為賠付錢糧，已經家徒四壁。盛顏早慧懂事，家中每每斷炊，她餓得無力說話，也只默默揪著母親的衣袖，用那雙因為瘦弱而顯得格外大而深的眼睛望著她，一聲不吭中暗暗流露一點哀求。然而母親一介女子，面對著空蕩蕩的屋內，也只是撫著她的肩，轉而哀嘆痛哭。

到了她十一歲那年的冬天，京城的崇德帝因病去世，皇長子尚在蒙狄做人質，沒有趕回來。與盛顏同年同月同日出生的那個孩子，在群臣的扶助下登基為帝。

據說年幼的尚訓帝被他的叔叔扶著登基時，因為父親的去世，哭得幾乎背過氣去。這是個在深宮中長大，養於婦人之手的懦弱孩子，對於政事一竅不通，所以在群臣的推舉下，他的皇叔成為攝政王。

盛彝被貶之前，在朝中時間並不久，所以即使換了天子，也沒有人記起他，更沒有召他回京。在長久的等待中，他意志消沉，染上重病。

請來的大夫看到他家的貧寒境況，看病就不太經心，用藥也是馬馬虎虎。盛彝去世的時候，窗外正下大雪，可他的臉卻從來沒有這麼安詳過。他知道自己再也不必擔心明天和以後了。

在那個白茫茫的天地間，只留下她們母女，坐在他冰冷的身體前。天下這麼大，所有人都在開心地過新年，她們至親的死，如同雪花飄落一般悄無聲息。

母親握著她的手，說：「阿顏，我們好好活下去。」

盛顏永遠都記得，當時外面的風聲，呼嘯如同整個天地都在痛哭。

母親傾盡所有，扶著丈夫的棺木，帶著年幼的女兒，一路跋涉回京城。在丈夫下葬之後，家產被族人瓜分，僅給她們剩了一間近郊空置的一間小屋，勉強棲身。

在這間昏暗的屋子裡，母親整日整夜刺繡養家，眼睛很快就壞了下去。而盛顏也早早學會了所有家務事，即使水蔥般的十指變得骨骼粗大，她與母親也絲毫顧不上了。

當時盛顏已經知道自己做一切事的目標，無論人生如何艱難，她和母親，都要好好活下去。

十數年的人生，由盛到衰，江南江北，人事全非，唯有她每年的生辰，永遠是繁花似錦，天地生輝——即使，她生活在低小茅簷之下，山野荒郊之中，也依然改變不了，她錦繡繁華的生辰。

一年一年，盡是如此，直到她十七歲那年。

那年春天桃花開得特別好，猶如妖異一般。整個京城只見花開如霧如雪，即使是最晴朗的天氣裡，天底下也是一層煙濛濛的粉紅顏色，幾近邪魅。

別人都說，今年的桃花開瘋了。

盛顏清晨起來，母親還在睡夢中。昨夜她們趕一件繡活，直到凌晨才睡下。她刷牙洗臉完，灑掃了屋內，將桌上的繡活拿起來，輕手輕腳地帶上門，送到城裡繡莊去。

天空一片陰霾沉沉，滿城的桃花卻如雲霞一般，花團錦簇，大片大片盛開在這樣陰暗的天空下，凋謝也無人憐惜。無數粉紅的桃花瓣落在青石板上，任人踐踏成泥。

耳邊輕輕地有東西擦過，她轉頭一看，原來是一朵桃花，隨風掉落在她的肩上。她憐惜地伸手拈起，隨意地插在自己的鬢邊。

去繡莊交了東西回來，她一路慢慢走著回家，忽然感覺到鼻尖上微微一涼。她抬頭看天空，大雨已經撲簌簌地下起來了，打得身旁的樹葉草尖啪啪直響。

她將自己的頭遮住，想到附近有一間小小的花神廟，忙跑到那邊去。

花神廟很小，只有三間，陳舊的梁柱已經發黑。盛顏跑到屋簷下，拍拍自己的衣服。只這麼一會兒的工夫，雨已傾盆。河對岸大片的桃花開滿了山原，一眼看去如同遍地灑了霞光。

抬頭才發現旁邊已經有個男子在避雨，她看見那個人的剎那，那人也正回過頭來，兩個人的眼睛，剎那對上。

只有整個天地的雨，下得遠遠近近。

只是當時，沒有任何人能想到，這麼平常的一場雨，改變了兩個人的一生，也改變了整個天下。

直到很久以後，他們還可以清楚地回憶起今天的一切。盛顏十七歲時清澈而羞怯的神情，在這春天的柔風細雨裡靜靜綻放。

而他是極俊朗的男子，眉眼深刻，輪廓優美分明得如同精緻雕塑，有一種英俊逼人的氣勢。

他們一左一右，隔著三尺遠的距離，各自默看雨絲繚亂地橫斜。

廟簷旁有一株芭蕉樹，寬厚的葉子被雨打得劈啪作響。盛顏尷尬地站在那裡，默然伸手去接葉子上漏下來的水滴。水打在她的掌心，散成千萬細碎的珠子。

那人長久地打量她的側面，他似乎並不顧忌這樣看人。而她明明知道這人無禮，卻只是心跳飛快，並不感到惱怒。

只是奇怪，他這一身尊貴，氣度不凡，卻為什麼在這樣的時候，一個人在這郊外出現？

只聽到他突然說：「這場大雨來得真是突然，姑娘怎麼也忘記了帶傘？」

她輕輕「嗯」了一聲，慢慢說：「天有不測風雨，一時料不到。」

「本來聽說這裡卜卦靈驗，想來問一下，不料道人已經雲遊，真是白白來了一趟。」他說道。

盛顏便轉頭看他，隨口說道：「廟中當然不是道人靈驗，而應該是供奉的仙人靈驗，道人不過是解籤而已。」

他看這雨下得無休無止，便說：「這麼說，這裡有留下的籤紙，我自己也可以一試？」

她也只不過是十七歲的少女，自然是有好玩的心理，便和他一起取了籤筒過來，站在花神面前，搖了一會兒，跳出一支籤來，第一百一十籤。

她翻著旁邊的籤文，問：「公子是問什麼？」

他略一沉吟，說：「我此生一切都已順理成章，一時居然不知該問什麼……不如就問姻緣吧。」

她臉上微微一紅，心想，原來他還沒有妻室。

第一百一十籤，籤文簿上說：「斷送一生憔悴，只消數個黃昏。」

她看了這籤文，心裡暗暗一驚，想，這人說自己一生都已安穩，卻原來姻緣如此可憐。

他在旁問：「籤文怎麼說？」

她便輕輕掩了籤文本，說：「願為雙鴻鵠，振翅起高飛。上籤。問姻緣，主夫妻白首，吉。」

他隨意笑笑，覺得這本是順理成章的事，不以為意。

盛顏自己抽身去虔誠禱告，搖出籤來，看了是第十六。捧了去問他。

他翻到十六籤，盛顏怕他也像自己一樣騙人，便稍稍湊近他去看。他指著籤文說：「這支籤說的是『杏花疏影裡，吹笛到天明』，若是求姻緣，主夫妻恩愛，吉。」

她心裡稍微安定了一點，抬頭向他一笑，才發覺自己與他靠得如此之近，忙往後退了一步。

但照著籤文仔細一想，這支〈臨江仙〉雖說是吉，可這詞的後一闋，似乎是「二十餘年如一夢，此身雖在堪驚」，隱隱就覺得心裡有點驚悸。

但吉也罷，凶也罷，人生就是這樣了。

一場大雨讓兩個陌生人邂逅在一座小廟中，他們替彼此推算未來的緣分，卻一點也不知道，將來會如何來臨。

雨越下越大，遠處的山都開始不甚清楚。

外面忽然有馬嘶的聲音，有數人在廟門口下了馬，急匆匆地進來避雨，在簷下，與他們打了個照面。

領頭的那個男人身材高大偉岸，看見他們之後，微微皺眉，便站住了，對盛顏身邊的那個男人冷笑道：「真是幸會……沒想到在天下覆雨翻雲的人，也會被這一場雨孤身困在這邊——哦，不是孤身一人，還有個姑娘呢。」

而那人站在盛顏的身邊，神情如常，甚至也沒有澄清兩人的關係，只說：「雲寰，明日你和你爹就要離開京城，你本就該好好在家待著，何苦非要把自己弄得這麼狼狽。」

項雲寰低頭看看自己身上微溼的衣服，微微惱怒：「一切盡拜你所賜。」

「不敢當，都是各人選擇。」他淡淡地說，轉頭看向盛顏，說：「姑娘，看來妳不能在這裡避雨了，我看妳還是及早冒雨回去比較好。」

盛顏知道這些人必定是自己惹不起的，心驚膽顫地點點頭，轉身就向門口走去，卻不料項雲寰伸手攔住了她，抬頭對那人笑道：「反正大雨無事，一時又走不了，不如讓這位姑娘陪我們玩個遊戲如何？」

盛顏臉色煞白，料定自己難以逃脫，只好倉皇地轉頭向那人，哀求地看著他。

雖然他們素不相識，可如今這樣的情況，竟好像他是她唯一可以依靠求援的人了。

他微微皺眉，說：「這本是朝廷的事，何必把毫無關聯的姑娘牽扯進來。」

說著，他走到門口，示意盛顏離開。

盛顏趕緊捂住自己狂跳的心口，向著外面的大雨衝了出去。

項雲寰冷笑著看她跑出幾十步，忽然叫：「喂，想活命就停下！」

盛顏站在雨中，倉促之間回頭看了一眼，頓時嚇得站在原地，一動也不敢動。

那個名叫項雲寰的人，拉弓滿弦，搭箭指著她，一邊轉頭向那男人笑道：「我還未曾有幸見過王爺的身手，聽說王爺在塞外被喻為百步穿楊，不如今日風雅一下……你我以她鬢邊的那朵桃花為注怎麼樣？」

天色昏暗，盛顏站在大雨中，離他們三十來步。大雨傾盆，在她耳邊嘩嘩作響，她根本聽不見他們在說什麼，但是只看項雲寰的動作，也已經知道了危險。

雖然恐懼讓她的身子微微顫抖，但看著那支正對著自己的箭頭，她知道自己一動便隨時可能丟掉性命，只能竭力勉強自己鎮定下來，驚懼而倔強地咬著下唇盯著他們，一動不動。

大雨淋溼的頭髮烏黑如墨，那朵桃花在她的髮間，顯得尤為鮮明。

那人看了她一眼，那目光在她身上定了一瞬，恍然間似乎有些異樣的光波動著，但臉上卻依舊是不動聲色的漠然，只說：「有什麼好玩的。即使你贏了，也逃脫不了前往占城的命運。」

「我只是仰慕王爺的身手已久，眼下就要離開京城了，想見識一下而已。」項雲寰笑道。

他一言不發，抬手接過項雲寰手下的人遞給他的弓箭，搭箭在弦，對準她，緩緩拉開了弓。

這兩個人，看著她髮上的桃花，隔著滿天春雨，竟然是眼都不眨。

在這樣的雨中，光線昏暗，視線模糊，稍有閃失，她便會喪身箭下。

她站在那裡，一動也不敢動，被雨淋得全身溼透，卻竭力維持自己站直。她深吸一口氣緊貼在後方樹幹上，免得因為自己的動彈而讓他們準頭失卻，平白誤殺了自己。

唯有她泛白的雙唇，微微顫抖，如同衰敗桃花。

那人的目光，從她淡白的唇緩緩上移，目光落在她鬢邊的桃花上，手指在弓弦上微微用勁之時，那目光卻又轉到了她的眼睛上。

盛顏睜大惶惑的眼，顫動的睫毛之下，一雙睜得大大的眼睛波動不已，即使她再怎麼壓抑，都無法控制自己即將面臨死亡的恐懼。

他那平靜無波的臉上，終於唇角微微扯起一個弧度，盛顏甚至可以看見他那一瞬不瞬盯著自己的雙眼之中，流露出愉快的神情。

——並沒有一個人，將她的生死放在心上。

只聽到輕微的「咻」一聲，他們幾乎是同時放開手。

盛顏不敢看箭的來勢，只能緊緊地閉上自己的眼睛。

但，沒有預料中的一擊，箭從她的耳邊擦過，落在後方。

她急切地回頭一看，原來是一支箭在空中被另一支箭射中箭桿，偏離了她的身體，全都射了個空。

項雲寰惱怒地轉頭看那人。盛顏在心裡想，定是那人的箭後發先至，從後趕上項雲寰的箭，救了她一命。

真沒想到，他對自己的箭法如此自信，讓她的生死，只能由他來決定。

沒等她心裡對那人湧起感激，卻只見他又抬手，一箭向她再度射來。只聽極其細微的「嚓」一聲響，盛顏烏黑溼漉的頭髮，忽然之間全都散落下來，如同一片烏雲，在大雨中驟然籠罩在她身上，凌亂而狼狽不堪。

那支箭，從她的髮間穿過，帶著那朵桃花，釘在了後面的柏樹上。

盛顏茫然地披著頭髮站在那裡，只感覺到一綹被射斷的髮絲，順著她的臉頰緩緩滑下，悄無聲息地落在地上，在雨中陷入汙泥。

他看著她披著凌亂的長髮站在雨中，全身溼透，狼狽不堪的樣子，卻忽然彎起嘴角，對她笑了一笑。

他五官深刻，看起來有種懾人的魄力，可驟然間笑起來，卻讓人覺得溫柔和煦，還帶著一點點孩子氣的意味。

明明是陌生人，可他那隔著細密雨絲的笑容，卻像是久別重逢。

他抬手將弓箭遞還給項雲寰的手下，修長乾淨的手指白皙如玉，沒有沾染半點不潔的東西。

盛顏這才回過神來，她伸手去撫摸自己的鬢邊，臉色蒼白。

這些人，與她彷彿不是共處一個人間的。她卑微如草芥，就算是被他們誤殺，也不會有人將她的生死放在心上。

看著那人冷淡的微笑，她心裡忽然升起一種冰涼的怒氣來，一轉身，快步逃離。

逃離了那兩個莫名其妙以她為賭注的男人，盛顏孤身一人，在下著大雨的城郊桃花林中，提著浸溼了之後沉重的裙子，在泥濘的路上艱難地行走。她披散的頭髮，正一滴滴往下淌著水，狼狽不堪。

家還遠遠未能到，周圍的大雨無邊無際，在雨中凋落的桃花瓣，黏在她的髮間，怎麼都撣不下去。她沮喪無比，恨不得坐在路邊等著大雨停止再回去。

後面忽然有輛馬車追上來，在傾盆大雨中來勢很急。她趕緊閃避到一邊去，免得被濺上泥漿。誰知那輛裝飾華美的馬車卻在她身邊停了下來，車簾子掀起，有人輕輕叫她：「喂，姑娘……」

盛顏提著滿是汙泥的裙角，抬頭看他。

正是剛剛在花神廟中遇到的那個男人，他在車上看著她，高貴閒適，一身從容，慢悠悠地說：「姑娘，我家下人來接我了。如果妳不介意，在下可以帶妳一程。」

盛顏用力搖頭，她頭髮上的水珠隨著動作，撲簌簌地一直往下灑落。「不必了。」

「妳一個年輕姑娘一個人在這樣的地方實在不妥。」他看看周圍空無一人，微微皺眉，說：「還是上來吧，要是再遇上項雲寰那種人，妳自己想想會是什麼後果。」

盛顏心有餘悸地轉頭看了一眼，可一個女子，終究不能與男子同車，她是知道的。所以她堅決搖頭，不肯上車，只加快了腳步，踩著一地的泥濘低頭往前疾步行走，不肯停下。

被她的腳步濺起的泥點，打在她狼藉的裙裾與鞋子上，斑斑點點，汙了洗得顏色淡淡的緗色舊裙。

他端詳著她匆匆的姿態，又冷笑地看著她，說：「就算妳不上來，我若存心想欺負妳，妳逃得了嗎？」

他。

她聞言，終於停下腳步，警覺地退離到道旁草叢中，既驚且怒地抬頭看著他。

他卻微揚脣角，隔著車窗凝視著她，語帶愉悅地問：「現在倒是知道怕了？」那促狹而略帶捉弄的聲音，令他話語的尾音略微上揚，低沉而柔和的嗓音中天生便帶著攫人的力度：「我還以為妳這輩子，都不知道怕字怎麼寫呢，盛顏。」

她的名字從他的脣中輕輕吐出，卻如五月天裡的一個霹靂，猛擊在她的耳邊。

她愕然睜大眼睛，不敢置信地盯著他。

「不記得我了嗎？」他微抬下巴，端詳著她驚懼的神情，淡淡地說：「妳七歲的時候，敢在宮裡帶著我翻牆去偷花，如今怎麼卻長成了這樣。」

灰黃褪色的記憶中，一點火星猛然迸出，盛顏難以自抑地低叫出來：「你……那是你？」

他脣角微揚，那始終如冰封的面容上，顯出一絲愉悅來：「對，就是我。」

盛顏惶惑無比，不自覺地收緊十指，緊抓住自己的裙子，臉頰不自覺地浮起暈紅，卻吶吶地什麼話都說不出來。

他那雙幽深的眸子定在她身上，看著雨絲打在她飛著紅暈的面容上，如經了宿雨的桃花，即使狼狽的髮絲半遮半掩地給她帶上些許狼狽，卻無法掩去那容光的灼眼動人。

他不自覺便放緩了聲音，低低地說：「我聽說妳的父親死在任上，還以為妳也流落在那邊，永遠不會再出現在我面前了。」

這聲音溫柔低緩，隔著細密潺潺的春雨，襯著無邊無際的鮮豔桃花，帶著恍如隔世的經年思量，比午夜夢迴的囈語還要動人。

如同受了蠱惑，胸口一點暗暗的熱氣讓盛顏一時神志不清，不知怎麼就真的怯怯地走了過來。

隨行的人立即殷勤給她陳設好梯凳，她踩著階梯走到車上。車上鋪設的厚軟毯子，頓時滿是她踩踏出來的汙泥。

她趕緊縮了縮腳，蜷縮著在車尾角落坐下，將溼重骯髒的裙角扯過來，蓋住那雙前頭已經磨出了小小破洞的鞋子，羞愧不已。

抬頭見他若有所思地端詳著自己，她忐忑不已，只能窘迫地說：「抱歉……弄髒了你的車。」

他靜靜地注視著她，那目光溫柔沉靜：「不礙事的。」

盛顏也不敢再說什麼，只默默抱著膝蓋，茫然地靠在車壁上。

雕鏤貼金的車壁，流雲遠山的裝飾，凹凸不平的觸感隔著她溼透的衣服硌著肌膚，並不太舒服，但比她一個人在雨中跋涉已經好上千倍萬倍。

馬車很大，不僅有椅有榻，還有小几，上面陳設著茶壺。能工巧匠設計得出色，雖然道路崎嶇，車身起伏，但那茶壺和茶杯卻半點未曾移動。

他提起茶壺斟了一杯茶，抬手遞給她：「喝杯茶暖暖身子。」

盛顏離他足有三、四尺距離，他又斷然不可能送過來，於是她只能往裡挪了一點，伸長手臂小心地接過他的茶。

茶水青碧，薄瓷剔透，香氣嫋嫋襲人。她捧在手中又不敢碰脣，只用它暖著掌心，不安地靠著車壁坐著。

而他支起下巴，打量著她的側面，緩緩說：「妳小時候天不怕地不怕，真沒想到現在變成這樣了。」

她垂著眼，纖長眼睫蓋住眼中水氣，聲音極輕極緩：「十年了，人事俱非，哪還有什麼東西能留下。」

他微微笑了笑，將目光從她的身上轉開，凝視著車簾外似乎無休無止的細雨，脣角那一縷笑意，也不知道是為什麼。

而盛顏掌中那杯子的一點溫熱，也彷彿在她的掌心中豔豔燃燒起來。彷彿十年前那一夜，她拉著他的手，在黑暗的宮中翻牆時，緊握住的，那隻灼熱的手掌。

她的目光不由自主地落在他的手上。

當年那枯瘦無力的手掌，如今已經是一雙極有力度的大手，十指修長，骨節微現，帶著常年掌握武器的薄繭。

當年那個和自己差不多高，在暗夜中壓抑哭泣的小男孩，如今已長成了這樣高大的身軀，帶著令人無法抵禦的強悍氣息。

她收回目光，深埋下頭，只覺得心跳得厲害，只能乾巴巴找點話題問他：「剛剛那個人……莫名其妙的，是為什麼？」

他隨口說：「不必在意。他在朝中失勢，和他爹一起被外派平定占城，如今找不到遷怒的人，看妳我在一起，所以想欺負妳發洩一下。」

盛顏低聲說：「我聽鄰人說，是項原非將軍明日要出征占城。」

「項雲寰就是項原非的兒子。」他說。

這麼看來，這些人都是在朝廷上舉足輕重的人，和她是永遠隔了幾重天地的吧。

盛顏這樣想著，也不說話，只是捧著茶，轉頭看敞開的車門外面。桃花一樹一樹在倒退，似乎這條路比往常要漫長很多。

兩個人靜默地在車內，各自看著外面的景色。車子微微顛簸起伏，沿著河道，一直往前走去。

眼看著自己家越來越近，盛顏也漸漸放下心來。她謹慎地起身，將茶盞放回到小几上固定茶盞的地方，又退回門口。

卻聽他忽然開口問：「盛家難道族人都沒了，留得妳如今住在這種荒郊野外？」

她低聲說：「我爹在任上去世後，只剩我娘帶著我回來。我是女子，母親娘家又無人幫忙，所以族人奪去了我們家產，只剩郊外這間沒人要的荒僻院落，我們母女勉強落腳。」

「這也未免欺人太甚。」他微微皺眉，眉宇間就有一絲冷厲之氣，但那目光一瞬不瞬地看著她，又似乎帶著嘆息。「沒想到如今妳的人生會成這樣。」

盛顏的心突地一跳，抬頭看見他灼灼的目光，剎那間覺得恍惚起來。

是，她的人生，本不該這樣的。

因為和太子同一天出生，所以宮中有不少人記住了她。雖然盛彝只是個清貴的文官，但逢年過節，有時大家也偶爾會提起他這個女兒。在先皇太后去世之時，需童男女一對候夜，當時男童選取的是京兆尹的孫兒，而女童就擇定了盛顏。

那是盛顏第一次也是唯一一次進宮。穿過層層疊疊的樓閣殿宇，她睜大眼睛看著華美壯麗的宮闈，眼中滿是天真雀躍。而她爹凝重的外表下，帶著憂慮與驕傲，牽著自己女兒的手交到後局女官的手中，蹲下來叮囑她說：「要乖乖地執紼守靈，坐著不能亂動，知道嗎？」

盛顏懵懂地眨眼看著爹，點了點頭。

她與男童一起坐在靈堂左右，身披白色麻衣。

對面的男孩坐不住，站起幾次之後被公公訓斥了幾句，終於抽抽噎噎地哭起來，不過在滿堂的哭聲中也不太顯目。反而是一直安靜跪坐的盛顏，過來祭拜的人都多看一眼，她小小的臉蛋粉嫩雪白，是這個枯槁靈堂中唯一清致的東西。

後宮所有人都先後前來，皇帝、皇后、各宮妃子，還有一對身高差不多的孩子。盛顏隔著嫋嫋的爐灰看了看本朝的兩位皇子，可惜實在有點看不清。聽說他們年紀相差三歲，但看起來身高卻差不多，長得好像也有點像，又都披著素麻衣，影影綽綽中也不知到底哪個年紀大些。

盛顏不是好奇心旺盛的孩子，所以只是睜大眼睛隨便看了看，就專心地揮動手中靈紼去了。手瘦瘦的，她有點難過地想，肚子也好餓。

等入了夜，更加難熬起來。初春的夜寒涼如水，微微滲進所有守靈人的身體，刺骨冰冷。跪在靈柩前的妃子，此時已經都哭不動了，被人拉了下去。那個京兆尹家的男孩睏得趴在椅子上睡覺也沒人理會，就連跪在一起的宦官宮女們，起先還哭一、兩聲，後來哭累了，眼淚就乾了，流不出來了，個個都神情呆滯。

盛顏餓了一個下午，也沒人顧得上理會她，到午夜時她實在忍不住了，悄悄縮啊縮，把自己的身體縮到了靈幡之後。等觀察確實沒有人注意自己，才小心地跑到後面，抬手去取備在那裡的小點心。

等她吃了兩口，才發現有人正盯著她看。

她抬頭仔細打量，原來是一個瘦小枯乾的男孩，臉色蠟黃，只有一雙眼睛大得出奇，目光在她手中的點心上一動不動，露出一種見到仇人似的凶光。

盛顏現在正餓得不行，當然理解他的心情，覺得他應該也是守靈餓了，所以揚手悄悄招呼他：「喂，喂……」

他看了看周圍，確定她是在叫自己之後，才慢慢地挪了過去。走到她面前了，還死死盯著那個點心，卻是不聲不響。

盛顏抬手又拿了一個點心，遞到他面前。「裡面是豆沙，很好吃。」

他張了張嘴，目光從點心上移到她的臉上，看著她沒有動彈。

「吃吧吃吧，我看他們都在吃哦。」盛顏說著，見他身量比自己還矮一點，不由得有了大姊姊的自覺，把點心直接塞到他的脣邊。「甜甜的，軟軟的！」

他不聲不響地盯著她許久，終於張開沒什麼血色的雙脣，一口就把她手中的點心咬住了。

盛顏「哎呀」低叫了一聲，趕緊把手抽回來一看，生生被咬出兩個齒痕。

她癟癟嘴，不滿地小聲嘟囔：「小狗啊……」那個男孩已經兩口吃掉了小點心，怯怯地朝著盤子又伸過手去，可手到中途，卻又停下了。

盛顏雖然有點生氣，但她小孩子天性，不由得笑起來，拉著他坐下，給他倒了一杯茶，又遞過去一個點心。

茶水尚溫熱的，男孩一口就喝了下去，狼吞虎嚥又塞下這個點心。

盛顏笑得眼彎彎的，她吃著手中另一個點心不錯，就又給他拿了一個塞在手中，問：「你也是給太后守靈的嗎？我從下午到現在都沒吃，餓死了，你呢？」

他看了看她，正想說話，誰知嘴巴裡東西沒嚼爛，差點被噎住。盛顏趕緊又給他倒杯茶，讓他灌下去。

緩了一口氣之後，他才含糊地說：「昨晚開始……宮裡都很忙，沒有人管我了……」

盛顏沒想到太后出靈時宮裡會忙成這樣，不過想想自己守在靈堂都沒得吃，何況這個靈堂外的小孩子了。

哎……好可憐哦，在這麼大的宮裡，他們都被人遺忘了。

小小的盛顏同情地摸摸他的頭，感覺自己真的像他的姊姊一樣。就給他又遞了兩個點心，陪他默默吃了起來。

等兩個人都吃得肚子鼓鼓、差點撐到了，盛顏挪到帳幔邊一看，外面還是一個人都沒有，她鬆了一口氣，揉揉跪得疼痛的膝蓋，低低地說：「要不，我們去牆角坐一會兒吧。」

「我帶妳去個地方，肯定沒有人。」他說著，拉起她的手，帶著她往外走。

盛顏以為是外面守靈的孩子待的地方，跟著他一起走出去時，還說：「那可別跑太遠了哦，不然被看見了，我爹要說我不乖的。」

他沒吭聲，也不知為什麼對宮裡那麼熟，拉著她從一個小偏門出了守靈的地方。

七拐八彎之後，明明不太遠的一個寂靜宮室，卻連一點人聲都聽不到了。雖然確實沒有人會注意到他們了，可盛顏不由得有點害怕起來。

春月銀白色的光遍照在他們周身，冷冷清清的，寂靜無聲。盛顏跟著他在宮門口的臺階上坐了一會兒，就趕緊站起來，說：「我還是回去了，這裡好冷。」

他卻一把拉住了她的手，坐在臺階上抬頭看她，輕輕地說：「不怕的，我娘以前住在這裡，她會保佑我們。」

盛顏不太明白地眨眨眼睛，趴著花窗往裡面看了看，裡面是平凡的宮室，荒寂已久，去年的枯草無人打理，今年的新芽未曾長大，一片淒涼。牆角一株桃花，寥寥數朵伶仃的花，更增添了幾絲寒涼。

她想了半天才問：「你娘是宮裡的呀，那你是皇子了。」

「我不是，從來沒有人理我。」他低低地說：「我娘死後，沒有一個人看過我一眼，好像……好像沒有人能看得見我。」

他聲音低啞，低垂的長長睫毛在春庭月下陡然顫動，就像是拂在盛顏的心上一樣。

盛顏覺得自己也跟著他傷心起來，她慢慢地伸手過去，牽住了他的手，低聲說：「誰說的，我都看見你了。」

他眼中蒙著一層薄薄水氣，轉頭看著她。在此時的月光下，她漂亮可愛的面容上鍍著一層淡淡的光彩，讓這樣的春夜寒風都消失了。

胸口有微溫的血流經過，散向全身四肢百骸。被她牽住的手，感覺到那種如同母親牽著他手時的溫暖。

所以他緊緊地抓住她的手，在這個寂靜的深夜中，含著沒有落下來的眼淚，就像是溺水的人，抓住了自己賴以生存下去的一根樹枝，再也無法放手。

他拉著她的手來到花窗前，指著那株桃花說：「妳看到了嗎，那是我娘親手種的，大家都說桃核是種不出樹來的，可現在都開花了。」

盛顏點點頭，數了數說：「開了六朵呢。」

「後來，我娘死了，大家都說不吉利，要把院子封了。但現在太后去世了，這邊明天就要拆掉建佛堂，我以後再也看不到這個地方了。」他靠在花窗上，喃喃地說著，眼淚漫了出來。「我連我娘種的桃花都沒辦法摸一摸了……」

看著他的眼淚從眼眶中滑落下來，順著臉頰一顆顆滴落在下面的青磚上，就像是忽然之間被一些莫名的情緒打動，盛顏抬起手拉住他的手，說：「有辦法呀！」

他沒說話，像是還沒反應過來。

盛顏指著旁邊的高高松柏，又指指並不高的圍牆，對著他，很肯定地點頭。盛顏選定的這棵松樹長得高大，枝葉茂盛，雖然離院牆有點距離，但是可以藉助樹枝攀爬到圍牆上。而圍牆的裡面，有另一株楓樹探出枝頭來，看來要出來的時候也比較方便。

「就從這裡進去吧。」盛顏指指松樹，說。

他抬頭看著這棵高大筆直的松樹，臉上露出遲疑的神情——畢竟，一看就知道他從來沒有爬過樹。

被父母縱容著長了多年的盛顏見他這樣子，無奈地抱住樹幹，說：「那我進去吧，我摘一朵桃花給妳。」

男孩聽她這樣說，卻一咬牙，把自己的麻衣下襬撩起來往腰間一塞，默不作聲就抱住樹幹準備往上爬。

盛顏趕緊先爬了上去，她身手靈活，比男孩厲害多了，不幾下就爬到了第一個枝節分岔處，坐在上面伸手給他，說：「來。」

他抱著樹幹，仰頭看著她。

月光從松樹稀疏的枝葉間篩下來，在她的身上流動。她居高臨下看著他，風吹起她的頭髮與衣襟，因為逆光，所以他眼睛都有點發痛。

她可真厲害啊，比他不知道要強多少倍。

他仰望著她，慢慢伸手，緊緊地握住她的手掌。

在盛顏的幫助下，他艱難地爬上了松樹的枝頭，也有驚無險地站在了牆頭上。盛顏抱住楓樹的枝條，緩緩地壓下去，很快就落到了院子裡，他也學著她的樣子，想要慢慢壓下枝條，沒想到他控制不好，一下子就把樹枝壓了下去，整個人陡然落在院子裡，頓時一個趔趄向前摔去。

站在旁邊的盛顏眼疾手快，趕緊一把拉住他，沒想到他落地的勢道太猛，連帶著她也被重重地壓在了地上，頓時痛得她按著肩膀低聲地叫了出來。

「妳沒事吧？」他趕緊問。

盛顏做了個「噓」的手勢，然後扶著旁邊那棵瘦小的桃花一骨碌站了起來。

這裡並不像一個妃嬪的住所，低矮窄小的房間，倒像是宮女居處，落滿灰塵的門上，連把鎖都沒有。

把門拉開，一股常年鎖閉的朽爛氣息撲面而來。盛顏掩鼻轉過臉去，男孩卻似乎呆住了，就這麼一動不動地站在門口許久，神情恍惚如在夢中。

盛顏見他不動，就牽著他的手，帶著他慢慢走了進去。

門窗狹小，屋簷低矮，照不到月亮的房間在這樣的暗夜中，有一種說不出的陰森。他機械地進門，右轉，是一個很小的房間。一張床板都已經沒有的窄床，一張積滿灰塵的桌子放在小窗下，一個充當妝檯的小几貼著門對面的牆壁放著。

盛顏覺得有點毛骨悚然，有點後悔地說：「裡面什麼也看不見呀，要不我們還是出去吧。」

他卻一聲不吭，走到妝檯前，拉開了抽屜。

被風激起的灰塵瀰散在暗夜之中，抽屜之中散亂地放著些東西，都是連收拾的價值都沒有的破爛，所以被丟棄在這裡。

盛顏拿起一張薄薄的紙，看見上面灰黃的花，應該是繡花的紙樣。她正拿起來，薄脆的紙卻一下子就破掉了，讓她趕緊把手縮了回來。

確實沒有任何東西，她拉著他又走出來，說：「我們還是走吧，估計你娘的東西都被人拿走了呢。」

他茫然地點點頭，似乎沮喪至極，低著頭一聲不響地走到楓樹下，在她之前爬牆出去，又順著松樹爬了下來。

這一番折騰，天色已經漸亮，東方漸漸顯露出一種鮮豔的墨藍色，晨風清冷，吹起他們的衣角頭髮，整個世界正在最寂靜的時候，所有的一切都在沉睡。

男孩帶著她走了兩、三步，又停下了腳步，回過頭懊惱至極地說：「我好像……忘了摸一摸我娘種的桃花了。」

盛顏卻在黎明的微光之中笑出來。她得意地從懷中摸出一枝桃花，遞給他說：「你看，我剛剛給你折的。」

他不敢置信，等真的握住花枝，才抬頭看著她的笑容。

夜色與黎明交界，所有的一切，輪廓已經顯露出來，卻還沒有清晰的面容。她的笑容朦朦朧朧，卻真真切切。

他手中的桃花，和她面容上的顏色，一模一樣的可愛動人。

哪怕她只是一個纖細柔弱、不懂世事的七歲少女。

人生這樣奇怪。

當年比她還瘦小的男孩，如今長成了這樣挺拔尊貴的男人。

當年為他偷折花枝的女孩，如今窘困至此，無人憐惜。

只有桃花和她的顏色，依然那樣動人。

她很想問一問，當時那枝桃花，開了多久後凋謝。

她也在心裡想了想，宮中兩位生子後早逝的妃嬪，哪一個是他的母親。但她已經不是那個可以恣意妄為的小女孩。如今的她打聽這些是唐突且不符合身分的，所以她也沒有對他說出口，一路只能沉默不說話。

見她低垂著臉不說話，拘謹如此，他便轉頭看了看外面的桃花春雨，岔開了話題，說：「前面有分岔路，妳要告訴阿福怎麼走。」

盛顏恍惚抬頭看他，說：「就在路口停下好了，反正雨也慢慢小了。」

他聽她這樣說，又看她神情如此不安，也不堅持，拿了馬車上的一把傘給她，說：「這個給妳。」

鴉青色的羅傘，上面精細描繪著鳳閣龍樓，飄渺花樹。她猶豫一下，才接了過來，低聲向他道了謝，一個人下車離去。

在桃花林中，她撐傘向著南邊而去，大雨驟過，路旁青草低伏，桃花零落。她走了幾步，突然心中瞬間閃過一點微微的疼惜。

上天安排了這樣一場雨，讓她與他重逢。可她如今微不足道，他卻已經是高高在上。

這剎那相遇，大約就盡付與了波光山色罷。

她在前面走著，小心地握著雨傘，而那人就在後面的馬車上看著她，也沒有跟過來。

她一路走到轉彎口，回到自己的家門口，回頭已經看不見他，才趕緊把自己手中的雨傘藏到柴房去，然後推門進去，拍著自己溼漉漉的頭髮和衣服，說：「娘，我沒帶傘，可被淋得夠嗆。」

她母親低頭正在繡花，抬頭看見她這樣，趕緊起來給她燒薑茶，問：「怎麼連頭髮都散了？」

「路上跑得太快了。」她低聲說。

「傻ㄚ頭，滿天都在下雨，妳跑得再快，能跑出天底下去？」母親搖頭。

盛顏燒熱水給自己洗了澡，坐在窗下喝了幾口薑茶，抬頭透過陳舊的窗櫺，看了一看外面的大雨。

黃泥院牆內的桃花，已經在雨中，零落不堪。

不知不覺，她捧著薑茶，恍惚出了好久的神。

到傍晚時，雨才漸漸停了。她和母親在燈下做著繡活，母親摸著她手中正在繡的衣服問她：「這件百蝶牡丹的嫁衣，是誰家的？」

「劉家小姐要出嫁了。」她一邊飛針走線一邊說：「她女工不行，就託付繡莊交給別人做。」

母親在昏暗的燈光下看著她，良久，聲音發顫說：「年年為他人做嫁衣，阿顏，不知道什麼時候妳能做自己的？」

盛顏心裡不覺一陣難過，沉默了良久，才說：「我不想嫁人，我要永遠在娘身邊。」

「別胡說八道了，妳已經十七歲了，還沒有說下婆家……」

來提親的人不是沒有，可母親回絕了一個又一個。好的人家只想要買她去做妾，要她做妻子的人家都與她家差不多的境遇。

母親在燈下淚流滿面，她說：「阿顏，妳不能一輩子過這樣的日子。」

盛顏一時沒有言語。

開放在陰暗角落的卑賤花草，也只得一年一年，過了春夏秋冬。

第二章

人與桃花隔不遠

一樹桃花成全一段愛情，他們十指交纏，三生池旁纏綿親吻。

大雨過後，第二天是好天氣，天空的藍色嬌嫩無比，白雲如絲線般一綹一綹捲在空中。

母親一早往舅舅家去了，吩咐她說：「今年桃花開得太好，恐怕不能結果，妳把這幾株桃花疏一疏。」

她點頭答應，等母親走後，就在院子裡的桃花下鋪上大塊青布，自己持著一根青竹枝爬到樹上去打桃花，要將這過分濃密的花朵打下十之七八。桃花瓣落得她全身都是粉紅，整個人如同堆在錦繡中一般。

這屋子圍牆低矮，她打到這一樹的花開始稀落時，將手舉在額前稍微拭了一下汗，卻發現有人站在牆外看她，不知已經多久。

見她抬起頭來看見了自己，他只朝她微微一笑。

原來是他。

不知是為了七歲那年的暗夜桃花，還是為了昨日的籤文。

不知他是有意來尋她，還是湊巧來踏青。

她坐在桃花樹上，一時臉頰緋紅，也只得向他微微而笑。

而他站在院子外仰頭看她羞怯失措的神情，滿身落花，在一片粉紅的背景中，居然一時讓人眼花。不知道美的是人還是花朵，只覺光芒耀目，美麗至極。

十年前，他也曾經這樣仰望過樹上的她。那時明月在天，幼小的他看著她時，覺得她如那輪天上明月般照臨他黑暗的人生。

真沒想到，十年後的現在，他依然可以這樣仰望她。

他一時喉口哽住，竟說不出話來，便索性不開口，只看著她。

她看他這一雙眼睛定在自己身上，便窘迫地轉過身去，定了定神。聽到他問：「這些桃花打下來，是做什麼用的？」

「花開得太密了，恐怕掛不住果。況且桃花可入藥，藥房也會收的。」她慢慢說道。

他「哦」了一聲，說：「我倒知道，有一次我府中有人誤被蟲子鑽到耳朵裡，大夫就是讓人採了一斤新鮮桃花做枕頭，睡了個把時辰後，蟲子自己就出來了。」

「還有桃花與冬瓜仁研磨成末，能讓容顏漂亮，若要紅潤就多用桃花，若要白皙則多用冬瓜仁。」她此時覺得安心了點，朝他笑道。

他也微微笑了出來，心想，妳這樣的顏色，又何須再增減呢。

但這樣的話顯然是不適合出口的，所以兩個人只是在牆內牆外、樹上樹下，相視微笑。

「日高人睏，我有點口渴，能喝一杯茶嗎？」他終於問。

她瞥了隔牆的鄰家一眼，見他家兩個兒子都在，又想想他是什麼身分，所以稍微頓了下便說：「等一下。」

她抖落了滿身的花朵，小心翼翼從樹上爬下，開了院門，請他坐在花樹下，給他沏了茶，雙手奉上。

他伸手將茶碗接過，看她皓腕如霜雪，在淡淡陽光下，竟能生輝。可惜因為長年勞累，手指稍微粗了一點，雖然修長，卻並不細緻。不知為何，他想起當年月下將那一枝桃花遞給自己的小小的手，心裡頗為難過。

門口突然有人笑起來：「啊唷，阿顏，妳家有客人啊？」

盛顏嚇了一跳，回頭看去，卻是常來家裡的蔣媒婆。她忙站起來說：「蔣媽媽，今天怎麼到我家來了？快請進來。」

「我到妳家還會有什麼事情？」她笑著走進來，也不等盛顏說什麼，毫不客氣就在正中大門口的椅子坐下，說：「我也是老客了，其他都不多說，今天是有個好人家要妳啦。」

盛顏臉上一紅，說：「蔣媽媽，這話妳等我娘回來了再說吧。」

「妳都老大不小了，還有什麼好難為情的？唷，這是哪位？」她盯著坐在那裡喝茶的人問。

她遲疑片刻，見他並不理會，忙解釋：「是個過路客人，要喝口茶而已。」

蔣媽媽打量他良久，說：「過路客人？這可不像，看公子的模樣，倒像是個富貴家世出來的。怎麼一個人在這種山鄉遊蕩？」

他正眼也不瞧她，壓根兒不搭腔。

被他這樣漠視，蔣媽媽頗覺無趣，轉頭對盛顏說：「今日可是工部劉尚書家的姑舅表親馬公子，他前幾日在街上與妳照過一面，今日就託我說媒來啦。阿顏，妳大福氣來了！」

盛顏沒想到她忽然提起這個，狼狽羞愧地瞥他一眼，見他依然神情淡漠，只能假裝他不在，皺眉說：「那日他在街上糾纏我的時候，旁邊人不是說他早已娶親生子了嗎？」

「哎呀，這有什麼關係？他不委屈妳做丫頭，這可是說要給妳做側室姨娘，第四房……」

盛顏低聲說：「我知道了，蔣媽媽，勞煩妳跑這一趟。我和娘商量過再說。」

「馬家可真算是有權有勢，妳可別失了這大好機會！」蔣媒婆抓過她的手拍了幾下，說：「這人家是頂級的啦，妳要真嫁到他家，那可是比宮裡娘娘還要享福了！」

她越發狼狽，而他在旁邊不動聲色，感覺到她看向自己的目光，卻只看了她一眼，含笑啜了一口茶。

那眼中含著的，似乎不只同情與嘲譏，還有一些她不太懂的東西。

盛顏送媒婆出了門口，回頭看他，他還在悠閒地喝茶。茶葉並不好，當然他也知道外面的茶是肯定比不上自己家的，不說什麼，慢慢喝了半盞，便放下去幫她收拾地上墊著的青布。

他們將桃花在青布上鋪平，一片柔軟的粉紅中，他們撫平桃花的手相差不遠。他的手修長，骨節勻稱，比她的手好看許多。

她自慚形穢，不自覺地把自己的手往回縮了一下，想要藏起來。他卻翻手將她的手握在自己掌心中，仔細看著。

這可不是七歲的時候，可以一起牽手的年紀了。

盛顏只覺得心口一跳，又羞又惱的熱氣讓她的臉熱熱地燒起來。可他握得極緊，她怎麼也抽不回來。他的掌心裡有馬韁磨出來的薄薄繭子，那觸感在她的手背上，火辣辣地燒起來。

「妳的手，和以前不一樣了。」他仔細看著，低聲說：「盛顏，我昨晚夢見妳了。」

盛顏覺得自己的臉熱得幾乎要融化了，她再也無力收回自己的手，只虛弱地任由他握著自己。

「我夢見七歲的妳，牽著我的手去看桃花，不是開了六朵花的那株桃花，是大片大片的桃花林。夢裡我還是那麼小，很開心地去看花——」他抬頭朝她笑一笑，說：「真奇怪，其實我小時候根本沒有開心過。」

盛顏咬著下唇，默不作聲。

「後來我想，大概是因為，遇見妳，是我年幼時唯一開心的事情吧。」

長久的，荒蕪的歲月之中，一樹怒放的鮮明花朵。

見他的目光灼灼地望著自己，明亮得有如星子，盛顏終於再也忍不住心口的悸動，用力抽回自己的手，默然緊握成拳，低聲說：「我的手……不好看。」

「是不好看。」他彷彿漫不經心，卻又彷彿過分遲緩了。「但和我娘的手很像。」

盛顏抱住自己的膝蓋，默不作聲。

「妳知道的，她並不是高貴出身。她一開始是最普通的宮女，所以進宮之後，一直在做粗活。就算父皇寵幸了她一次，就算她生下了我，就算她因此而封了個名分，可因為她的出身反而更加遭人嫉恨，而我父皇，又一直刻意忽視我。她的出身被人嘲笑，她的手被人嘲笑，甚至連她的兒子，都被人嘲笑。所以她死的時候，對我說的最後一句話，妳知道是什麼嗎？」

他抬頭，看著她的眼，一字一頓地說：「她說，娘對不起你。」

她看見他眼中不自覺流露出怨毒的恨意，心裡不覺一驚，心想，他估計一輩子都無法打開這個心結吧。

「所以現在，眾人都一心盼望我娶個家世高貴的女人，但我就偏不要。我就要娶一個我自己喜歡的，即使是身分低微的女子。」他湊到她耳邊輕聲說：「像妳這樣的。」

像妳這樣的。

這低若不聞的五個字在她耳邊如同晴天霹靂。

她一時愣住，手中提著的布角一鬆，所有的桃花都在半空中輕飄飄地無力散落。

他凝視著她驚慌失措的神情，微微瞇起眼看她，他的眼睛裡有一些迷離的東西讓她心口開始疼痛。

她茫然地抬起頭，顫聲說：「我……我父親是戴罪之身，死在外鄉的，我如今與母親，又不為族人所容，你……應該找更好的人。」

「沒有人比妳更好。」他踏著掉落滿地的桃花走到她面前，看著她低垂的臉，纖細的肩膀在微微顫抖。他輕聲嘆息著將她拉起，說：「妳和我，不是剛好嗎？妳不用受什麼四姨太的屈辱，可以吐氣揚眉嫁給我，我也能讓朝廷裡那些老混蛋氣恨交加，吐血身亡。」

「而且——」他伸手，輕輕摟住她的肩。「而且我……一定會給妳幸福。」

她送他出去，一路在桃花下走走停停，直到花神廟旁邊，她還是迷迷糊糊的，恍惚出神。

這突如其來的求婚，讓盛顏根本不知道自己該如何反應。是歡喜嗎？這樣的身分，這樣的相貌，這樣動人的情話。是驚詫嗎？低到塵埃中的她，忽然被命運之手扯到高天之上。是擔憂嗎？雲泥之別的兩個人，如何能憑藉十年前的一枝桃花，十年後幸福在一起。

花神廟的旁邊是個小池，池水清凌凌的。他看到池子邊的石刻，問：「這池子是叫三生池？」

她點頭道：「據說池子中同時映出的人影，能緣定三生。」

他居然像個小孩子一樣拉著她到池邊，笑道：「那我們照照看？」

他之前笑起來一直很克制，此時卻好看極了，左頰隱隱有一個酒渦，整個人突然生動起來。

盛顏把眼睛稍微往旁邊移了一下，不敢正視。

池水清澈，映出藍天下兩個人的樣子。在風中微動的漣漪，動盪不安地將兩個人的影子慢慢慢慢地扭曲，再舒展，扭曲，再舒展。

斷送一生憔悴，只消數個黃昏。

杏花疏影裡，吹笛到天明。

明明是不相配的兩句籤文。

盛顏默然無語，看倒影中自己的身邊人，花神廟旁三生池，映照出緣定三生。

「我明日要去山陵祭拜先皇，若有人過來找妳，或者提議親事，妳不用顧忌，也不必驚訝，答應就好了，知道嗎？」他問。

盛顏張張口，那忐忑至極的心，讓她終於還是艱難開口了：「可……我們之間，相差太多。」

她知道他是誰，他是和自己同一天出生的那個男孩子，如今掌握天下的那個人。十年前，他比她還矮一點點，女孩子比男孩子早發育，即使他現在長得這麼高大，可小時候，一樣大的男孩總是長不過女孩子的。

當年宮中就這麼兩個皇子，另一個皇子比他們大三歲，是當今皇帝的哥哥，瑞王尚誠。

所以，那時瘦瘦小小的他，必定是弟弟。

而如今長成這麼高大挺拔男人的他，微笑著俯下身，注視著她的雙眼，說：

「怎麼會有相差？我說沒有，就是沒有，天底下誰反對都沒用。」

是，他是天下第一人，沒有人能反對。

她默然咬住下唇，低頭無言。

而他卻似乎非要逼她說清自己的心意，再次問：「明天有人來的話，妳點頭就是，知道嗎？」

盛顏一抬眼，他的目光無可避讓地便撞進了她的眼中，就像整個人間只剩下他，若她不點頭，他眼中這個美好幻境便會湮滅。

所以她點點頭，聲音極輕，卻毫無猶疑地說：「你放心，我等你。」

他聽到這話，心裡一熱，不由將她的手執起，緊握在自己掌心中。兩人站得極近，盛顏聽到他的呼吸，在自己耳邊低迴纏繞，心不由怦怦跳了起來。

過了良久良久，他解下自己繫在腰間的一個玉珮，說：「我娘沒有留下遺物，這是先皇賜給我的第一件東西，妳收下吧。」

她接在手中，握緊了掌心。

至少這一場重逢，總不至於比老死在這鄉野中更差，也不至於比去做人家第四房更差。

他俯下頭，輕輕地吻在她的脣角，輕柔溫暖。

風吹過來，三生池周圍的樹葉嘩啦啦作響，搖曳不停，這小小的聲響在整個寂靜的世界裡，像是唯一的存在。

他觸到盛顏的唇瓣，柔軟如同花朵，在他的嘴角邊輕輕綻放，那觸感從他的舌尖蜿蜒而下，漸漸蔓延到他的心臟裡。

所有風都停住了，所有的時間都停住了，只有他們十指交纏，纏綿親吻。世界上常常都是這樣的，一場大雨成全一段邂逅，一樹桃花成全一段愛情。

旁邊似乎有人聲傳來，她陡然受驚，輕輕將他推開了。

他與她道別，轉身離開，而她緊緊地握著他給自己的玉珮，目送他離去。跟他過來的那些人在林外等待他，看見他走過來，牽了馬出來。

眼看呼啦啦幾十騎錦衣怒馬捲過平崗，消失在桃花林彼端，盛顏覺得自己恍如在睡夢中。

她茫然拖著腳步回到家中，把院門關上，靠在門後，良久才記得把那玉珮拿起來看看。

玉珮是九條龍纏繞在一起的造型，雖然形體不大，但九條龍的鱗爪鬚目無一不是精緻細膩，栩栩如生。它們夭矯盤曲在一起，彷彿有駭人的氣息撲面而來。

宮裡的東西，又是先皇賞賜的，自然是最好的。那通透的玉石顏色，彷彿在她的掌心流動，那些龍隨著華光，好似也飛舞起來。

她將它對著窗口陽光怔怔看了許久，無法放下。

母親回來的時候，她本想和母親說說他的事情，但，想想也就算了，她覺得羞怯。況且他明日便會讓人來提親的，自己就當作什麼也不知道吧。

「今日聽人說，皇帝與太后明日要到皇陵去了，明天一定是一番熱鬧景象。」母親隨口跟她說起外面的事情。

是啊，他早說過，明日要去山陵祭拜自己的父皇。

盛顏默默無語，只低頭替他人把嫁衣上面的牡丹花蕊一根一根挑好。花朵顏色鮮活，幾乎風一吹就要飄出香味。

她把花捧在自己眼前看了好久，問：「據說聖上的母親是太皇太后身邊的侍女，偶爾被先皇看上的？」

「什麼看上，女孩子講這些話多難聽。」母親笑道。「但是命裡沒有終是無，她生下了皇帝，又封了名位，可還不是早早去世？年幼的皇帝送到了皇后名下撫養，就是當今的太后。而聖上的生母呢，縱然登基後被追封為太后，但又有什麼意義呢？」

盛顏輕輕「嗯」了一聲。她想到他說到自己親生母親時，那隱忍的怨恨，突然覺得憐惜。

那時太后對這樣一個孩子，大約並不會很喜歡吧。

母親心中若有所觸，低聲嘆息道：「妳看，命是上天給妳的，多要一釐都是奢求。」

一夜難以入睡，外面的月色照得她整個簡陋的房間一片通徹。

她坐起來看著月亮，天空幽藍，月亮蒼白。

她突然想起來，他還有一把傘在自己這裡，她上次忘記了還給他。

輕手輕腳地起身，下床去，盛顏開了門到柴房裡，看到放在那裡的那把傘。

她將那把傘拿起來，撐開，看細密的金黃綢布傘面上樓臺亭苑，直入雲霄。漂亮，清冷，高處不勝寒。

不知道等待她的，到底會是什麼？

她仔細地尋找，終於在傘柄最上面的竹絲聚攏的中間，找到自己意料中的圖案——皇家上局的印記。

她父親當年曾經受賜一段御用墨錠，逢年過節都要拿出來供香禮拜，那上面的印記，她記得清清楚楚，與這個印記一模一樣。

她端詳著傘上那些樓臺，想著自己七歲時看見的那間破敗房子。壯麗的與卑微的，繁華的與枯敗的，都在那個皇宮中。

可等待她的，會是什麼。

她站在油燈昏黃的光下，一時怔怔地流下眼淚來。

一個沒有根基沒有家世的女孩子，要到一個滿是聰明靈透的美麗女子的地方，和很多人一起討好一個男人，甚至……僅僅只是一言之差、一步踏錯，就會像她的父親一樣，在悲戚蒼涼中沒沒無聞地消失在這個世界上。

即使，僥倖得了一時喜愛，生下了皇子之後，也可能如他的母親一般葬送在那不見天日的塵封之處。只留下可憐的孩子，在其他妃嬪的嫉恨虐待中，在宮人們的刻意忽視中，如背陰的荒草般長大。

這麼久來，她終於尋找到的、心動的、覺得可以託付終身的人，為什麼會是這樣的人？

絕望又悲哀的情緒控制了她，她一個人抱著那把傘，坐在凌亂破敗的柴房中，壓抑地哭泣著。夜半風來，聽到風搖動桃花樹的聲音。也不知道這一夜，會凋殘多少寵柳嬌花。

第二天一早，母親與她起來，剛將院門打開，看見幾個身穿宮服的人走過來。她母親嚇了一跳，正在惶惑中，卻發現那幾個人裡有盛家的老族長在，族長一看見她們，急奔過來，逕自越過母親，撲過去握住了正在灑掃庭院的盛顏的手，涕淚橫流。「阿顏，妳這孩子可算是光宗耀祖啊……」

盛顏昨晚一夜輾轉失眠，今天又早早起來和母親一起灑掃庭院，還有點不太清醒。她停下手中掃帚，茫然問：「大爺爺，這是怎麼了？」

「皇天庇佑，聖上恩德，我們盛家大喜啊……」他抓著盛顏的手，鬍子不住地顫抖，老淚縱橫。

後面那些宮人手捧卷帙說：「昨夜太后作了一個夢，夢見先帝叮囑她，聖上出生之時，他曾賜學士盛彝的女兒名字，並說了此一對小兒女出生在同一天算是有緣。太后想現在宮中正挑選名門閨秀，入宮學習禮儀，以備聖上之選。姑娘的父親曾是天章閣學士，先皇又託夢以示，所以太后出發祭陵前匆匆囑咐了宮使要召妳入宮，其他閨秀都已經在宮中好幾天了，請姑娘接了懿旨馬上進宮吧。」

盛顏的母親一時愣在那裡，結結巴巴問：「太后怎麼……怎麼突然會……想起、想起我家來……」

宮使又說：「太后還說了，姑娘年歲與聖上一樣，假若已經許配他人，就看自己的意思罷了。」

母女跪拜後接了懿旨看過，確實是如此。村中的地保已經倉促備下酒水，接宮中大駕。一院子都是鬧哄哄的，只有母女兩人在屋內坐下，相對無言。

「不如回掉吧。就說妳已經許配了他人算了。宮門深似海，未必是什麼好去處。」母親低聲說。

她默然無語，想著那一雙深深深深看入自己心中的眼睛。

他說，我就偏要娶一個自己喜歡的女子。

縱然把那定情的一塊玉珮還回去，可那一個三生池上的吻，又該怎麼還回去？

她低聲開口：「娘，我……」

她想要說說自己與他曾經見過兩面，可那雨中剎那的相遇，那花樹上下的相視，一個羞怯的女孩子要如何出口？

「阿顏——」母親並非小門小戶出身，拉著她的手，低聲說：「妳可知道，這絕不是什麼好事，那裡個個都是有來頭的閨秀，妳無依無靠，如何在那夾縫中生活下去？」

盛顏咬住下唇，輕聲說：「娘，我自己知道的。」

她想到他那淒冷的童年，想到他擁她入懷時的力度。想到他笑起來還像個孩子，左頰隱隱一個酒渦。

「我……反正在家裡，也嫁不到好人家了，不如去碰碰運氣吧。」盛顏緊緊握住母親的手，已經是淚流滿面。

母親見她這般固執，只好把她的手握一握，轉身出去給宮使敬酒：「幾位差官辛苦，勞各位跑這一趟了，我家女兒叩謝太后恩典，明日便奉旨起行。」

「如此，大夥就恭賀姑娘在宮中前程大好，有莫大際遇。」宮使個個笑道。

盛顏與母親在門口拜謝，村中的幾個老人送宮使到村口，等人影不見，大家都議論那女子幸運，居然被太后的一個夢成全。

在議論間，忽又看見一隊衣錦佩紫的使者，捧著錦褥花紅、各色箱盒，向村口走來。

正在詫異間，領頭那人頗有禮貌，跳下馬來詢問他們：「在下是瑞王府的儀官，替盛家姑娘送禮來的，不知盛家在哪裡？」

那些老人驚愕之極，面面相覷，說：「我們村只有一戶盛家，母親帶著女兒過生活的。」

那個儀官說道：「正是，敢問她家在何處？」

老人們頓時欽羨不已。「瑞王爺可真是有心，宮裡剛剛傳來太后的懿旨，盛家女奉詔入宮，王府這就有禮物送來了？」

瑞王府的眾人面露詫異之色，等到得她家的茅屋蓬門，那些人看看這簡陋的屋舍，低矮泥牆，驚愕中只能面面相覷。

此時她家內外都擠滿了人，左近鄰居知道她要進宮，無不前來恭賀，左一個

「第一眼看見就有貴人之相」，右一個「我早看見妳家屋上有瑞氣紅光」。那蔣媒婆更是唾沫飛濺：「平時我給她說媒，老是不成，我也看那些雞零狗碎哪裡配得上盛娘娘？這不，上天就是讓她等到今日，這才是福氣到了不是？」

盛顏與母親聽著他們的話，相視一眼，眼淚卻嘩一聲倒了下來，都心知離別在即，此後不知道什麼時候才能相聚，一時竟什麼話也說不出來了。

瑞王府差官見滿院子的人都是如此說，相互商議了一下。覺得已經應詔入宮的女子，他們再講明來意是極為不妥，況且瑞王也到皇陵去了，一時半會兒，快馬加鞭也來不及追上。他們斟酌後便先行離去，料來此事可以慢慢再說，即使是已經入宮，也未必不能請皇帝賜了瑞王。

「反正今日只是送錢帛過來以供他們日用，便先不提求婚之事了。此外，得趕緊通知前往內局的人，先將王爺請婚的奏摺攔返。」

於是一幫人轉頭離去，竟沒有踏進盛顏家中。而村裡老人見圍聚的人越來越多，擠不進裡面去，也只好各自散了回家。

明日就要進宮，起行非常倉促，盛家根本沒有什麼好收拾的東西，做衣服也已經來不及。好在族中給了銀子，母親匆匆忙忙帶她去店中找了幾件好料子的成衣。

衣服穿上身全是簇新，而且也並不是很合身。母親未免皺了下眉，覺得一看就是臨時買來的，但也只好無奈將就。

那一夜盛顏與母親同榻而臥，都是一夜不寐。以後再也沒有這樣的時間了，嫁出去的女兒還能回家探親，可進了宮裡的女兒，卻不一定有熬出頭的一天，何況就算熬出頭了，也未必有一次省親的機會。

盛顏覺得自己對不起母親，愧疚已極，無論如何也睡不著。只覺得母親整夜握著她的頭髮，手指在她的髮絲間輕輕梳著。

第二天宮裡來接她的車子到了門口。盛顏與母親反倒平靜下來了，盛顏拜別離去後，母親站在門口，看自己的女兒向宮中行去。她一時怔忡，覺得自己依稀二十來歲，在門口目送丈夫到朝廷裡去，那一次，她只等到丈夫下獄的消息。

朝廷翻雲覆雨，宮廷莫測高深，她的丈夫已經葬送在裡面，如今卻連女兒也投身於其中。

她看著女兒離去，一時淚流滿面。

馬車從青龍門附近的偏門進去，盛顏被安置在宮城偏後的重福宮。

重福宮並不是一個大的院落。她進去時才發現已經有不少女子在裡面，或是看書，或是畫畫，也有刺繡的，有彈琴的。都看見她被引進來，但是沒有誰正眼看她，各自都專心做自己的事情，彷彿心無旁騖。

這樣的冷漠讓盛顏覺得鬆了一口氣。

她被帶到朝西的一間小房間，帶她來的宮人說：「請姑娘先坐著，等下吳昭慎會過來看姑娘。」昭慎是宮中女官名。

她謝了那宮人，在房中坐了不久，就有個四、五十歲的女官過來了。她知道必定是吳昭慎了，忙站起來見過。

吳昭慎卻很客氣，她進宮後已經經歷了三朝，於先皇朝受封昭慎，在宮中閱人無數，知道宮裡的女人誰都可能會有運氣突然來臨的一天，所以對誰都是客氣相幫。

她先謝了罪，然後請盛顏更衣。

幫她換下衣服後，吳昭慎注意地看她全身，胸部、腋下、肩膀、腰身、手足，連肚臍的形狀深淺都一一仔細看過，並詢問她以前的身體情況。

等她穿好衣服，她笑意盈盈地斟了茶，與她坐下講話，仔細地看她的表情，耳朵、牙齒、鼻梁、眼睛、眉毛，專注聽她的聲音。

盛顏覺得自己全身不自在，吳昭慎慣會察言觀色，對她笑道：「都是這樣的，聖上是萬金之軀，身邊就是金枝玉葉，可不能出半點兒紕漏。」

盛顏趕緊含笑點頭，說：「我知道，勞煩昭慎了。」

剛剛進宮的女孩子們，並沒有分派給她們的侍女，一個院子也就五、六個宮女在灑掃。

盛顏比其他人都遲了一些時間進來，當天下午才有個女孩子過來，給她送了被褥和日常用的東西。盛顏在家中是做慣了活的，便幫著她一起扯著被子鋪好，整理平順。

那小宮女急得趕緊扯著被子說：「哎呀，不敢讓小主子來，讓我來就行了。」

盛顏笑道：「沒事，我在家中事事都是自己來的。」

她睜大眼睛詫異地看看盛顏，又不敢問，只訕笑道：「小主子可真體貼。」

盛顏知道她也不會相信，這一次選秀是皇帝登基後初選，雖然人數不多，但全都是內廷從各家閨秀中擇取的佼佼者，所以她也理所當然認為自己是出身名門了。

她也只能默然笑一笑，將自己帶來的東西一一放好。

小宮女在退出的時候說：「奴婢名叫雕菰，小主子有事可以隨時吩咐我。」

雕菰就是菰米，吃起來滑滑的別有風味。盛顏聽到她的名字，不由得抿嘴而笑，心想，這個名字可有趣。

畢竟二、三十個姑娘聚集在院落之中，雖然頗有自矜身分的，但也有一、兩個性情開朗的，第二天更有個女孩子好奇不已地在門口張望，看向裡面。有意引起她的注意之後，又施施然朝她笑道：「昨日聽說新來了個女孩子，是與聖上同日出生的，模樣美若天仙——可請原諒我好奇，真的好想見一見傳說中的仙子呢。」

盛顏也不知她這些話的意思，只能笑著頷首，走出來與她相見。

「我叫常穎兒，我爹在戶部供職，我知道妳爹以前是天章閣供奉，太后這次親許妳進宮，昨日大家都在議論呢。」她歪著頭打量她，笑得格外明媚。「我呢，是來陪太子讀書的，各位姊姊讓我自慚形穢，眼看著像我這樣的只能落選啦。」

盛顏只微笑著與她見禮，看這個口口聲聲說著自己等著落選的女孩子，把別人的底子打探得清清楚楚的。

盛顏不知道她父親究竟是誰，更不知戶部的情況，對於朝中所有事情她根本兩眼一抹黑，接觸不到也無法接觸。常穎兒見她一臉迷惘的模樣，心知她是個什麼來歷，不由得掩嘴而笑，說：「姊姊這麼美貌，中選以後必定前程無限呢。」

盛顏也不知該如何回答，只覺尷尬不已，只吶吶笑著說了句：「都是看緣分與命運，聽天由命罷了。」

背後傳來嗤笑，等盛顏回頭看時，又見眾人下棋的下棋，看書的看書，竟不知到底是什麼人背後嘲譏。

常穎兒對她使了個眼色，低聲說：「就那個看《列子》的，柳松音，吏部柳右丞的女兒。」

來說是非者，當然是個是非人。

盛顏真是懊惱自己為何要出來接她話茬。幸好此時雕菰捧著巾子從旁邊經過，她趕緊向常穎兒道了歉追上雕菰，找了個由頭與她搭話：「昨晚房中似有蟲子，請問可有驅蟲的香嗎？」

雕菰忙說：「庫房中有的，我待會兒給小主子送去。」

盛顏謝了她，趕緊回房去，假裝自己在忙碌整理衣物。將東西一一規整之後，她坐在床上左右打量，小小一間廂房，小門小窗，一張窄窄的床，窗下一張桌子，貼著門對面的牆壁是一個妝檯。

她忽然覺得眼睛一熱，心口湧起難言的悲哀與恐慌。

這格局，這大小，分明與他帶自己去看過的，他母親當年居住的那個房間，一模一樣。

不知道究竟是宮中都是這樣的布局，還是巧合。

她依靠在床帳上，無意識地抓緊布帳，將心裡那些喑澀的東西勉強壓下去。

她在心裡一遍又一遍地想，見到他就好了，只要見到他……

是他讓她放心過來的，是他說要找一個她這樣的人，是他對她許過承諾的。
他一定會對她好好的，呵護她，憐惜她。
因為，她已經拋棄了自己人生中其他所有可能的道路，義無反顧地選擇了這一條獨木橋。

第三章

霧裡煙封一萬株

給了她九龍珮的那個人，是誰？三生池裡一雙人影，是誰？

盛顏在重福宮裡住了幾天，皇帝祭拜皇陵來回所需時間不少，據說正在歸途之中。

越是等待，她越覺得自己慌張。明明自己是與他認識的，可她老是在心裡猜測，不知道那個對她在三生池前笑得那麼溫柔的男人，會怎樣出現在她面前。

而且，她和他相遇的時候，又該說什麼，怎麼說，做什麼，怎麼做呢？

不過無論怎麼思量，見面的日子總會到的。某天她起來的時候，院落中一片安靜，只有吳昭慎在院中，見她出房門來，笑道：「今天早上太后身邊來人告知，允許大家出院子去，四處走走。」

這院子在內宮城，出了院子就是後宮一切，所有人自然都迫不及待要出去看看以後生活的地方，更何況今日皇帝應該是回來了。

她不知道其他人怎麼都會早早知道了消息的，但也只是向吳昭慎一笑，仔細換了身衣服出去。這件衣服是淡綠的顏色，在這樣的春天裡，一片明媚，也不會太嬌豔。走了幾步，她覺得腰身大了點，但也只好無可奈何地想，回去再把它改一下吧。

正是春天最好的時候，她被宮人引著到御花園去，看見滿園的花朵開得錦堆一般熱鬧。

「前面就是凌波水榭，太后正在裡面聽曲子呢。姑娘可以去見一下。」宮人說。

她跟著宮人朝凌波亭走去，在御花園裡隨便走走看看。假山上薔薇披離，顏色鮮亮，水面上荷錢出水，小小清圓。春天，在整個天下都是一樣的。

那宮人平時沒有多大活動，不久就崴了腳走不動了，只好指了道路給她。她一路行去，春日中的薔薇牡丹海棠，錦簇花團。

經過一座高大假山時，她看見上面垂下一叢花，高高懸在半空。她站在下面看上去，那花美麗極了，在藍天裡恣意綻放，她不知道是什麼花，只覺得顏色鮮亮，紅豔可愛，不覺站在那裡多看了一眼。等低頭時，才發現有個穿著朱紅色衣服的男子走過來了，身後一群人不遠不近跟著，保持著一段距離。

她見他身後人個個恭謹，那陣仗著實不小，趕緊退避到道旁，暗想，這人必定是什麼顯貴身分，所以在這宮裡能自如來去。

也許就是瑞王，皇帝的哥哥，把持朝政的那個人？

她盡量避在假山凹處，要讓他先過去。

他卻在這假山的小徑上站住了，看著她，低聲微笑問：「妳就是盛顏？」

他聲音輕緩，明明直呼其名，卻一點都不顯唐突冒失，聽在耳中如私語一般。

盛顏微微一怔，心想，這人可不像傳說中權傾朝野飛揚跋扈的瑞王，更何況從年紀來看，他反倒顯得比聖上更年輕一些呢。

她不知道他與自己搭話是什麼用意，所以只是微一點頭，低頭行禮。

「昨日聽吳昭慎提起過妳，妳和她形容的很像。」他隨口說，擦她的肩走了過去。她將頭抬起來時，他目光從她纖瘦的肩背上滑過，卻又似有所動，微微側頭回望她。

那目光不偏不倚對上，兩個人都清清楚楚地看到了對方的模樣。

一個溫潤如玉。

一個嬌美如花。

她站在這假山的紫藤花下，春日豔陽迷離，在豔麗的紫色花朵下，恍如散發出熾烈光華，容光流轉。

他清秀俊美，即使是穿著這麼濃豔的朱紅色衣服，容顏也不會顯得失色，笑容裡有藏不住的清氣。這是長久在書本中浸潤沉澱出的氣質，周身有如蒙著煙氣般。

盛顏不覺將皇帝和他一比，在心裡暗自思忖，也是一時瑜亮。

一個沉斂懾人，一個風華出塵。

她忙將臉轉過去，盯著崖上那朵花，心裡略有慌亂。

他順著她的目光看去，不由笑了一笑。見身後那些人還在假山下，看不見自己的行動，便回身走過來，抓住崖邊一株粗大的紫藤，試了試假山上的落腳處，爬了上去。

盛顏站在下面看他採到花，慢慢爬下來，卻不料腳下踩空，幾乎摔下來，她一時情急，伸手去扶住了他的腰。

他低頭看了她一眼，小聲說：「沒事。」

她才省悟過來，迅速收了手退開，一張臉紅得無處可藏。

他將採下的那朵花遞給她，盛顏看那紅色花朵躺在他的手中，放著淡淡的微光。那光彩讓她一時緊張，凝視著他的手，卻不敢伸手去拿。

整片假山上都是紫藤，她全身被籠在藤花的茵茵紫意中。他看著羞怯的她，只覺身邊彷彿驟然微涼生起，拂面清風。

於是他微笑著，將她的手拉過，輕輕把花放在她的掌心中。

她臉一紅，只覺被他握過的地方熱熱發燙，便將身子往後縮了一下，握著花就匆匆走到前面去了，再也不敢回頭看他。

來到凌波亭，她赫然發現，本次應詔進宮的一群女子都已經在了，只有她並無人通知，落在最後。

她心知自己這樣的情況，自然是會被排擠的，也只能趕緊對候在外面的宮女說了自己身分，告罪求見。

「哦，是那個盛彝的女兒嗎？」太后想起自己走的時候確實曾吩咐過這茬事，便讓帶她進來。

盛顏進去後，聽水榭內兩個十來歲的女童正在唱著清平調，聲音清脆稚嫩，討人喜歡。太后興致正濃，盛顏自然不敢上前打擾，只能低頭站在下面。

等聽完了最後一句，太后才看了看站在一側的盛顏，那目光先在她面容上端詳，見她雖然裝飾簡淡，容貌卻是異常美麗，不由著意多看了幾眼，轉頭對身邊女官說道：「這女娃兒相貌可是頂好的。」

女官笑著俯身應道：「正是呢，我昨日隨太后回宮之後，便聽人說了盛姑娘的名字，見過的都說容貌無匹。她又是太后額外開恩才能進宮的，更是引人注意了。」

這無意的一句話，太后卻垂眼一笑置之。哪朝哪代，宮裡都不差豔冠後宮的一個女人，比如說，二十年前那一個。只是往往到最後走到繁華鼎盛之處的，不是她們。

只是她今天的好心情卻因此而消失了，臉上掛著笑，轉向另一個宮女問：「宮中嘴碎的人多，聖上身邊也是不少，這麼說聖上也聽到她的名字了？」

那宮女點頭道：「太后昨晚擔憂聖上勞累，奴婢奉命去打聽時，也聽景泰景桓他們說起，聖上一回宮就聽說此事了，對這位同日出生的盛姑娘本來就有好奇，便過問了兩句。」

這話一出，眾人便都知道，即使還未見面，她天然已經有了優勢，在皇帝心上留下印象了。滿堂的女孩子雖都依然含著笑，但心下都堵了鬱積進來。

盛顏只覺緊張不已，又想到他一回宮便打聽自己的事情，顯然是真的把自己放在心上，三生池上的那句誓言，並不是隨意敷衍。她的心口不由得怦怦跳起來，臉也羞澀得通紅起來，只能低頭緘默，什麼也不敢說。

無數的目光落在她身上，見她為了皇帝曾問過自己這麼一、兩句話而喜悅無措成這樣，不知多少人在心裡嗤笑，連女官和太后也輕視起她來。

等太后目光下移，看到她不合身的衣服時，便微微有點不悅，示意她起來後，又隨口道：「妳與皇上同日出生，又承先帝賜名，與我皇家或許有緣，因此宮中才特地下詔讓妳進宮。只是天下事都講緣法，皇上究竟最後喜歡誰，也不是定數，妳自己謹慎。」

盛顏只覺得臉上火辣辣的，知道自己失態了，頓時懊悔不已。但她也無法辯解，只能低低應了一聲：「是。」

太后讓人在門邊放了把椅子，讓盛顏也與其他人一樣坐下。她對眾人笑說：「皇上今日本說要陪哀家逛逛御花園的，但他昨日才從山陵回來，朝中留積政務不少，所以剛剛遣人來說，讓妳們陪哀家就好。我們先去看看這春日的花，皇上不來也好，大家反倒自在，不要拘束。」

眾人都應了，隨她站起。身懷才藝躍躍欲試的幾個人有點落寞，但討好了太后也是一樣的。何況不少人也聽說過皇帝性情平和恬淡，自然是不喜歡與這麼多人聚在一起。

太后起身走到門邊，偶瞥見盛顏的手攥得緊緊的，隨口問：「妳手裡握的是什麼東西？」

盛顏低頭一看，那朵花還緊緊握在自己的掌心中，她手指節都因為握得太緊而泛白了。

她無措地把手攤開，發現那朵嬌豔無匹的花已經擠成了一團，汁水全染到了衣服上，紅色染在淡綠色上，分外顯目。

她慌忙丟了花朵，一時不知道如何是好。

太后想起她父親已經去世，家境淪落破敗，現在看她這副驚慌樣子，心裡略有嫌惡，想，總不是大家閨秀的氣派，也有點後悔怎麼就心血來潮將她召進來了，於是便不耐煩地說：「妳就不必跟來了，趕快去換了衣服吧。」

數。

盛顏匆忙告別，離了凌波亭，走上來時小徑，周圍依舊是啼鳥聲聲，花開無

但她心緒紊亂，知道今日在太后面前出醜失態，又想到那個握了她手的男子，心亂如麻。

在這樣陌生的地方，遇見了全然陌生的人，她不知以後如何自處，越想越悶，眼淚差點就落了下來。

離了御花園，那個說要等她的宮女卻不知去向。

盛顏茫然站在入口處看了半天，見根本無人來往。而同樣進宮應選的那些女子，卻都跟在太后身邊笑語盈盈，被遠遠的春風送來的聲響，入耳後卻徒增難受。

盛顏只能一個人走回去，循著記憶中的路徑，慢慢尋回去。

停停走走間才發現，原來宮裡極其空曠，高大的屋宇間，即使只是一絲微風流過，也是凌厲割人。一切殿宇都是高大而恢弘的，威嚴得沒有容身之處。她聽到自己的腳步聲，在空蕩蕩地迴響著。

一股森森的冷氣，圍繞在她周身。

她悶聲不響擦了眼淚，仰頭看高天寂寥，壓在自己頭上。她徘徊著，竭力把

自己的事情丟在腦後，只專注地想著那個人。
這麼大的皇宮，他早早就沒有了母親，在裡面該有多冷清。
不知道他母親親手栽下的那株桃花，是被拔掉了，還是留下來了。
想到他，不覺就鎮定下來。她安慰著自己，第一次見面，太后也應該知道自己會慌亂，以後日久見人心，自然會知道自己本性。
轉過幾座宮牆，前方隱隱傳來一陣笛聲，吹的是一曲〈臨江仙〉，隔得遠了，一種似有若無的纏綿，尤其動人。
她站住腳聽了一會兒。那笛聲悠遠綿長，如春日和煦，讓她覺得心裡舒暢許多。這宮裡路徑她並不熟悉，只能倚在牆上靜靜聽著。
突然笛聲一下拔高，似乎是吹破了笛膜，兀地啞了下來，
她黯然輕嘆，轉身正要離去，卻看見前面陡然出現一個人影，立時嚇了一大跳，倉促後退一步，幾乎摔倒。
那人忙拉住她手腕，問：「怎麼，嚇著妳了？」
她抬頭看見朱紅衣，祥雲紋。原來是給她摘了那朵花的人。她心中覺得是他害自己惹太后不高興，當下把自己手一甩，丟開他的手掌，想，這個人好無禮，隨隨便便對人動手動腳的，難道不知道她是進宮候選的。
他脾氣極好，被她甩開手也不以為意，只揮揮手中的笛子，笑道：「笛膜突

然破了，就知道有人在偷聽。」

「只聽說偷聽旁人彈琴會斷琴弦，還沒聽說偷聽人家吹笛會破了笛膜的。」

她心情低落，便說道：「明明是你變調轉換時氣息岔了，衝破了笛膜。」

「這麼說，妳也會吹笛？」他笑問，聲音溫厚，神態平和，與他的笛聲彷彿。

笛子，出身也算書香的母親曾經教過她。在這樣辛苦的生活裡，讓她們尋出一些開心的事情來。

她點了一點頭，旁邊的內侍忙捧了一管笛子給她。

那笛子是絕好的，清空勻稱。她伸手取過，一近口，那人便知道她吹的也是〈臨江仙〉。

笛音清朗，咽咽隱隱，合著花園中黃鸝的滴瀝溜圓，直如珠玉瀉地。

被她的笛聲一引，他也取過一支笛子和上。她氣息較弱，聲音纏綿婉轉，而他聲音渾厚悠長，兩股笛聲在亂雲間應和，直吹得滿庭風來，日光動搖。葉間花上，一時連風聲都立足駐步，萬籟失了聲音。那兩縷清音，直如糾纏的雲氣，相互拔高纏繞，響遏青霄。

她本想只試幾個音就罷了，此時不能自已，繼續吹了下去。

〈臨江仙〉有四格二調，原本入高平調，後人也有演入仙呂調的。在笛子演奏時，高平調與仙呂調可以相和。只是到曲子最後她音一折，仙呂調以低緩結尾，而他的高平調卻是〈臨江仙〉第三格，因為要增二字，音尤其長。可是她女子氣力稍顯微弱，今天又遇上不開心的事情，接不上這樣險的氣脈，所以依然只能以仙呂結尾。

兩人的合奏突兀分開，各自悵然把笛子放下了。

這一場妙奏，到最後卻落得蛇尾。

她將笛子交還他手中，低頭看見他一雙手，碧綠玉笛，白皙十指，日光下瑩然生潤。這人能在宮中自由行動，又不是皇帝，想必就是瑞王了。

傳言真不可信，那傳說中烜赫跋扈的瑞王原來是這樣一個可親人物，還雅善樂律。

想到他雖是皇帝的哥哥，但後宮這樣見面，不合禮節，盛顏不覺心生防備，暗自退了一步。

忽聽到不遠處有人在走近，腳步起落，顯然是一群人正向這邊過來，又聽到說話聲音傳來，說：「不知道是什麼人在這裡，吹得這麼好聽。」

她知道有人來了，一時心裡慌張，轉身就走，也忘記了禮節。

聽到他在後面叫她：「怎麼了？」可她不想與他多言，加快腳步，便要匆匆離去。

他給身旁內侍丟了個眼色，示意他遠遠跟著，自己迅速追了上來，問她：「妳怎麼在這裡亂跑？可知道宮律嚴格，私下在宮中走動可是要問罪的。像妳這樣還連個名位都沒有的，說不準就被遣出去了。」

盛顏這才明白過來，抬眼看著面前分不清南北的道路，不禁覺得心下發涼，睫毛微顫。

難怪那個帶路的宮女會說自己腳不舒服，難怪她出來時對方已經不見了，原來她早有預謀。

見她臉色微變，茫然不知所措，他反倒笑了，抬手抓住她的衣袖，將她拉到旁邊宮閒小巷中，說：「來這邊吧，我知道一條回重福宮的捷徑。」

她一時失措，眼看那些人就要看到自己，也只好跟著他匆匆在陌生的宮裡慌亂行走。等發覺自己這樣不妥時，已經全不知身在何處，只好硬著頭皮跟著他。

他對宮中的路徑極熟，左轉右拐，重福宮側旁小門已經遙遙在望。

她看見了熟悉的地方，這才鬆了一口氣，趕緊謝了他，也是讓他止步的意思。

他則依然陪著她往前走，問：「妳初來乍到，在宮中走動時不是應該有個人帶著妳嗎？」

因怕人聽見，他這一句問話嗓音低低的，溫柔至極，彷彿耳語。盛顏幾乎可以感覺到他的氣息在耳邊縈繞，下意識地便避開了半步，垂著頭輕聲回答說：「那位宮人走到假山下時，崴了腳。」

他了然地打量她，自然知道她是不知不覺間就被人下絆子了，又問：「新入宮的一群人不是都在陪太后賞花嗎？怎麼妳一個人先回來了？」

盛顏垂下眼睫，說：「在假山上，有個人忽然莫名其妙給我塞了一朵花，結果我一時緊張，將花朵給揉碎了，染汙了衣裙，太后命我回去換衣服呢。」

他目光落在她的裙上，不由得笑了出來，說：「這真是我的錯，請盛顏姑娘千萬莫怪罪。」

她見他笑得如此坦蕩，只能窘迫地撫了撫裙子上的汙漬，說：「那朵花好好開著，如此美麗，為什麼偏要將它摘下來？結果片刻之間就糟踐了。」

「真對不住，我會錯了意，還以為妳喜歡它。」他笑著凝望她，又說：「何況，宮裡的花開得這麼多，無人欣賞的話又有什麼意義？能得妳多看一眼，它也不算白白開放了這一場。」

這話語似是讚美，卻又如此隱晦，溫和親切又恰到分寸地拉近了他們的距離，讓人如沐春風。

遇上這樣溫柔的人，盛顏鬱積的心口也終於略微鬆了一點。她長出了一口氣，心想，就算太后不喜歡自己，可她這樣的身分，總不屑於給自己眼色。

這人生不如意事太多，只要他喜歡自己，其他的都無關緊要了。

他見她神情安定下來，一雙溼漉漉的眼睛平靜了些許，但那種楚楚可憐的姿態似乎也減淡了。於是他心裡又升起逗貓兒似的心態，微笑打擊她道：「不過看樣子，妳以後在宮中，處境堪憂啊。」

盛顏輕咬下唇，沉默靠在門上，過了一會兒才說：「不，我一定會在宮裡好好過下去的，我既然來了，就不會離開。」

因為，她答應了他，她告訴過他，你放心，我等你。

這麼大的天下，這麼莊嚴的宮廷，這麼長的時間，或許只有她知道，小小的他曾經在母親居住過的小屋前，沉默慟哭。

見她沉默而倔強，卻如發誓般一定要留在這邊，身旁的人含笑凝望著她，問：「若皇上不喜歡妳呢？」

盛顏將自己的臉轉向一邊，避開他直視自己的目光，用低若不聞的聲音回答說：「不勞你操心。」

對方不由得笑了出來，饒有興致地俯頭看著她，笑問：「還沒見過面，就覺得勝券在握了，嗯？」

這最後一個音拖得長長的，頗有戲謔意味，語含調笑。

他們只是兩個陌生人，怎麼能如此對話。盛顏立即向他斂衽為禮匆匆道謝，便一言不發加快了腳步，趕緊進入了小門。
走進院子，她稍稍轉頭一看，他還在那裡微笑著看自己，忙低頭轉個彎，到他看不見的地方去了。
她在心裡想，若皇上不喜歡自己，那也是命。
至少，她履行了自己的承諾，毀約的是他而不是她，她對得起自己的心。
她一個人先回來，眾人都在御花園中，孤零零的院落內只有吳昭慎一個人坐在荼蘼架下，在本上記錄院中巨細事情。
吳昭慎看見她，便招呼她坐下喝盞茶。盛顏捧著茶碗啜了幾口，想著剛剛那個似乎比皇帝年紀還要小的瑞王。
這般溫柔笑語的男人，與她聽到的傳言根本不符。不知為何，心口隱隱不安，她開口問：「吳昭慎……聽說聖上的母親，多年前早逝了？」
吳昭慎點頭道：「正是呢，孝康太后是在聖上六歲的時候去世的，當時先皇正在行宮，聞訊趕回來時，已經遲了。」
盛顏略一遲疑：「孝康太后？」
吳昭慎說：「孝康太后就是當今皇帝的生母，她當初薨逝時是貴妃，先皇對她極為寵愛，但終究福薄早逝。而當今聖上登基之後，追封生母為孝康太后。」

盛顏只覺錯愕，心想，他母親處境，自己是親眼見過的。而他也曾經對她說過自己母親的遺言，他在對她傾訴時，眼中那明明確確的怨恨，至今還在她的眼前。所以，他年少時的艱難，他母親的淒涼，應該是確鑿無疑的。

當年她七歲的時候，確確實實跟著他去看了她母親所住的房子，確確實實與他一起爬過院牆回到了他居住過的地方，她還曾親手在那株桃樹上折下一枝桃花送給他——

既然先皇會為他母親臨終而特意從行宮趕回來，又曾封她為貴妃，那必定是深蒙恩寵的妃嬪，他母親又怎麼可能會在那種冷落的荒僻小屋中過世？

自己當時看到的，難道是幼年的幻覺？

可是，那個當年和自己一樣大的男孩，如今長成這樣堪以肩負天下的模樣，還與她重逢了；他也依然還記得當年那一夜的細節，與她一起重新回憶起這一切。

不是自己童年時荒誕的一個夢。這是真真切切存在的。

盛顏只覺得胸口一股涼氣升起，讓她莫名恐懼。

可他絕不會那樣來騙她的，他的身分也該是確鑿無疑的。畢竟十年前在這宮裡，與她同齡的孩子，只有一個祥王尚訓，也就是現在的皇帝。

她勉強按下自己的恐慌，暗自安慰自己，又或許，是自己會錯意了。他帶自己去看的那個小屋子，是當初母親剛進宮時候做侍女所居，後來封妃就棄之不住了，所以才這麼破敗吧。而他是還在懷念自己小時候住過的地方，捨不得變成佛堂而已。

她猶豫良久，才又問：「我聽說孝康太后當年是宮女出身，在宮中一定也很不容易吧？」

吳昭慎笑道：「妳倒是知道得清楚。孝康太后是太皇太后的族女，剛進宮時在太皇太后身邊伺候過一陣子，不過她早早就封了貴妃之位，又誕下皇子，備受先皇榮寵，如今這宮裡，記得她做過宮女的人都不多了。相比之下……」

她想說，相比之下，聖上的兄長瑞王的母親那才叫身分卑下，但宮中事有些自然不宜說出口，何況瑞王如今是什麼身分，誰敢背後議論？所以她也就只抿嘴一笑，給盛顏添了半盞茶，不再說下去了。

盛顏聽她這樣說，心中略微鬆了一口氣，還想再追問一下根柢，偏巧雕菰跑過來，一張臉紅紅的，顯然是渴極了，抓過桌上的茶壺就給自己倒水，咕咚咕咚喝了足有三、四杯才停下手，舒爽地出了一大口氣，說：「膳房那邊都備好了，讓吳昭慎去看看，讓吩咐送幾個人的午膳呢。」

雕菰在宮中一向由吳昭慎調教，兩人關係如母女，見她這樣無狀，吳昭慎也只無奈地笑笑，對盛顏道歉：「這孩子就是這樣莽撞，什麼事情都風風火火的，改天撞一回就好了。」

盛顏笑笑說：「沒事，我在家中也是這樣的。」

「哎唷，盛姑娘比這小丫頭可穩重千百倍了，哪像她呀。」吳昭慎說著，看看日頭，趕緊起身。「得，妳們聊吧，我先去膳房看看，張羅一下今日各位姑娘的午膳。」

「有勞昭慎了。」盛顏起身目送她離開。

雕菰從懷中摸出個手帕包來，裡面是兩個小點心。她看看吳昭慎的背影，做了一個「噓」的手勢，示意盛顏別出聲。

「膳房的小公公送給我的，聽說這可是陛下最喜歡吃的呢。」她小小聲說著，分了一個給盛顏。「我可還沒見過皇上呢，妳呢？」

盛顏自然是搖頭。「我也沒見過……」

「聽說聖上脾氣很好，待宮人也特別好，特別特別仁和寬厚。宮裡上下都說，打從有天子開始，咱這一批宮人是最有福氣的！」雕菰很認真地說。

盛顏也不由得微笑出來，她托著腮想了想桃花下幫自己晒桃花的那溫和側面，再想一想春雨中叫自己上車的那把嗓音，再想一想花神廟中抽籤時他仔細看籤文的低垂眼睫，覺得心口一種難以言喻的甜蜜輕微湧上喉口來，讓她的話語也變得輕柔起來：「是啊，特別好。」

「不過，我在宮裡久了，總能看到聖上一、兩眼的。」雕菰笑咪咪地咬著點心，很認真地說：「畢竟，大家都有機會的嘛——只要不像瑞王爺母親那麼慘就好了。」

盛顏沒有在意她的話，小小咬了那糕點一口，仔細品嘗他喜歡的味道。甜而不膩，微帶著清爽茶香，果然很好吃。

雕菰說起宮中祕辛，簡直是兩眼放光。她湊近盛顏，壓低聲音說：「妳知道嗎，那個瑞王的母親啊，原本是宮裡灑掃的宮人，連個品味也沒有，偶爾有一次被醉酒的先帝撞到，寵幸了一回就忘在腦後，不料卻懷孕了，還一舉生下了皇子！」

盛顏「嗯」了一聲，她對瑞王並無興趣，只說：「那是她的福氣呀。」

「什麼福氣呀，簡直是大禍臨頭呢。當時太后倒是懷了龍種，可惜未足月就滑胎了，還落下了病根再難懷孕，皇后之位岌岌可危，妳說她怎麼看這生了皇子的宮人？再者，易貴妃蒙先皇深寵，就差一個皇子傍身，誰知她還沒響動呢，反倒是區區一個宮女，一次酒後臨幸就生了，妳說她生氣不？甚至，先帝自己都忘了酒後這回事了，一開始還不予承認呢，但因為在起居注裡確實有記載，所以才容她生下了孩子，封了個極低的品級。」

盛顏聽了，心中也極不是滋味，說道：「那太皇太后自然會關切自己的皇孫兒吧？」

「才不呢，先帝與易貴妃感情深得如同民間夫妻般同住同宿，太皇太后自然樂見自己族女深受皇恩。而且當時先皇春秋正盛，易貴妃過了一、兩年也就懷上了，這皇長子的位沒被自己的族女搶到，太皇太后也是鬱積在心呢。因此，瑞王爺母親的境況，真正叫如履薄冰，能落得不聞不問已經是好事。所以，當時整個宮裡對他們母子都是避之唯恐不及，甚至還有人刻意欺辱而讓主子舒心的，聽說都落到衣食不周的地步了，真叫悽慘！」雕菰說得跟自己親眼看到似的，繪聲繪色。「妳說，這樣的命運是不是太慘了？」

盛顏同情地點頭，心裡不知哪個地方悶悶的，只覺得有些事情極為不妥，可又不知道究竟是哪裡不對勁。

雕菰看看左右，更加眉飛色舞了。「最慘的是啊，貴妃誕下當今聖上之後，先皇馬上就賜名，滿月後就封為太子了。可比聖上大了三歲的瑞王呢，卻是在先皇給聖上起名時，天章閣的盛大人上書聖上，提醒他還有一個皇長子未曾起名，才被連帶賜了名呢。」

天章閣盛大人，那自然是盛顏的父親。

想到父親至少為這個可憐的孩子討了個名字來，盛顏也稍覺寬慰，輕嘆了一口氣，說：「不過現在瑞王爺權傾朝野，年少時的艱辛也算是都過去了。」

「是啊，不過可能是因為小時候的遭遇，所以聽說瑞王爺特別凶殘！特別可怕！當初他在軍中命人活剮奸細時，聽說一定要劊子手割足三百刀，還召集所有人圍觀，以儆效尤……」

盛顏聽了，正覺得心口不適，幸好吳昭慎已經走過來了，直接一掌拍在雕菰的頭上，說：「亂嚼什麼舌根！去把那蘭花移一下，日頭都晒到了！」

雕菰頓時跳了起來，想到瑞王勢力非凡，一邊悔恨失言，一邊搬蘭花去了。

「這孩子年少無知，今日又多嘴了。」吳昭慎笑著，對盛顏說道：「倒是要恭喜盛姑娘，我聽宮裡人說啦，聖上回宮後還特地問起妳來呢，他對同日出生的姑娘很好奇。聖上溫厚仁靜，性情是極好的，妳見到就知道。」

盛顏點頭。她自然知道他的性情，在春雨中，桃花下，他凝視著她時，比拂過她耳畔的微風還要溫柔三分。

幸好，同是幼年喪母，他變成了如今這樣的人，與那個暴戾狠厲的瑞王迥異。

盛顏謝了吳昭慎，起身回屋去了。

換下衣服，盛顏靠在窗下歇息了片刻。

心口依舊在躁跳，她有點隱隱煩悶。彷彿自己做了極大的錯事，但一時卻又並不知道錯在哪裡，只是暗暗心悸。

無可名狀，莫名懊惱，不可言說。

盛顏離開後，吳昭慎任由雕菰笨手笨腳地搬蘭花，思量著眾人是不是都陪太后用膳去了。正想去打聽一下，忽聽得外面有人在叫她。她走出院落去，一看站在外面那人，卻嚇了一跳。

那人身穿淡天青色便服，只在腰間散散繫一條明黃佩玉腰帶，身後十數個帶刀的錦衣侍衛侍立著。在宮中這樣架勢的人，自然只有瑞王。她忙跪下叩見。

瑞王也不叫她起來，往院內看了一眼，嗓音因克制而變得低沉：「那個叫盛顏的女子，還未見過皇上吧？」

她聽說過瑞王種種事蹟，心中害怕已極，心想，必定是剛剛盛顏與雕菰講他是非時被人聽去了。一個毫無背景瓜葛的姑娘家，剛進宮就妄議是非，惹得瑞王親自過問，恐怕如今在劫難逃。

當下她便連連搖頭。「並沒有見過。」

「她這樣的人，留在宮中不是朝廷幸事。」他壓抑住怒氣，微微皺眉。「真沒想到，一個流落荒野多年的女子，湊巧就在那天被尋回，送進宮裡了。」

吳昭慎忙磕頭應道：「但是聖上與太后以為……」

「我自然會去與他們說明白，妳知道自己該怎麼說、怎麼做就好。」他不容她說完，打斷她的話。

在宮中見多了命運變幻的吳昭慎心想，這女子留在宮中恐怕也逃不掉瑞王手段，我又何必為她而扯上什麼麻煩？

於是她立即應道：「奴婢在看她長相時，覺得此女長得太過美麗，恐怕是薄命之相。何況她自小孤苦，指掌粗大，似是沒有富貴之命，難以在宮闈中生活。」

「原來如此。」瑞王顏色稍霽，點頭道：「太后或許會重新商議此事，妳準備好她出宮事宜吧。」走了幾步，回頭看猶自伏在地上的吳昭慎，又說：「妳若能幫上忙，我自然會好好謝妳。」

命運即將在短短幾句話之間發生翻天覆地的變化，盛顏卻恍然不知。她勉強鎮定心神，將那身過大的衣服放在榻上，用手去比了一下腰身，然後取了針線來，將腰身縫小。

還未改到一半，她忽然聽見外面傳來輕微的異動聲音，然後便是有人小心翼翼踩著草葉走動的聲音。

她本不想理會，可這聲音一直在窗外斷斷續續的，終於忍耐不住，起身走到窗邊，將窗戶一把推開。

是剛剛送自己回來的那個人，他居然正在院子後面徘徊。見她推窗看見了自己，他有些許尷尬，朝她笑了笑。
她看看四周，問：「你怎麼進來了？」
他指指外面，笑著說：「差點被人堵住了，所以趕緊躲起來，不然會被發現我一個人在宮裡亂跑的。」
盛顏順著他手指的方向，越過窗戶看向側門。角度不太好，只見吳昭慎跪在一個人的面前。那人穿著天青色的錦袍，背對著她。明明她在宮裡應該沒有認識的人，但這個背影不知為何，卻讓她有點異樣的感覺。
她猶豫著要不要偷偷過去看一看，卻聽見身邊的他自言自語：「他帶人來這裡會有什麼事情？」
盛顏聽到這句話，一時悚然停住，想到今日做錯說錯，心裡不由一沉，想，宮裡的事情，還是不要理會才好，反正與自己沒有關係。
所以她也不再站在窗戶邊，更不再理會窗外人，轉身便回屋去了，拿起榻上的衣服，專心用細密的針腳把腰身收小。
而他一直等候在外，直看到瑞王離開，才鬆了一口氣，走過來趴在窗邊叫她：「喂，妳……」
話未出口，等看見坐在那裡的盛顏時，卻一時忘了自己想要說什麼。
盛顏安靜地坐在屋內亮處，專注地縫著自己手中的衣服。纖長睫毛在臉上投下玫瑰色的痕跡，偶爾一轉的眼睛，在睫毛下水波漣漣，猶如淚光，動人如此。

很久以後，他還是能清楚地記得今天，平凡無奇的屋子，鋪設半舊墊子的竹椅，窗外綠蔭濃重，微風中樹葉一直在沙沙作響。他長久地凝視她低垂的臉，連呼吸都緩慢了下來。

一輩子那麼長，能遇見很多人，在這麼大的宮廷裡，有各式各樣的迥異美麗。可偏偏有這一剎那，她安靜的神情突兀擊中了他的心脈。

她聽到他的聲音，抬頭看他，目光帶著詢問。而他站在窗外，過了良久，才找到一句話問：「這衣服怎麼了？」

「腰身大了點，我要改一下。」她又低下頭，顧自縫著衣服，低聲說。

他便隨口說：「不合身的衣服，丟掉好了。」

盛顏停住自己的手，想起自己這些年來所穿過的裙子。一開始，是母親將自己的裙子改小了給女兒穿，後來母親也沒有舊裙了，只能扯了最便宜的粗布，在昏暗的燈光下，一針一線，給她縫一件新裙。她穿裙子的時候總是小心翼翼，因為若裙子磨損的話，若不想打補丁，就只能耗費很長時間繡上花朵來遮掩。

可那時候自己抱著粗布新裙的喜悅，這宮裡沒有人會懂得。

所以她什麼也不說，也不反駁他。她知道這些人和自己是不一樣的人，即使說了，也不過惹人笑話。

見她沉默，他也不再說話。他靠在窗邊看著她，她坐在屋內縫改自己的衣裙，天地間一片安靜。

只有她身後的窗外，枝葉一直不安地在風中起伏。

瑞王尚誠到壽安宮向太后請安，讓滿宮的人都錯愕不已。

瑞王母妃當年處境淒涼，最後無聲無息死於深夜，之後宮中所有人更是刻意忽視這個皇長子，連他身邊的宮女內侍都只馬馬虎虎應付他的衣食。等到他十歲出頭，先帝察覺到他個性孤僻狠厲，擔憂這狼子野心會影響到太子尚訓，便封他一個北疆客使，打發到蒙國去了，就連駕崩時也不曾召他回京。

誰知瑞王審時度勢，在得知父皇駕崩之後，立即星夜回程。身邊數百人死得只剩十八騎，他卻依然支撐到沐血進宮，拜祭白虎殿，硬生生插入當時皇叔攝政的朝廷之中。他隱忍五年之後，與皇帝一起斬除皇叔綦王，歸政於當今皇帝。

小皇帝尚訓多年來受攝政王挾制，早已養成散漫淡漠的性子，加上身體不好，攝政王被殺之後，敬畏兄長瑞王，這一、兩年連上朝都缺乏興致。朝中大權由瑞王獨攬之後，他也因此更為驕矜，原本對於太后便十分疏離，除了逢年過節，根本不曾踏入壽安宮一步。

所以今日他忽然過來請安，壽安宮中的人自是嚴陣以待，表面上雖還是如皇帝過來時般奉迎，實則殿上侍立的眾人連咳嗽一聲都不敢。

瑞王與太后寒暄幾句便接了茶，坐在她右側喝了半盞，等聽女官們說起今日御花園之行，才似為不經意地問：「太后昨日自山陵回來，本該好好歇息，怎麼今日又到花園勞累？」

太后笑道：「聖上登基多年，如今河清海晏，也該到立后立妃的時候了。這回送進宮來的都是名門之後，在宮中熟悉多日了，再讓等待下去也不好。趁著聖上過目之前，哀家先瞧一瞧。」

瑞王點頭，又說：「父皇當年曾屬意君中書家的女兒，想必這回的后位，太后是已有人選了。」

太后也不知他的來意，便順著他的話說：「正是，那位君家姑娘穩重守禮，言行舉止無一不規矩，哀家也很中意。」

「君中書是我朝中流砥柱，文人領袖，家風自然非凡俗人家可比。」瑞王淡淡轉了話鋒，轉而又問：「可我又聽說，在各位名門大家之女進宮之後，隔了幾日太后又召了盛彝的女兒進來，不知又是什麼安排？」

太后見他神情平淡，難以揣測，也只能嘆道：「這真是哀家考慮不周，前往山陵前晚，哀家偶爾夢見先皇賜名之事，便心血來潮讓尋到盛彝女兒進來應選。誰知今日一見，畢竟家道中落，困苦人家長大的姑娘，那言行舉止全無大家氣派，顯然不合適待在宮裡。」

「這樣。」瑞王略一點頭，說道：「她出身原是可以的，只是多年來淪落在外，太后擔憂也有道理。若不喜歡的話，反正未曾覲見過聖上，如今無名無分的，遣回去也沒什麼大不了。」

「這讓哀家又有些不忍心。」太后嘆道。「畢竟已經將人家召進宮來了，又在未曾見到聖駕之前便將她重新送回，讓人家姑娘空歡喜一場，怕是會讓這姑娘被眾人恥笑，或許還會因此耽誤終身。」

瑞王見她一副躊躇的模樣，只隨便笑一笑，也懶得吹捧她的慈心，只說：「太后若覺與她倉促一面，還看不出她的本心，可以召吳昭慎來問一問。吳昭慎伺候這群女子多日，必定對眾人的秉性是清楚的。」

太后也說道：「這倒可以問問看。若她不過今日在我面前小小逾矩，那也就不必理會了。若一貫膽大妄為，將來豈不更惹聖上不悅、後宮不寧？與其將來送出去，還不如現在就先處置了。」

瑞王便將此事丟開，陪她又隨便說了兩句話，便起身告辭。

出了壽安宮，天色已微暗。

瑞王在太后面前還露個笑容，等出來後便臉色不悅，連帶著周身的氣氛也肅殺起來。身後一眾人都是戰戰兢兢，不知究竟又是哪裡出了問題。

他出宮的路線卻不是走直線，而是往重福宮那邊拐了一個小彎。正被太后召去問話的吳昭慎快步從宮牆下走過，與他碰到時趕緊避在路邊向他躬身行禮。

瑞王瞧了她一眼，一言不發地逕自去了。

第二日用過早膳，重福宮內便來了一批內侍宮女。

宮中尚衣局送來明日朝覲皇帝的宮妝服飾，院中每個人都一一送到，卻只有盛顏，獨坐在屋內等了許久也沒有人來送達。

她終於忍不住出了自己房門，卻看內侍都已經走出去了，忙追上去問：「幾位公公，是否分發的衣服太多，一時遺漏了？」

那些內侍相視一笑，搖頭道：「並沒有遺漏，是太后憐憫妳，妳的福分到了。」

盛顏茫然不知所以，回房去坐了不久，門口已經有太后口諭傳下來了，讓盛顏立即收拾自己的東西，準備出宮。

盛顏還未明白過來，外面已經傳來竊竊的私語聲，大家雖勉強做出些同情的神情來敷衍，卻掩蓋不住內裡的嘲弄神色。

太后身邊的女官承福和顏悅色對她說道：「太后原本是要讓妳候選的，但在山陵祭拜時又忽然傷懷妳的身世，憐惜妳母女孤苦相依。妳若中選的話，母親一個人在荒野之中又有何人照顧？本朝以孝治天下，因此太后特恩准妳出宮回家，好好侍奉母親，望妳不要辜負了太后的期望，回去後謹奉汝母，莫再分離。」

盛顏一時竟不知自己該如何反應，只茫然拜謝了太后恩德，頂著眾人各異的目光，胡亂收拾著自己的東西。

不明白這事情是怎麼回事。她整理東西的手機械而木然，無法控制地微微發抖。

她想著自己五天前剛剛離開了家門，告別了母親到這裡，現在突然又被放回家，匆忙讓人來，又匆忙讓人走，她竟毫無自主。

難道說這幾天來的事情，只是一場夢境，或者只是，一個笑話？

所有女孩子都刻意視而不見，大家都和常穎兒一樣，在門口探究了她幾眼，連過來敷衍幾句送別的話都懶得。估計大家也都知道，她這樣的出身，已經永遠不可能與她們有重逢的機會了。

連一貫打理這個院子的吳昭慎都沒有露面，只有雕菰偷偷地給她塞了一把紅豆糕，壓低聲音說：「盛姑娘，這些給妳吧，出去以後就吃不到宮裡的東西了。」

盛顏點頭，默然將它收到自己小小的箱籠中，向她致謝。

她來得倉促，走得也匆忙。還未來得及看清這個宮闈，她便如一場大夢初醒，睜開眼時已經提著自己的箱籠，跟隨宮人沿著高高的宮牆而行。

日光照在她的身上，將她的影子壓縮成小小一團。她心緒紊亂，導致腳步也是淩亂，木然走向宮門口。

紅牆，黃瓦，高而藍的天空。

這麼大又這麼空曠的皇宮裡，腳下磚地綿延不斷，頭上高天直欲壓人頭頂，彷彿命運壓抑在人全身。

盛顏一聲不吭地走著，悄悄伸手到懷中，握住那個九龍珮。

玉石的質地溫潤，入手微有冰涼。她死死地攥緊了它。

他為了什麼，不勸說太后，阻止自己回去？

難道當時他向她要的那個承諾，只是一句隨口笑談，現在他後悔了，就棄之不顧了嗎？

他難道不知道，她是下了多大的狠心，才能義無反顧地拋棄自己過往和以後的所有人生，進入這個可怕的陌生之處。

龍顏崢嶸，凹凸的雕刻刺痛了她的掌心，眼淚不覺就蓄滿了眼眶。

但是，不要哭，盛顏，不要哭。

她長長地吸氣，強迫自己從容告別這個天底下最尊貴的所在。

就當作，是一場荒誕的夢。那些桃花春雨、古廟與三生池，回去以後，全都是一場不切實際的幻夢，過去了，了無痕跡。

而她回到自己的宿命之中，繼續卑微的人生。

引領她的內侍加快了腳步，鞋底在青磚上擦出輕微的腳步聲。

眼看出宮的那道偏門就在眼前。

只要一跨出去，她將從此回到外面的世界，與這宏偉壯闊的宮廷將就此永訣。

就在她這一步要邁出去的一剎那，身後忽然有個聲音傳來：「喂，妳去哪裡？」

這聲音清朗而和緩，明明是這樣無禮又突兀的問話，卻並不引發聽者的反感。

等盛顏與幾個內侍回頭，更是個個愕然。

在他們身後的，是正經過這裡的步輦，還有步輦上的皇帝，端坐在上面，面帶著一絲似有若無的微笑，溫和地看著她。

盛顏震驚無措地看著這個穿著帝王之衣的人。是在御花園替她爬到假山上採摘那一朵花的人，微笑溫和，光華內斂，詩書氣質。他面容白皙，略帶午後倦容，在一身的團龍紋飾映襯下，雅致之中掩藏著一份不應出現在他身上的軟弱氣息。

盛顏聽到他輕喚她：「盛顏？」

可她無法做出任何反應，只呆呆地看著他，喉口堵塞住一般，發不出任何聲音。

見她這樣，他不由得微微笑了出來。他從步輦上下來，走到她前面，執起她的手，微笑道：「幸好被朕看見了，不然妳若出去了，那可……」

他臉上湧出淡淡一絲遲疑，似乎不知道自己該說什麼，頓了頓，轉身看宮門，說：「幸好，只差這麼一步。」

盛顏只覺得自己身在浮雲之中，全身都沒了力氣。

他是皇帝，原來他才是皇帝。

那麼，當年那個與她爬過宮牆看桃花的孤苦無依孩子，是誰？

帶她坐著馬車行經一路花開的人，是誰？

給了她九龍珮的那個人，是誰？

三生池裡一雙人影，那一個是誰？

在巨大的震驚與悲慟之中，完全忘記了反應的盛顏，手中那個小小的箱籠砰的一聲墜落於地。

沒有人去理會那些散落的衣物零碎。

皇帝握著她的手，牽住身不由己的她，笑著問她：「明日就要應選了，妳拿著東西要去哪兒？」

盛顏眼前只是一片白茫茫，幾乎看不清面前這個近在咫尺的人。她只徒勞而固執地企圖抽回自己的手。

但他緊握著她的手，溫柔地俯頭看著她，低聲問：「妳不是說，既然來了，就不會離開嗎？妳不是說自己一定要在宮裡好好過下去嗎？」

「是，我不想離開……」盛顏顫抖著回答。

帶著那麼多人的豔羨，帶著母親的殷切囑託進入這個宮廷，可如今才僅僅數日，她怎麼能就此回去？

可，她曾那麼信誓旦旦要待下去的這個宮闈，卻沒有他的存在。是她把一切都想錯了，她義無反顧飛蛾撲火的那個人，並不在這裡。

心裡預設好千遍萬遍的未來，陡然之間全部粉碎，她除了恐懼無措之外，沒有任何應對辦法。

她只聽到他在耳邊輕聲說：「好了，我們找一個地方，妳好好地跟我說一說，究竟是怎麼回事。無論如何，我會幫妳解決一切麻煩的。」

他牽著她的手，向著宮內殿閣最高大的地方行去。

而就在離他們十步之遙的宮門外，瑞王一個人負手站在那裡，看看天色，已經快要午時。

臉上微微浮起一抹笑意。她也快要出來了吧？

他用了十年時間去記掛的那個女子，無數次在夢裡仰望過的少女。那時松柏的陰影，在月下如水墨般印染在年幼的她的裙裾之上，也印染在他後來無數的夢裡。

他母親所居住過的小屋，被徹底夷為平地，上面修建了一座佛堂，那樹桃花自然也被連根拔起，連花期都還未過去，便已永遠不復存在。

然而他已經不再懷恨遺憾，因為曾有一個人，將那枝開放的桃花折下來，遞到自己手中。

那是他灰敗黯淡的童年中，唯一鮮明奪目的記憶。

他珍藏著那枝桃花，直到花朵徹底萎敗凋落，只剩下一根枯枝。他珍惜地保存著這根銀灰色的桃枝，甚至在被遣送到蒙國當客使時也帶著它，從此後無論顛沛流離還是浴血歸國，不曾離身。就算沒有看見，也能讓他知道自己淒涼冰冷的人生中，還有一抹溫暖的顏色。

盛顏，他後來偷偷打聽到的名字。經過十年時光的磨洗，未曾模糊半分。在知道她父親無聲無息地死在任上之後，他以為她也已經流落外地，嫁為人婦，永生永世與自己再不相逢。然而沒想到的是，打探下落的人很快便回稟他，盛顏就在京郊，離他那麼近的地方。

他丟下了所有事務，像當年無所顧忌的孩子一樣，任性地孤身跑去尋找她。

春雨花神廟之中，剎那相逢，恍如隔世。他夢裡出現過無數次的稚嫩面容，已經長成如此清麗絕俗的容顏。即使知道不應該、不可以，但他還是無法控制自己，站在她的身旁一直一直地看著她，移不開目光，發不出聲音，甚至連呼吸都差點遺忘。

她伸手去接芭蕉樹上滴落的水珠，那些水珠似乎也滴落到了他的心口上，細細密密地敲擊，不可遏制。

她鬢邊的桃花被他一箭射下時，萬千青絲在瞬間散落，如同萬縷情絲編織成的天羅地網，恐怕再難逃脫。

不過，他心裡想，就算逃不脫又有什麼關係呢，誰能有他這麼好的運氣，實現自己十年的夢。

就算在夢裡困到死，也是心甘情願。

她答應了他的求婚，在三生池邊，接受了他的親吻。

雖橫生波折，她進宮走了這一趟，但如今萬事落定，她終究還是要回到自己身邊來。

他自然是不能進去接她出宮的，但他也按捺不住，無法安坐在王府中等待她。所以他親自等在這裡，要在她踏出宮門的第一刻，就握住她的手，從此再也不放開。

願為雙鴻鵠，振翅起高飛。

杏花疏影裡，吹笛到天明。

他這樣想著，只覺人生圓滿美麗，無不盡如人意。

唯有太陽漸漸轉移，正午的刺目光線，彷彿未來傾瀉而下，猙獰地壓在宮門內外三個人的身上。

靜待盛顏的瑞王尚誡，背離而去的盛顏，握住盛顏手的皇帝尚訓。

無人知曉這一刻，更改了多少順理成章的未來。

桐蔭宮，春天的時候，尚訓帝住在這裡。

盛顏茫然地跟著尚訓進來，看這裡高軒廣屋，殿宇高偉，格局疏朗。殿基周圍遍植高大的梧桐，現在正是著花的時候，串串淡紫色的梧桐花盛放在藍天下，白色與紫色的素淨顏色，看上去幾乎淡到冷清，與其他宮室迥異。

她料想這裡不是一般的地方，便轉頭看帶她來的尚訓。

他微笑道：「周成王小時候與幼弟叔虞玩耍時，曾經把桐葉當作諸侯信物賞給他。周公認為天子無戲言，便勸成王將叔虞封在晉地。宮中設桐蔭宮，以示天子一言九鼎，無法動搖。」

桐葉封弟的典故。盛顏從小就由母親教她讀書寫字，這是知道的。

「難得這裡的梧桐每一株都開得這麼好。」她輕聲說。

「這是自然，假如有一株開得差了，後局就要馬上掘掉，從其他地方取好樹補種。」他說：「在宮裡的樹，假如不能好好開花讓人看，又有什麼存在的必要？」

盛顏心裡暗暗一驚，低頭默然無語。

「這裡的梧桐開得真好，所以朕現在住在這裡。」他翻手拉住她的手腕，牽著她進去。

這裡是他的寢宮，而現在自己的手卻又握在他的手中，盛顏一時慌亂到極點，只覺心口抽搐似的慢慢流過溫熱的血，恐慌無比。

幸好他只拉她坐在廊下，這條迴廊全籠罩在梧桐的花蔭裡，梧桐枝條柔軟，花開得多了，壓得樹枝倒垂，一片紫色白色包圍著他們，只有花葉的縫隙間，有細細的風吹進來。

兩人沉默良久，他端詳著她低垂的面容，開口問：「怎麼後局要送妳出去？」

她受了一驚，抬頭看見他盯著自己的那雙眼睛，黝黑而清澈，竟如從未解風雨世事一般。她只覺胸口難過得幾乎要爆裂開來，說不出話，張一張嘴，眼淚卻先滾了下來。

皇帝卻以為她是因為要被遣送回去而難過，輕輕伸手去攏她的肩膀，說：「不要擔心，朝廷的事情我不管，但在宮裡，我就一定要留住妳。」

她知道皇帝因為從小身體不好，一直不怎麼過問國事，全都是瑞王在決斷。所以她一直誤會了，她以為，那個大雨中偶然相遇、對自己笑容溫和的男人，會是這個素有仁善之名的皇帝，卻誰知，一切種種跡象如此相似，最後卻落得一場錯誤。

她竭力縮起身子，依靠著欄杆，用面前的桐花遮掩自己悲切慌亂的面容，在混亂的腦中尋找著痕跡，艱難地拼湊著。

七年前的宮裡，兩個皇子。比她大三歲的瑞王，在長久的忽視與刻薄對待中，面黃肌瘦，身量瘦小，而她女孩子本來就發育得早，再加上在家中備受呵護，以至於與這個瘦弱又發育遲緩的男孩一樣身高，讓她誤以為他是與自己一般年紀的尚訓。

十年後，她拿著上局的傘與先皇賜的九龍珮，可她只看到他溫柔呵護自己的態度，卻沒看到他背後隱藏的力量，從未曾想過他的另一面，會是素有暴戾之名的瑞王。

這樣的錯誤，莫非是上天註定。

是她不該輕信自己的判斷，到如今一個錯誤，就是一生。

心裡太過混亂，到最後只剩了混亂一片。她感覺到他抬手擦去自己臉上的眼淚，指尖溫暖，動作輕柔，幼獸一般小心翼翼，倒似她是此時枝頭的梧桐花，柔弱到不禁風的嬌嫩，怕自己力道稍微重了就會讓她受傷。

在急促的呼吸中，她聞到梧桐花的香氣。這香氣讓人頭暈目眩，恍若是毒藥。

他問：「跟我說一說吧，妳到底是做錯了什麼，會在選妃的前一天被遣出？」

她默然低頭，緘默不語。雖然她知道是為了什麼，可她如此微不足道，又如何能妄議太后。

而他也早已了然，輕描淡寫道：「能讓人送妳出去的，只有太后了。可她剛剛召妳進宮，怎麼如今見了一面後，又忽然要人送妳出去？」

盛顏默然咬住下唇，依舊不說話。

而他卻像逗一隻無精打采的小貓咪一樣，戲謔道：「我知道了，母后一見到妳之後，就覺得妳容貌異常美麗，覺得妳會狐媚禍主，所以為防萬一趕緊將妳送出去。」

「不……不是的。」她終於忍不住，開口打斷他的話，臉也忍不住暈紅一片。

尚訓笑著端詳她。「哦？那麼母后的意思是？」

被他那專注的目光凝視著，盛顏不由得一陣緊張，雙手無意識地抓緊自己的衣裳，將那上面抓出凌亂的折痕來。「我出身低微，不懂宮中規矩，太后擔心我太過散漫。」

「這有什麼，誰也不是生下來就熟知禮儀的，妳這麼聰明，只要有人教導的話，不出十天半月，也就學會了。」他說著，又微微皺眉點點額頭，說：「我想想該怎麼去對母后說才好。」

盛顏見他如此認真模樣，心下不安，唯有跪坐起身，低頭向他哀求：「盛顏何德何能，不敢勞煩聖上勸解太后，只求出宮，重新回到家中照料母親。」

「妳這樣被送回去，可要遭人嘲笑的，真的願意嗎？」他說著，抬手一下一下地撥弄著面前低垂的桐花，沉吟片刻，說：「妳知道嗎，妳爹當年……對朕十分關懷，朕也該好好關照妳。」

盛彝當年是天章閣供奉，但並未進宮講讀，與皇子打交道的機會並不多。但看他面容上沉鬱的感懷，又似乎確實對自己的父親頗有印象，不似敷衍。

她還在想著，尚訓卻忽然轉頭望著她，臉上露出一絲促狹的笑容，說：「其實，也不是沒有辦法，讓一切既成事實就好了。」

盛顏不太明白既成事實是什麼意思，還無意識地望著他時，忽然間尚訓便湊了過來，在離她最近的地方笑著眨眨眼，然後她的臉頰微微一熱，他的吻已經落在她的面容上。

她愕然睜大雙眼，來不及驚呼，尚訓已經抓住她的一雙手腕，將她抵在欄杆上，順著臉頰漸漸吻下她的脖頸。

麻癢的氣息與吸吮的觸感，擾得她身體顫抖起來，驚駭不已。她下意識想要掙扎，卻發現自己手腕被制，根本無從抗拒。

周圍傳來輕微的腳步聲，是伺候在旁的宮人們，全都趕緊退避出去。皇帝最貼身的內侍景泰遲了一步，被尚訓一個眼神瞪到，立即俯身後退，還貼心地將宮門帶上了。

桐花盛開，只剩得他們兩人留在白色與紫色之中。

盛顏在他的壓制下，恐懼地握緊了自己的拳。指甲深深嵌進她的掌心中，尖銳的疼痛。腦中恍若利刀割過，驟然冰冰涼涼一個激靈，讓她全身毛骨悚然。

她的眼神在掙扎中變得絕望，倉皇的聲音也顯得暗啞起來：「請聖上……放我出去吧，我，我……我想念我娘……」

「以後，等妳晉階之後，會有機會的。」他抱著她，含糊地說。

盛顏眼中湧起的淚，不可抑制地落了下來，滴落在他的衣袖上，卻被迅速吸走，不留任何痕跡。

吻……三生池上，也曾經有一個人，吻過她。

她答應過會等他，那承諾，說出口了，就是一生一世。

所以她再也忍耐不住，痛哭出聲，斷續哽咽：「我……在宮外，有喜歡的人了……」

這輕微而虛弱的聲音，卻讓他所有的動作都停了下來。

靜默讓他的身體漸漸變冷，他放開她的手，卻捏住她的下巴，強迫她轉過頭來看自己。

她看到他幽深的眸子，眉頭微皺，神情稍有波動。但在盯著她許久之後，臉上的一切卻漸漸平息了，甚至還脣角微揚，說：「就算害怕，也不必說謊騙朕。」

盛顏默然拉住自己的領口，身體依然在輕微顫抖。

「母后召妳進宮的懿旨，朕親眼見過，當時旨意明確地告訴過妳，並不是強迫妳進宮，妳完全可以自願選擇。若妳有喜歡的人，為什麼還要背棄他，來到這裡？」他望著她，用手輕輕敲擊著欄杆，神態無比肯定。「而且，就在昨天，妳還告訴我，妳一定會在宮裡好好過下去，怎麼今天，就成宮外有喜歡的人了？」

盛顏囁嚅著，無從辯解。

她沒有辦法回答，因為她是將瑞王誤當成了他，所以不管不顧地進宮，奔著瑞王而來。

——這樣的話若出口，不但她身敗名裂，恐怕連瑞王都會被牽連，捲入是非之中。

尚訓見她低頭不敢說話，只睫毛和肩膀瑟瑟顫抖，就如一枝初開的花在風中輕顫的模樣，如此可憐可愛。他不禁又微微笑了出來，輕緩地在她耳邊說道：「好啦，朕也知道如此倉促，妳肯定無法坦然接受。別擔心，只是做做樣子而已，讓宮中人以為我們木已成舟，這樣，母后也無法再提送妳出宮的事情了。」

盛顏聽他這樣說，僵硬的身體終於略微動了動，氣息雖依然寒涼，但眼中的絕望已轉成哀切。

他憐惜地捏了捏她的臉頰，伸手按住她的肩，輕聲說：「明日我會選妳的，妳放心吧。」

她恐懼已極，卻只能拚命搖頭，叫了一聲：「不，聖上……」

「留下來吧，朕身邊，總得有個我自己選擇的人。」他在她耳邊低聲呢喃，緊握住她的手，輕聲說：「朕也會有實在忍耐不住，需要向人傾吐的祕密。而朕相信，妳會是最佳人選。」

她一時不太明白他話語中的意思，不明白他自己選擇的人是什麼意思。等再深入想一想，才微微打了個冷戰。

他選中她的原因，是因為她是被太后遣出去的人。

所以他自己想要選擇的，是與太后心意相悖的、不可能相互勾連的人。

「對，妳是太后不滿意，要瞞著我送出宮的人。」他聲音極低極低，如囈語般在她耳邊說：「所以我，一定會保護好妳。」

盛顏恍然想起，當初生下了皇帝的易貴妃，令時為皇后的太后如坐針氈。後來易貴妃華年早逝，尚訓才移送到皇后膝下撫養。

只是，缺乏血緣關係的養育之恩，似乎並不能消卻所有鴻溝。

朝廷內外所讚頌的，太后與皇帝的天倫和樂，原來只是眾人美好的願望。皇帝含糊不清的寥寥數語，但盛顏便足以窺見其中天機。

而尚訓卻並不介意她的錯愕恐懼，只按住她的肩，聲音輕緩卻無比清晰地說：「妳已經知道我心裡最大的祕密，盛顏。所以若妳不站在我身後，妳一定會死無葬身之地。」

她心口搖曳過一縷細長尖銳的冰冷，顫聲問：「為什麼選擇我？」

他沒說話，只抬手順著她的鬢髮輕輕撫過，無聲地露出一個微笑，說：「因為只有妳，背棄了我之後，就無法在這個宮裡好好活下去。」

好好活下去。

父親去世的那一夜，母親握著她的手說，阿顏，我們好好活下去。

無論在什麼地方，遇見了什麼人，上天給妳什麼，都一定要讓自己好好地生活著。

盛顏只覺得心中升起難言的絕望蒼涼。十指收得太緊，指甲掐進掌心，隱隱刺痛。她垂著面容，目光所及之處，是與她一起坐在廊下的他的衣裳，明黃底上金絲盤龍，帝王的天威龍顏，她一個女子要怎麼抗拒？

可——

她已經答應了另一個人，答應會等他。即使面前這個人是九五至尊、溫和柔善，而她要等的人是眾口一詞的暴戾跋扈、可恨可怕。

可她想要的命運，不是在深宮之中消磨年華，與一個對自己溫柔以待的人相候此生。

她所要的，是十年前那個在空宮角落之中倔強長大的孤苦孩子，是十年後春雨桃花下一眼就認出她的冷峻男人。

天邊漸漸暗淡下去，斜陽在草樹上留下金色的影子。

太陽還沒有落山，月亮卻早已出現。銀白的圓月在淺藍的天空上面只留了一抹微痕。

瑞王站在宮門外，此時周圍已經是一片悄然無聲。他像突然省悟過來一樣，雙眉一揚，大步就走進宮裡去，門口的守衛看見是他，個個只是恭敬拜見，並沒有人攔他。

他到重福宮，讓人去向吳昭慎詢問：「今日說要送出宮去的盛顏，怎麼還沒有見出來？」

瑞王府的侍衛打聽之後，趕緊回來稟報：「吳昭慎說，早已經在午末送出重福宮去了。」

瑞王微微皺眉，回頭看向宮門口。

後宮的女子，送出去的時候只有從青龍門旁邊的側門出去，怎麼會午末出了重福宮，卻到現在還沒有出來？

他從重福宮門口，慢慢走到宮城門口。旁邊是左縱道，通宮城南北，宮裡人常常抄這條近路由宮門到內宮。

站在那裡，向內宮看去，宮城實在太大，道路長遠似沒有邊際。

他問旁邊當差的內侍：「今天這裡，是太后來過，還是……皇上來過？」

那內侍忙低頭稟報：「是聖上來過了，剛好遇見了一位姑娘要出宮，萬歲爺似乎認識她，就帶她回到宮裡去了。」

「原來如此。」他慢慢地說，站在那裡，眼看著太陽落下去。整個皇城都是一片金色。

「原來如此。」

那內侍眼看他臉色變得異樣陰沉，心裡一驚，忙把頭低下去，也不敢作聲。他早已快步離開，獨自一人，逕自去往桐蔭宮。

宮廷這麼大，等他來到桐蔭宮時，天色已經徹底暗沉下來。所有的花都像白雪一樣堆在墨藍色的空中。

門口的侍衛看他這樣急促地走來，不敢阻攔，讓他一直走到殿前。守候在殿外的內侍心慌不已，實在沒轍，只能趕緊攔住他，輕聲說：「聖上在裡面呢，王爺有什麼事情，可以明天再說。」

他冷冷問：「聖上不見我？」

「這……這自然不是。只是聖上如今，估計不方便見王爺。」內侍吶吶地將身子縮了縮，硬著頭皮說道：「聖上今日午時……在宮門口遇見了個進來候選的女子，一見之下就喜歡得不得了，帶著她回到這邊了。」

他默不作聲聽著，站在黑暗裡，一動不動。

內侍看不見他的神情，但是卻分明覺得自己打了個冷戰，彷彿有駭人的寒氣從他身上無形傷人。

不自覺抹了一把冷汗，見他沒說話，內侍也只能指指裡面，繼續戰戰兢兢說：「王爺您是沒看見聖上與那位姑娘的親密情狀，那真是喜歡極了。這宮裡這麼多人，可這些年來就這麼一個聖上入眼的，還親自帶回寢宮來……老奴等自然不敢在旁目睹，所以一眾人都避在外面了，如今都入夜了，兩人還在裡面，未曾叫奴婢們進內伺候呢。」

侍立於殿前的眾人趕緊附和。其中捧著梳篦與換洗衣物的宮女年紀最小，咬著唇先吃吃地笑了出來。而身旁捧著鎏金盆的宮女則無奈道：「等了這麼久，水都冷掉換三、四番了，到底何時才能讓奴婢們進內去服侍呢？」

老內侍責怪地示意她閉嘴，轉向瑞王道：「依老奴看來，恐怕有再大的事情，王爺也得明日再來面見聖上了。」

瑞王依舊一言不發，身上的陰寒之氣更甚。他逕自往臺階上而去，內侍們心驚膽寒，唯有默不作聲地往旁邊避讓，不敢攔阻。

他大踏步走到外殿，迎面是一扇雕鏤簪花仕女的沉香屏風，隔開內外。隱隱約約的燭火，在屏風後透過來，在他的面前搖曳不定。

屏風透露之處，隱約模糊地透出兩個人影，依偎重疊在一起，親密無比的姿態。

一下子，全身都冰涼一片。

他慢慢地把身轉過去，走出這深深殿宇。

殿前只有天上一輪圓月，雪也似的大片梧桐，在風裡流轉，彷彿他一回首就

恍如隔世。

恍如隔世。

那一場大雨中，兩個人的眼睛，剎那對上，彷彿看見自己的一生。

當時整個天地的雨，下得遠遠近近。

第四章

東風有意揭簾櫳

胸口有濃稠的血液緩緩流過去，讓她整個人在瞬間恍惚。

盛顏模模糊糊醒轉時，窗外圓月正在桐花枝頭。

靠著椅背睡得腰背痠痛，她扶著脖頸正想揉一揉，手肘卻打到了身旁一個人的臉上，讓她「哎呀」了一聲，趕緊收回自己的手，回頭看向被自己打到的人。

站在椅子前，俯身看著她的尚訓，正捂著自己的額頭苦笑。

她趕緊起身躬身謝罪：「請聖上恕罪……」

「沒事，是朕不該驚動妳。」他說著，又指指窗下的床榻。「這樣睡著不舒服吧，妳去那邊躺下休息一下。」

她小心地看了看床與榻之間的距離，然後走到榻上坐下，下意識地伸手抱過枕頭，一副忐忑不安的模樣。

尚訓倒笑了，說：「要不妳回去也可以，想必現在宮裡早已傳遍了，我們在一起共宿的事情。」

盛顏抓緊手中枕頭，臉色都青了。「那……那我不能出宮了？」

「應該不會了，放心吧。」尚訓以為她是擔憂自己還要被趕出去，便把椅子拉到她面前坐下，安撫她說：「除非太后一意孤行。但一般來說，應該不會有這樣的事情，我不信太后會厭惡妳到這樣的地步。」

盛顏默然沉著頭，在心裡思慮著，太后是不喜歡她的，她不夠落落大方，也不夠高貴端莊，明日使使小性子，讓太后更覺礙眼，或許就會獲罪於她。到時她可以對太后稟報，坦承自己與皇帝陰差陽錯，其實並無瓜葛，那麼太后必定不會繼續容她在宮中，照舊被送出宮去，也不是不可能。

無論受到什麼懲處，只要能出宮，她都可以忍受。

而且，她相信瑞王必定會幫她的，到時候，只要能留一條命出宮，就好了。

她盤算著，也不知道自己這樣的計畫是否有漏洞。心裡焦急又恐慌，臉色就更難看，連暈紅的燭火也不能掩蓋她氣息奄奄的模樣。

尚訓嘆了一口氣，抬手捏捏她的臉頰，說：「朕要怎麼說，妳才不怕呢？別擔心，朕保證過的，就萬無一失。」

她咬了咬下唇，將自己的臉轉向一邊。

尚訓便站起身，到屏風外對外面人吩咐了幾句，然後握住她微涼的手腕，將她拉到外間桌前坐下。

桌上早已擺下點心，他親自給她倒了一杯茶，說：「別擔憂了，先吃點東西吧。吃完之後，朕給妳看一些東西，妳一定會喜歡的。」

她迷惘地看了他一眼，見他眼神溫柔清澈地望著自己，不由得心虛，只能默不作聲地低頭喝茶。

熱熱的茶水下肚，身體漸漸暖和起來。尚訓又給她拿了一個點心，遞到面前。

她接過來，眼前恍惚閃過十年前，她躲在靈堂後偷吃點心的時候，看見了瘦弱飢餓的瑞王尚誡。那時的她也是如此，幫他遞過點心，斟上一杯茶水——這麼平凡的舉動，如一點爐膛中濺出的微不足道的星火，卻預料不到，在十年後，會演變成那麼溫暖的火焰。

她吃了兩、三個點心之後，抬頭看尚訓，想知道他要給自己看的東西是什麼。

尚訓見外面人已經送了東西進來，便將那個木盒子接過，放在桌上，打開給她看。

裡面是一疊陳年故紙，上面寫滿了字。

盛顏不知這是什麼，也不敢伸手去拿。而尚訓卻將裡面的紙取出，遞給她說：「妳應該認得上面的字跡吧？」

盛顏看了一眼，便愕然睜大雙眼，說：「這是我爹的字跡。」

「對，這是妳父親盛彝生前所著詩文。在他去世之後，妳和母親帶著妳父親的遺物回京，後來便留在了家族中。宮裡曾派人去搜集他的文稿，這就是當時帶回來的。」

盛顏心想，父親去世時，先皇已經駕崩，而尚訓帝當時剛剛登基，年紀尚幼，說不定連父親的名號都記不清楚，又怎麼會讓人去搜集他的文稿呢？

她心中又隱隱升起一絲思索，那麼……是瑞王顧念她那一夜的情意，命人尋找她父親的遺物嗎？

轉念一想，她又立即否定了這個想法。瑞王自北疆回歸之後，一直住在王府，怎麼可能派遣宮中人去尋找東西，又將它取回放在宮中？

那麼，唯一有可能的人，就只有一個人了。

「是太后喜歡我爹爹的詩文嗎？」盛顏輕聲問。

尚訓笑了笑，搖搖頭說：「那倒也不見得，太后草草看過一遍之後，便沒再理會了，內局便將它暫收在了滄瀾樓藏書閣中。朕幾年前偶爾看到，覺得盛學士詩文真是雍容中正，十分投契朕的心懷，所以便留意了一下。現在便將這些東西交給妳吧。」

盛顏感激不已，將木盒抱在懷中，含淚向他致謝。她爹雖然不通時務，仕途潦倒，可他詩文名滿天下，她自幼時便對父親深懷崇拜之情，多年來未曾稍減。

天色已晚，尚訓休息去了。盛顏將紅紗宮燈移過來，一個人蜷縮在榻上，翻看著父親留下的詩文。詩詞內容雜亂，多是他在任上的一些感懷，仕途艱辛、妻女勞苦、人生無望之類的。

她慢慢看著，彷彿舊日那些艱難歲月重現，淚水順著臉頰垂落，難以抑制。

一片壓抑苦澀中，只有一首，是父親關於女兒穿素紗裙的描寫，難得的出現一些鮮明的色彩。上面那一句「海棠折枝月華裙」，讓她想起母親將她舊日的裙子改成女兒所穿裙裳的模樣，那是一條藕荷色的裙子，織出胭脂紅的海棠，質地華貴。母親將裙子腰間做了褶皺，隨著她身量長大而漸漸拆出。從十歲一直穿到她十四、五歲，逢年過節時才珍惜地換上，只是顏色已經褪淡，難掩窘困。

那時母親帶著她與幾位親戚姑姨見面，大家都打量她，也頗有幾位家中有適婚兒孫的親眷私下詢問她的身分。但她家的情況在京中人盡皆知，最終她在城郊孤零零長到十七歲，無人問津。

她嘆了口氣，將那一頁詩翻過去，但隨即，又翻了回來。

那裡面還有一句：「一自姮娥離宮闕，彩衣雖存散如雲。」

姮娥，大約是指代母親年輕時穿著這件衣裙的模樣嗎？

然而，寫自己的妻子卻帶上宮闕，盛顏覺得這絕不像父親這樣的性情會寫的句子。再者，這詩中滿懷的，似乎是對一個已經逝去女子的感懷，分明不像是感嘆她母親的當年風華。

她將這首詩取出，放在一邊，又將其他的詩文都看過一遍，才靠在枕上，睏倦地沉沉睡去。

不知不覺陷入恍惚，夢裡她看見父親從白霧濛濛之中出現。他和臨死前一樣臉色蒼白，躺在床上奄奄一息。他握著母親的手，眼睛望著自己的女兒，他說——

阿顏，爹爹那篇文，妳可背熟了？

盛顏淚如雨下，拚命點頭，說：「是，爹爹，我這一輩子也不會忘記！」

「不要忘記，不要忘記……」

也不知是她的聲音，還是父親的聲音，虛空迴盪在黑暗之中，洇開大片似血似淚的水跡，暈眩無比，隱隱波動。

盛顏終於再也無法忍耐，顫抖著從夢中醒來，睜大眼睛看著周圍一切。

天色已經大亮，殿內一片安靜，只有微風被她起身的動作帶起，引得輕紗帳幔輕微晃動。

尚訓居然還沒有睡著，正坐在桌前寫著什麼，見她驚坐起來，便將手中筆輕輕放下，問：「作惡夢了？是在陌生地方睡得不安穩？」

盛顏搖頭，虛弱地說：「我……夢見我爹爹了。」

他微微笑出來，走到榻前坐下，輕聲問：「他告訴了妳什麼，讓妳承諾這一輩子也不忘記呢？」

盛顏沒想到自己的夢囈已經被他全部聽到了，傷痛之中又加上一份尷尬，然後默然縮了縮身體，說：「是……我爹去世前寫的一篇文章，他囑咐我要徹底背熟，永生永世不要忘記。」

他望著她的目光，更加明亮起來。「那，妳現在還記得嗎？」

盛顏點點頭，正要說話，外面傳來輕輕的敲門聲。

景泰的聲音傳來，不緩不急：「聖上，今日正是原定擇妃之日，請陛下起身，用膳後移駕永頤宮，以免太后與各位候選閨秀久候。」

尚訓「嗯」了一聲，目光依然含笑望著盛顏，那本就輕柔的聲音中更帶上幾許微溫：「走吧，待會兒朕帶妳去永頤宮。」

盛顏略有遲疑，目光落在那摞父親的遺稿上，移不開腳步。

尚訓回頭看她，似乎在等她隨自己出去。「朕會親自吩咐下去的，讓人送到妳的住處，行嗎？」

她心中感激，但還是艱難地開口，問：「若是我……沒能中選，聖上也能給我嗎？」

尚訓凝望她的眼睛微微瞇了起來，若有所思地在她面容上掠過，然後回過頭去，逕自走了出去。「會的。」

永頤宮中，太后上座，品著茶與身邊的女官隨意笑語，三十位閨秀正在殿內等候，個個都靜默肅立。

常穎兒站在最後，正聽得耳邊腳步聲密集，想必是皇帝一行到來，趕緊眼觀鼻鼻觀心，卻不料先有個人被引到她身邊，不聲不響地站在了那裡。

常穎兒大奇，轉頭一看，頓時眼睛和嘴巴一起瞪得圓圓的——

這可不就是昨日被遣出去的盛顏嗎？她怎麼又回來了！

站在後面一排的幾個人都發現了，互相使著眼色，用眼睛表示著納悶。

常穎兒小聲地叫盛顏：「喂，喂，妳怎麼現在才來啊？」

盛顏不安地看看她，也不知該如何回答，耳邊聽得前面內侍已經中氣十足地喊：「聖上駕到——」

一眾人趕緊下跪，覲見皇帝。

等叩拜過後，幾個膽大的悄悄抬頭一看皇帝的樣子，想不到皇帝如此年輕俊美，和未進宮時聽說的傳言一樣，個個都先鬆了一口氣，但轉瞬又懸起了另一口氣，生怕自己選不中。

皇帝對太后極為敬重，事事都由她做主。今日的擇妃，他坐在那裡似無事人一般，倒是太后熱心，宦官點了閨名，叫人上來與皇帝見禮時，她一直在旁邊笑咪咪看著，有時也朝皇帝點一點頭，以作示意。

三十個人都過了大半，皇帝神情始終淡淡的，竟沒人揣摩得出他究竟有沒有看上哪位姑娘。太后神情倒是還好，下邊幾十個女孩子可個個都緊張得幾乎連步子都邁不動了。

眼看著名單念到最後，一直低頭站著的盛顏，終於聽到自己的名字被念出。她是臨時被皇帝帶過來的，所以穿的並不是後局統一送來的衣服，而是自己從宮外帶進來的衣裳，雖經修改後如今已經合身，但質料與做工，畢竟無法與內局工藝相比。她一從眾人身邊走過，就有人目光落在她身上，詫異又蔑視，若此時不是皇帝與太后在場，恐怕已經聽到嗤笑聲。

盛顏走到殿前下拜，向著上面見禮，聲音略帶喑澀：「原天章閣供奉盛彝之女盛顏，叩見陛下、太后。」

太后的目光落在她身上，陰晴不定，臉上的笑意還在，但眼中卻滿是陰霾，沉沉地壓著。

而一直以平淡神情安坐的皇帝，此時終於露出笑容，說：「阿顏趕緊起來吧，母后自然早已知道妳名字的，不需要多禮了。」

這一聲「阿顏」，叫得如此突兀又自然，讓盛顏都幾乎嚇了一跳。她不知道皇帝忽然地在大庭廣眾之下表示親密是為什麼，勉強鎮定地起身，悄悄地用眼角餘光看一眼太后，她的神情果然有些許僵硬，連臉上一直維持的笑容都不見了。

而下面那群閨秀，則更是個個都屏息靜氣，不敢出聲。

太后將手中茶盞遞到女官手中，轉頭問皇帝：「昨日皇上帶回身邊的，可就是這位姑娘嗎？」

尚訓點一點頭，說：「阿顏溫柔婉約，與朕的關係又非比尋常，朕希望給阿顏擇一個離朕寢宮最近的殿住著，往後也好時時看見她。」

「皇上是真喜歡這女娃兒了。」太后不動聲色笑著，那口中對盛顏的稱呼卻已經親熱了幾分，她回頭打量著低垂面容的盛顏，問：「朝晴宮可好？就在清寧宮東側，母后看妳之前在那邊住得多。」

這口氣，已經不是在商量她是否留在宮裡，而是確定無疑地給她安排住處了。下面候選的閨秀們個個暗地攥緊了手中的絹帕，彷彿要在絹紗中擠出水來。

盛顏在階下叩了個頭，抬頭望著太后，看著她隱藏在笑意之後的冷淡目光，低聲說道：「盛顏承蒙聖上、太后厚愛，感激不盡，只是——」

「阿顏。」尚訓淡淡打斷了她的話，貌似漫不經心地抬手示意身後人將一個盒子送到她面前，問：「這東西怎麼樣？」

盛顏話被打斷，只能將後面的話艱難嚥回口中，看向那個被打開的盒子。是一支琉璃牡丹簪。金絲絞成牡丹蕊，淡紫琉璃捲成牡丹花瓣，片片透明，再用鎏金銅絲將這些花瓣攢成一朵濃豔的琉璃牡丹。

她只能說：「這支簪子……十分精緻美麗。」

「朕也覺得，和妳十分相配，所以就命人找出來了。」他卻不假手身邊他人，直接起身，將盒中的牡丹簪子取出，走到她的身旁，伸手將她拉起來，端詳了一下她的髮髻，然後幫她插在鬢邊。

殿中所有人顯然都很意外，太后更是臉色不悅。殿上所有人只知道這支簪子華美異常，可唯有她知道，這支牡丹簪是當年尚訓的母親易貴妃心愛之物。

就在牡丹簪插入盛顏髮間時，尚訓俯下頭，貼在她耳邊輕聲說：「昨日朕與妳一夕纏綿，宮中上下人盡皆知，妳若就這樣出宮而去，試問天底下誰還敢接納妳？」

他的溫熱氣息在耳邊縈繞，卻讓她的臉色與脣色一起變得煞白，雙手也不由自主地微微顫抖起來。

「而且，妳父親的被貶與去世，妳以為，真的只是表面那麼簡單嗎？妳不打算知曉其中內情嗎？」

盛顏頓時驟然睜大眼睛，猛抬頭看他。

他卻已經直起身子，又端坐回鋪了厚重錦袱的椅上，微微笑著看她：「母后選的地方正好，阿顏就先安心住在朝晴宮吧，朕待會兒把妳要的東西送過去，妳看好不好？」

盛顏只覺心中升起一陣冰涼，她身體僵直，交握的一雙手幾乎連鬆開的力氣也沒有。

但她終究還是閉上眼睛，俯頭低聲說：「是。」

這樣的情況下，她如何能從尚訓的手中逃脫。又或許，她連自己最終是否能走出去，也已經絕望了。

而父親忽然被牽連在內的那場政治風波，那讓她覺得怪異的詩文，太后在他死後的舉動，她又如何能毫不介意地拋開，一逕去尋找自己的所求？

她得留在這裡，找到父親當年的真相，再找到順理成章離開的機會。即使三生池上的那一個吻，那一句「我等你」的承諾，或許會永遠落空。

可她只能如此選擇，因為她無法拋下自己應該做的一切，就這樣決絕離去。

朝晴宮原名昭晴宮，因在皇宮東面，是每一天最早照到日光的地方，後因避昭聖太后名號，改名朝晴宮。

宮中遍植朱砂梅，只是現在並非梅花季節，油綠鮮豔的葉片之下，藏著一枚枚豆大的梅子，看起來也頗為可愛。

剛入宮的女子，封號自然不會太高，盛顏的名號倒是很合適。「美人」。在幾位才人、婕妤中並不出挑，但總感覺一種以色侍人的品行。

朝晴宮一正兩偏三個殿，總有上百間房，自然不只她在住，可巧才人常穎兒就住在她不遠處。這小姑娘比盛顏還要小上一、兩歲，心竅卻比人多一倍，當天就拿了一對絹花找她聊天，愁眉苦臉地說：「我娘讓京城最有名的金玉閣給我訂製了堆紗絹花，可問題是，我這模樣哪兒配得上這種鮮豔奪目的花朵呀，剛巧聽說姊姊進宮倉促了，沒多帶妝奩，我這對絹花呀，天生就是帶進宮來為姊姊添妝的呢。」

盛顏趕緊推辭，可惜小姑娘比她會說話，最後好像她要是不收就是對不住她似的，她只好勉為其難地收了，又沒有東西回贈，一時坐在屋內有點悶悶的。

天色還未曾暗下來，御駕已經到了朝晴宮。

接到先行宦官的稟報之後，住在裡面的幾個低階妃嬪趕緊都出來，在宮門口迎駕。

尚訓倒是挺和氣，與大家都說了幾句話，臉上也始終帶著笑意，但誰都可以看得出裡面敷衍的意味。他的目光只單單落在盛顏的身上，目光在看著她的時候才明亮了些許。

見她一直站在人後不說話，他親自走過來攜住她的手，說：「走吧，朕去看一看妳住的地方。」

盛顏尷尬無比，想不動聲色將自己的手抽回，他卻握得那麼緊，簡直每一根手指都掌握在他的掌中，無法挪移半分。

她只能吶吶地隨他進內，說：「宮中的地方，應該都差不多的。」

「就算差不多，可有了妳住著，和別人的地方差別就大了。」他說著，想想又含笑回望著落後自己半步的她，說：「而且，這邊朕要常來常往的，自然希望能一切妥貼。」

聽到他這話，被分派給盛顏的兩個小宮女都是興奮不已，連皇帝身後的景泰等人也不由得多打量了一下盛顏，看著她那亦步亦趨的木訥模樣，暗地裡咂舌。

尚訓進內後，讓人將一個木盒呈上，然後便將所有人屏退了。

木盒內裝的自然是盛彝的遺稿，他示意盛顏收好，說：「這就給妳吧，也算是物歸原主。」

盛顏再謝了他，接過來抱在懷中，珍惜地用手指輕撫著。

他又問：「妳父親當年叫妳背下的那篇詩文，妳背給我聽聽看？」

盛顏微微皺眉，說：「是篇七顛八倒的文章，父親取名為〈無解詞〉，這幾年我時常背誦，但總不解其中意思。」

「沒事，妳背吧，朕聽著呢，或許我們兩個人一起商討商討，能有結果。」尚訓坐在她對面，因景泰等人都候在殿外沒進來，便找了個舒服點的姿勢隨便倚靠著，顯然正準備靜聽那篇〈無解詞〉。

盛顏略一沉吟，便從頭開始背誦。

佛曰，白玉堂上金作馬，奈何橋東鬼無家。昨日牆上椒香，今朝登第誰家。

故朋三兩皆散盡，親友滿座成虛幻。靈竅盡化飛煙去，寶幢留待舊人家，涕淚下。

果然是不解其意的一篇文，不合格律，不管韻法。但她聲音柔軟，口齒清朗，這篇文又很短，就如數十顆珠玉墜地，不一會兒背完了，餘音嫋嫋，似乎猶在耳邊。

尚訓不覺呆了呆，只覺得自己十分留戀她口中輕輕吐出輕語的模樣，不覺輕拉住她的袖子，讓她再背一遍。

盛顏又給他背了一遍，他記性十分不錯，聽了兩遍後就命景泰送了紙筆進來，將整首詞都寫了下來，給盛顏看。

他的字飄逸清朗，盛顏看了一遍，點頭說：「正是這些，其他再沒有了。」

尚訓看著這篇文，沉默不語，怔怔出了好久的神，卻毫無頭緒。他終於嘆了口氣，將紙張捏在手中，抬頭看盛顏。

盛顏正坐在梳妝檯前，低頭沉默，手中無意識地把玩著一支絹花。

尚訓看一看那支絹花，笑問：「怎麼啦，這絹花看來也很平常，朕難道沒有它好看？」

盛顏聽他笑語，臉上不由得一紅，將那對絹花拿出來給他看，把事情說了一遍，然後問他：「聖上覺得我怎麼辦才好呢？」

尚訓見她煩惱這些事，將手中紙往桌上一丟，笑道：「一對絹花，有什麼值得想的。喜歡就戴一戴，不喜歡就丟了。」

盛顏躊躇道：「常穎兒明顯是結交之意，而我以後也不知如何，確是無意多生親近。只是無論如何，人情總該有來有往，於情於理，我是不是都該還一份禮？」

「那妳怎麼想？」尚訓看著她說：「朕認為，妳該找幾個機靈又可靠的盟友，或拉攏，或投靠，這樣，說不定就能在宮中如魚得水，最終為嬪為妃都不是難事——可妳卻先找朕來尋主意，問朕如何是好，這又是什麼道理？」

盛顏一時無言，也不知該如何回答才好。

尚訓看著她偏轉的面容，臉上的笑容也一點一點淡了下去，他緩緩地將頭靠在椅背上，輕出了一口氣，說：「妳都已經有名號了，還不肯安心，只想著要出宮？」

盛顏立即惶惑地辯解道：「不，我……我只是覺得自己無才無德，恐怕聖上會覺得，像我這樣的人，不配留在身邊伺候……」

尚訓看著她的模樣，心頭無名火起，惱怒地打斷了她的話：「一口一個『我』，女官們沒教過妳怎麼在御前說話嗎？」

盛顏確實不知道。她倉促進來，吳昭慎教導宮禮的課程早已過了，也不可能再為她這樣一個臨時塞進來又身分卑下的候選女子再講解一遍。

她只能揣摩著，低聲道：「臣妾失儀，請陛下恕罪……」

「妳確實失儀，區區一個美人，也敢自稱臣妾？」他素日看來脾氣最好，可畢竟是一國之君，氣性大起來，頗為駭人，那掃過盛顏的目光，就如利刃一般，寒意中不帶半分容忍。「等妳封了妃嬪之後，才有資格稱臣稱妾，在此之前，妳不過是個奴婢。」

被驟然斥責這一頓，盛顏就算再無知，也立即下跪請罪：「奴婢冒犯聖上，罪該萬死！」

他冷冷瞥她一眼，抓起桌上的紙張拂袖而去。「妳委實有罪，只是得想想究竟是什麼罪！」

朝晴宮的盛美人，中選之時受到萬千矚目。未曾候選便已得到皇帝歡心，選妃時皇帝對她的喜愛也是溢於言表，更是這一次納入後宮的眾人當中第一個迎接聖駕的。那一刻人人都以為，即使沒有家世背景，盛美人也將是這一批人中，最為得寵的一個。

然而，皇帝這異乎尋常的興趣，也以異常迅速的速度，消退了。

尚訓帝自小身體羸弱，那日從朝晴宮出來後情緒欠佳，回去就受了風寒，在桐蔭宮中將養了一個來月，直到殿試當日，才再度與朝臣見面。

本次殿試是尚訓帝登基後第一次親力主持，地點定在雍華殿。禮部的人早已將一切安排妥當，本朝幾位聞名大儒也都已經在殿上正襟危坐，連瑞王也已經坐在下首等待。

其實一切井井有條，並沒有皇帝什麼事。禮部早已經擬好入選的人與題目，主試是瑞王，聞訊的是各位大儒，皇帝只要最後欽點就可以。

尚訓坐在丹陛之上有一搭沒一搭聽著，一副提不起興趣的模樣，令幾位大儒都是暗自嘆息。當年尚訓帝聰明穎悟，七、八歲便過目成誦，可稱神童，如今被攝政王管束多年，竟養成了這樣懶惰散漫的個性，眼看不久後要親政，怎麼叫人放心。

等過了十來個人之後，瑞王尚誡注意到坐在上面的皇帝似有些疲憊，便示意停下休息，尚訓求之不得，走到偏殿靠了一會兒。眼見瑞王拿著剛剛幾個考生的名單過來與他商議，他毫無興趣地將名冊撥到一邊，只說：「皇兄，別提這些沒趣的東西，朕有件事要請教你。」

瑞王瞧了他一眼，神情平淡地收回冊子，問：「什麼？」

他頗有點難以啟齒的模樣，猶豫再三才說：「朕得罪了……宮中一位美人。」

瑞王失笑道：「宮中人盡為陛下所有，何來得罪之說？」

「是真的，朕現在十分後悔。」他滿臉懊喪，五根手指在面前几案上輪番按著，許久才說：「她在朕面前自稱臣妾，朕訓斥她論身分只是個奴婢，這樣實屬僭越……可其實以往宮中美人、才人自稱臣妾的也不在少數，宮中早已成習俗，朕當時也不知為何與她嘔氣，一下子便脫口而出，駁斥了她的面子。到現在十分懊惱，但也不太好意思假裝什麼事都沒有就過去重修舊好……」

對這種後宮爭名位的些許小事，瑞王不以為意，略一沉吟便說：「若陛下確實喜歡她的話，可擢升她一級。美人之上為婕妤，不再屬於低階嬪御，自然可以自稱臣妾了。」

「還是皇兄想得周到！如此甚好，我想她必定不會再生氣了。」尚訓頓時來了精神，想想又問：「可……她剛剛進宮一個月，就馬上擢升，會不會太過引人注目？」

瑞王無所謂地一哂，說：「既然她早已口稱臣妾，或許正喜歡備受矚目的感覺。」

尚訓這才知道他誤會了盛顏，以為是個剛入宮就急著求進階的貪婪宮人，便趕緊解釋：「朕覺得她只是失言而已，並非有意。」

瑞王也不在意，只說：「或許。」

尚訓也不介意他的看法，掰著手指頭算了半天，又說：「婕妤，那也還遠得很呢……皇兄，我朝可有剛入宮的女子就晉封妃嬪的前例？」

這急切的樣子，讓瑞王尚誠都不由得笑了出來，明白這個弟弟是真的非常喜歡對方了，便說道：「曾有過。在高祖朝時，永安王的女兒奉詔入宮，當日便封為貴妃。」

尚訓忙問：「假若她父親只不過官至天章閣供奉，並非王侯，又有什麼辦法嗎？」

天章閣供奉。

瑞王在剎那間知道了他所說的那個女子是誰。

原天章閣供奉盛彝的女兒，盛顏。如今的朝晴宮盛美人。

十年前的初春，年幼的他第一次仰望過的，讓他知曉美好這個詞意的那個女孩子。

心口湧上難耐的窒息感，讓他許久默然無語。他握緊手中那些士子的名冊，嗓音沉沉壓抑：「不知。」

尚訓覺得他口氣陡然變化，微微有點詫異。

「我只代皇上處置朝廷的事情，這些後宮的事情，我不能插足。」他冷冷地說。

尚訓只能點頭，略帶沮喪地說：「既然如此也沒辦法，反正她在宮裡時間還很長，慢慢來罷了。」

瑞王什麼也不再說，等到一盞茶喝完，他們重新到大殿上將剩下所有人試完。禮部的人商議著這一群士子的排位，而尚訓早已不耐，將一切託付給瑞王之後，準備起駕。

瑞王站在階下目送他上御輦，心口湧上的煩悶讓他難以抑制，不知為何就叫了一聲：「陛下。」

尚訓回身看他：「皇兄？」

剛剛在殿內看不出來，此時陽光淡淡照在皇帝身上，瑞王尚誡才看出來，這個本就白皙的弟弟，月來一直躲在殿中養病，如今在陽光下蒼白得幾乎透明，總是缺乏生機蓬勃的模樣。

瑞王心中忽然微微一涼。算了，事到如今，又能再想什麼不可能再得到的東西。

他想要給她的，她想要得到的，何不成全他們。

一個是弟弟，一個是盛顏，全都是這個世界上，對他而言無可取代的人。

所以他走近了尚訓，鄭重地說：「陛下想要封嬪的話，規矩也不是不能改，可與太后商議一下看是否可行，改日我會催促內局玉成此事。」

尚訓驚喜不已，抓住他的手問：「皇兄說真的？」

「嗯。」他應了，又微微皺眉說道：「但木秀於林，風必摧之。若陛下真的疼惜她，不要單單讓眾人只關注她一個。」

「好，朕知道了，那朕等皇兄的好消息。」他像個小孩子一樣拉住他的手，笑道。

目送御輦離去，瑞王尚誠只覺得心裡像是堵著一堆東西。也說不出什麼感覺，只是想著她在桃花樹上的微笑，自己在樹下看她，現在想來，還是不知道美的到底是人，還是花朵。

她對他說，你放心，我等你。

言猶在耳，卻不知有些人本就不講信用，她終於還是選擇了進宮，又被自己的弟弟遇見。

就算是太后的懿旨，若她真的喜歡自己，也不是不可以推辭宮中的宣召，不是嗎？

他的貼身侍衛白晝，在旁邊低聲說：「王爺要繼續進內商議嗎？」

他想自己現在的表情一定很難看，所以他沉默了許久，才終於說：「不，等一等吧。」

這空蕩的長天和擁擠的風，應該很快就能讓他平靜下來，足以不動聲色地繼續去面對自己該面對的一切。

白晝靜靜站在他的身後，聽著風聲自他們身邊滌蕩而過，匯入漫無邊際的遠方，再也不見。

他的聲音低若不聞：「這空寂景象，真讓人心緒抑鬱。」

白晝忙躬身說：「王爺是現在朝中第一人，理應開心快活。」

他淡淡冷笑，白晝聽到他緩緩說：「別胡說，聖上才是第一人。事事稱心如意，一切盡為所有的人，並不是我。」

距離皇帝上一次駕臨朝晴宮，已經過了足足一個月。

常穎兒等幾個人閒著無聊，坐在一起正在打雙陸，忽聽得皇帝駕臨，頓時個個都丟了棋子要跑去換衣服，卻聽內侍們說，不必見駕了，陛下也只到盛美人那兒坐一坐，妳們自便即可。

常穎兒一聽，無趣地重回棋盤邊坐下，托腮撇撇嘴。

坐她對面的呂才人安慰她說：「咱就不錯了，好歹聖上還來走走。聽說永秀宮那邊，又荒僻，又沒個聖上記掛的人，這整一個月了，那邊還沒人去看過呢。」

「那，都是一個宮裡的，盛美人應該會提攜咱們一下吧？」

「她不是這個月才見聖上一面嗎，也沒被召出去過，之前不是還說她失寵了嗎，哪還有機會分給咱們？」呂才人怏怏地嘆了口氣，眼睛偷偷往對面花窗後盛顏的住處瞟，可惜裡面梅樹成蔭，遮得嚴嚴實實，一點動靜都未洩漏。

「奴婢盛顏，叩見聖上。」

尚訓的目光從盛顏頭頂掠過，泰然自若地坐在堂上。小宮女趕緊過來奉茶，他卻只帶著一抹意味深長的笑容，端詳跪在下面的盛顏，問：「妳不是自稱臣妾嗎？」

盛顏沒想到他隔了這麼許久過來，居然還要先提起之前那場不快，也只能繼續俯頭認罪：「奴婢僭越，請聖上責罰。」

「奴婢也不好聽啊，還是臣妾好聽些。」他繼續笑著，顯然心情十分愉悅，甚至還親自站起身將她拉起，然後說：「朕想了想，既然妳如此自稱，那朕也得成全，所以已經讓內局擬旨擢升妳了，猜一猜妳如今是什麼名位？」

盛顏頓時錯愕，一雙眼睛睜得大大地看向他，不知他和自己一場衝突後又給自己進階是什麼意思。

見她如此震驚，尚訓倒笑得更愉悅，甚至忍不住跟逗小孩似地抬手揉揉她的鬢髮，說：「母后已經應允了，不過也不只妳一個。朕當初還未登基的時候，先皇曾讓定遠侯的孫女與我一起作伴，先皇挺喜歡她的。如今妳可以和她一起進階，她是昭容，妳是修儀，覺得如何？」

盛顏張張口，竟不知如何反應，只是眼中滿是惶惑無措。

見她如此，尚訓再開心也略覺無趣，甩開手又重新坐下，說：「旨意已經擬好了，不管妳怎麼想，總之得受著。如今妳身分不同了，朝晴宮中那些同住的，朕會讓她們遷出去，也省得以後過來時，又要一大堆人見駕，虛禮半天。」

盛顏有些遲疑道：「但幾位才人、美人都在這裡住得很好，我們彼此之間也算和睦……」

「不就是送過妳兩支絹花嗎？妳自己去內局挑一些，撿差不多的還贈她就算完了。」尚訓頗為不耐。

盛顏心中躊躇，片刻才說：「但朝晴宮這麼大，只剩奴婢一人，也未免太過冷清。」

「修儀身邊服侍的人眾多，妳還怕冷清？」尚訓瞥她一眼，示意她在自己對面坐下，然後從袖中取出一張紙來自己研究著。

盛顏想著這些女孩子都是被選中進來的，皇帝本該好好疼惜，怎麼一自進宮後便從不理會。

見她略帶失落的樣子，尚訓轉念又想，讓她沒有一個認識的人，每天裝扮好消磨時間等待自己過來，縱然會讓自己覺得滿意，但對於她來說，似乎也有點可憐。

所以他又轉了口風，說：「上次妳提過那個，送妳絹花的才人，叫什麼來著？」

盛顏趕緊回答：「常穎兒。」

「嗯，就讓她留下來吧，有空也可以和妳一起聊聊。」

盛顏不太理解他的意思，但還是點頭應了。目光落在尚訓低垂的面容上，見他清秀俊美，略顯蒼白，便小心地問：「聽宮中人說陛下龍體欠安，如今身體可好些了？」

他見她關切地望著自己，臉上終於又露出一絲笑意：「嗯，已經好多了，妳不必為朕擔憂。」

盛顏點頭稱是，說：「那奴婢就放心了……」

他微微皺眉，打斷她的話：「都說妳是修儀了，九嬪之一，怎麼還是自稱奴婢？」

盛顏吶吶地，又改口說：「那臣妾就放心了……」

改口得如此乖巧，可他還是不滿意，盯著她低眉順眼的模樣，皺著眉又說：「還是像當初一樣，稱『我』就行了。」

盛顏抬頭看看他，更加不知他的用意。

「其實朕覺得，那時候妳還不知道朕就是皇帝，朕也只把自己當成一個普通人的時候，我們相處得，似乎也不錯。」他凝望著她，抬手傾覆住她的手背，目光顯得越發溫柔。

盛顏想要縮回手，但一想到他的身分，卻又膽怯起來，手指不由自主便僵硬了。

尚訓眉頭微皺，見她這般抗拒的樣子，便不悅地放開了她，將面前那張紙丟給她。

盛顏忐忑地將紙張打開，上面是邵雍的一首開蒙詩〈山村詠懷〉：一去二三里，煙村四五家，亭臺六七座，八九十枝花。

字跡稚嫩，看起來像是出自小孩手筆，紙張也已經發黃陳舊，周圍一圈灰跡，像是塵封已久剛剛被翻出來。

盛顏略一思忖，問：「這是聖上小時候練習寫的字嗎？」

「是。上次給妳找出了妳父親的文稿之後，朕忽然想起一件陳年舊事——在妳父親被貶出京之前，他到宮中謝恩辭行。那時候朕年紀尚小，正在東宮臨摹書法，結果他過來求見。其實朕那時候對他並無印象，但他應該是打通了朕身邊人的關節，所以進來了。」

尚訓若有所思地翻著那張紙，說：「被貶下放時，臨行求見皇帝的不少，但求見太子的十分罕見。而且，他見了朕之後，也並未向朕表述忠心，或希望能回京的意願，反而在看見朕寫字之後，還與朕講了一下書法，並囑咐朕，切要熟習邵雍這首詩，不然，我母后在天之靈，恐怕都難以安息。」

「可父親在我小時候，並未這樣囑咐過。」盛顏詫異道。

聽她又小心翼翼地用上「我」字，尚訓似乎心情甚好，看著她時，脣角也溫柔地上揚了。

「但妳父親當時叮囑我的神情，十分慎重，甚至帶著苦苦哀求的意味。朕至今想起他的模樣，還記得他眼含熱淚的神情……於是朕就將這首詩寫了一遍給他看，告訴他朕不會忘記的。」尚訓側著頭，支著下巴看看那張紙，又抬頭看看盛顏。「其實朕轉頭就忘了，直到前月才重新又想起此事，所以命人從當年封存的庫房中，從朕幼年所有的習作中將它尋了出來。」

盛顏看著那首詩，一時茫然，不知道究竟是盛彝臨行託付的有意為之，還是臨走時心情激動的無意為之。

「此外，朕還想到一件要緊事——」尚訓見她沉吟，又說道：「當初妳父親最後來拜別朕的時候，曾對朕說，他寫了一首詞，可惜無人欣賞，若朕有興趣的話，可以教朕。朕當年年幼，所以不耐煩，只說讓他退下，自己要休息了。於是妳父親只能說，若朕將來有興趣，可以前往尋他，就算尋不著，他也必定會將那篇詞交於親人後輩，讓朕記得這世上有這首詞。」

盛顏立即說道：「我想，我父親提到的這首詞，應該就是那首〈無解詞〉。」

「對，只是我們都還不知道，詞的意思。」尚訓垂目，揉著那張紙低聲道：「但他既然那樣叮囑，話語中的意思又似乎在暗示，這首詞與我母妃有關。」

可一個並不受重用的外臣，與一個寵冠後宮的貴妃，又有什麼關聯呢？

易貴妃年幼進宮，是太皇太后的族女，養在她的身邊，未多久就得專寵，甚至一度差點使后位易主。而盛彝則是天章閣供奉，只在朝堂之上起草文書之類，從未進過後宮，與易貴妃是否有一面之緣都是疑問。

「妳會和我一起，探尋當年妳爹想告訴我的事情嗎？」他沒有用代表皇帝身分的「朕」字，聲音壓得低低的，望著她的目光更是一瞬不瞬。「我想知道我母妃為什麼會暴斃，而妳想知道是誰盯上了妳的父親，對不對？」

他的聲音這麼懇切，那裡面不僅有深切的信任，還有深藏著的求懇意味。這幾乎是平生第一次，有人在盛顏面前露出這樣期待攜手的神情。

盛顏只覺得心口一軟，又想起父親被下放之後，自己與母親顛沛流離的往昔，不由說道：「是，就算為了父親，我也一定要找出幕後真相。」

一直緊盯著她反應的尚訓，驚喜之下探身過去，緊握住她的手，說：「以後在宮裡，我們相依相靠，永不背離，好嗎？」

盛顏猝不及防，手被他緊緊握在掌中，不由下意識地要抽回。然而他情緒激動，將她的手握得那麼緊，讓她根本無法縮回，最終只能在他的笑容面前，窘迫地點了點頭。

天色漸晚，夕陽隔著窗紗照進來，薄薄一層暈紅染在她的周身。她低垂的面容那麼好看，令他一直凝望著她，笑容無法退卻。

他在心裡想，雖然她過分安靜，不像別人一樣對自己熱情奉迎，可他知道她是安全的，不但不需要提防，還是這個世界上，唯一可以與自己一起探究當年祕密的人。

他望著她羞怯的面容，終於放開了她的手。他心想，上天既然讓她來到自己的身邊，那麼，一定已經安排好了很久很久以後的未來。

所以，他不必心急。

春天很快就過去了，京城裡開得邪魅一般的花朵，也逐漸開始稀落。

五月，一年中最好的天氣。

盛顏在宮裡過得很好，安靜，緩慢，花團錦簇。

雖然她總是習慣性地在天還未亮時早早睜開眼，心裡隱隱一驚，想今天家裡不知道還有沒有米麵柴火，夠不夠自己與母親熬過今天——但在看到自己置身之處時，又暗自嘆息，也不知是喜是憂。

雕梁畫棟，玉宇瓊樓，而她正是這個華美宮室的主人。

她已經不是那個日日要擔心生活的盛顏了。

現在的她，是宮裡競相奉迎的大紅人，連皇帝的元昭容，尚訓十一歲時配的太子良娣，看見她都客客氣氣，叫她一聲妹妹。

尚訓帝以身體不好為藉口，常常不去上朝，大臣也已經習以為常；但從未像現在一樣，宮裡人要尋皇帝，除了他的寢宮就是朝晴宮。

在新進宮的一眾妃嬪中，皇帝最為眷戀的就是朝晴宮盛修儀，在入宮伊始就迅速將她進階為九嬪之一，到後來連近在咫尺的朝晴宮都嫌太遠，直接讓她每日來寢宮旁邊的書房伺候筆墨。

「來，今天跟朕去個好地方。」

兩人在書房待了不到半個時辰，尚訓朝她勾勾手指，帶著她從偏門溜了出去。

景泰苦著一張臉，遙遙跟著他們。皇帝與盛修儀濃情密意，並肩在前面走著，向來不許他太貼近了，更不許他偷聽他們兩人的竊竊私語。

然而景泰若是聽見他們的談話，恐怕會啼笑皆非。因為在他面前親密交頭接耳的一對人，講的話卻與他想像的完全不一樣——

「昨日在淵海閣，妳看什麼看得那麼著迷？」

「我在封存的檔案中找到了十年前的一些奏摺摘要，就是垂諮殿的大學士為了方便先皇理政，在先皇批閱之前先行梳理的一些要務摘選。」

「咦，這些可是好東西啊，有沒有重要發現？」

「沒有。那地方塵封多年，沒有聖上帶著，我也進不去，所以只匆匆看了幾本。我爹日常並不參與政事，在裡面只出現過一次。」

尚訓頓時來了精神，問：「不知是什麼事？」

盛顏低聲說：「是我父親應先皇之命，編制供後宮傳閱的文選已畢，特進獻覆命。」

「批覆呢？」

「先皇朱批在奏摺上，我見到的只是摘要，並無批覆。」

尚訓嘆了一口氣，說：「好吧，妳說這樣的小事，我們需要順著查下去嗎？」

盛顏默默搖頭，說：「編纂文選，似乎並無必要……」

「嗯，毫無頭緒，根本累死了。跟妳說吧，昨日朕找到了母妃當年的起居注，連看了一百七十多頁，眼睛都生疼了。」

「有什麼發現嗎？」

「沒有！整日就是早晚進膳名單，食量多少，見什麼人，說什麼話——朕連看了四、五年的起居注，連同年節飲宴在內，妳父親一次都沒出現過，根本與我母妃不可能有任何交往。」

見他神情煩躁，盛顏便安慰他說：「此事隱藏內幕如此深重，一時半會兒哪會有收穫呢？聖上少安毋躁，總會有水落石出的一天。」

尚訓第一次聽到她如此溫柔慰藉的聲音，不由朝她微微而笑，說：「是啊，反正朕有的是時間。」

盛顏也不由笑了，說：「聖上日理萬機，朝廷諸事還在等著您呢。」

尚訓卻笑道：「等著皇兄就好，朕一直偏勞他，再過幾年也無所謂。」

皇兄——瑞王尚誡。

盛顏胸口有濃稠的血液緩緩流過去，讓她整個人在瞬間恍惚。

那一場大雨，那一片桃花，竟似乎已經恍如隔世。

面對著皇帝在透簾來的陽光下笑得舒緩的平靜容顏，盛顏卻想起瑞王提到自己童年時那不自覺流露的寒意。她默然將雙手緊握，低聲道：「那可要辛苦瑞王爺了。」

「他是朕的哥哥嘛，朕只相信他。」他漫不經心地說：「現在這樣多好，朕落得清閒，反正這些亂七八糟的東西，管起來實在煩人。」

她心裡默然低頭，只覺自己心亂如麻，不想再聽到那個人。

而他看她神情低落，還以為她是在擔心自己，心下一暖，伸手去輕輕摟她的肩，笑道：「天底下可以不相信任何人，但朕一定會相信皇兄。」

盛顏身體一僵，但也不敢甩開他。

幸好他隨即也就把手放下了，兩人在空無一人的宮道上緩緩走著，他的聲音低微，幾若不聞：「朕十歲登基，朝政都在皇叔的手中。去年，有十幾位大臣提出讓朕親政，皇叔在朝廷上逼朕給那十幾個朝臣定下謀逆罪名，朕沒有辦法，不得不應允，回宮後……」

他猶豫了一下，她知道必定是與瑞王有關的事情，便輕聲問：「回宮後瑞王怎麼說？」

「皇兄對朕說，現在攝政王逆心已露，不能再姑息下去。」他講到這裡，臉色微微一白，似乎想起了什麼可怖的事情，到現在還在後怕。

良久，他才轉頭看盛顏，喃喃說：「後來皇叔在宮中暴斃，他的血就濺在朕的臉上……朕心裡，心裡真是……皇叔對朕，其實也不是不好的。朕小的時候，他到宮裡，總是帶一些宮外的精巧玩意過來哄朕……所以皇叔去世後，朕因為心裡難受，大病了一場，到現在還是沒有養過來。」

她原本一直聽著，直到他說到這裡，才突然插上一句：「聖上的笛子吹得真好。」

他怔了下問：「什麼？」

「聖上身體不好，氣虛力弱，可是吹笛子時卻氣息綿長，毫無殆滯，這笛子吹得還不好嗎？」她笑問。

他聽到這一句，也忍不住笑了出來。他抬手拉住她的手腕緊緊握著，說：「沒錯，我是怕了這朝廷，不願再過問了。」

頓了頓，他又說：「皇兄比朕年長，又通曉政務，攝政王死後，朝廷裡的勢力全是傾向他的。朕既沒有辦法與他抗衡，自己也不願在這位置上待著，常覺得這天下應該是他的才對。」

她默然無語，僵硬的手也不懂收回，只想著那人清峻的容顏，的確是比眼前人更像一國之君。

又聽到他說：「等將來朕查明了母后薨逝真相，就把病裝得嚴重點，就說自己實在不堪勞累，然後退位給皇兄，到時妳和我，什麼都不做，每天就彈彈琴，看看花……」

聽他的聲音溫柔地說到這裡，盛顏這才猛然回神，又窘迫又害羞，趕緊硬是縮回了自己的手，說：「到時候，聖上自然有自己的皇后與元妃等一群妃嬪，而我……」

尚訓收攏了空空的手指，皺眉盯著她，聲音也冷淡下來：「然後？」

她聲音微顫：「然後……我願在父親墓前結廬，一世為他守墓。」

他笑了笑，眼見淵海閣已經在前面，便只說：「這又有什麼意義呢？到時候，或許妳會改變主意也不一定。」

淵海閣內庭院深闊，幾株女貞子樹長勢極好，投下深深綠蔭。

尚訓在閣內查閱當年起居注，日復一日的冗長記載讓他感覺索然無味，只能煩躁地丟下手中書望向庭外綠色。

隔窗不遠，他看見盛顏倚靠在女貞樹下的青條石，午時近了，她在一片沉靜中陷入睏乏，一身都是綠意蔭蔭。

尚訓拿了一本起居注，走到庭中坐在她旁邊。初夏時節，天氣漸熱，他望著身旁安靜的盛顏，微微睏倦讓他也倚在盛顏旁邊睡著了。

正睡得恍惚，只覺得有人在自己的身上輕輕搔著癢，他一時驚了起來，揮手道：「盛顏，好癢……別鬧……」

「聖上？」盛顏的聲音在他耳邊傳來。

他睜開眼，卻看見盛顏已經被他驚醒，站起來在旁邊看著他。他詫異地抬手去撫摸自己的脖頸，盛顏這才想起來，笑道：「聖上一定是坐在這裡，被女貞子的花掉進領口了。」

尚訓才發現自己和她的全身都落著細細的白花，他笑了笑，抬高手去扯自己的衣領，卻始終沒有將那些惱人的落花撣完。他抬起下巴朝她示意，說：「幫朕一下。」

盛顏垂著頭，臉也不由得泛紅起來。為了掩飾尷尬，她先拍了拍自己滿身的落花，再磨磨蹭蹭地走到他的身邊，盡量小幅度地將他的領口拉開一點，幫他把裡面的花拿掉。

她十分緊張，氣息輕輕呼在他的脖頸處，和落花一樣茸茸觸人，無數酥麻的觸感順著肌膚滲入他的肌體，令他的心口不受控制地灼熱起來。

綠蔭生晝，微風徐來，簌簌聽到花開落的聲音。

他的手握了又鬆，鬆了又握，終究還是忍不住抬起手，想要攬住她纖細的腰身。

誰知他的指尖剛剛觸到她的衣裳，門口的景泰進來了，低頭畢恭畢敬地說：「陛下，瑞王有要事求見。」

盛顏立即站直了身體，退後了兩步。

尚訓無奈起身，說：「皇兄可很少特地來宮裡找朕的，讓他稍候，朕馬上去垂詒殿。」

他走了幾步，忽然又回頭看向盛顏。

盛顏手中捧著他看了一半的那本起居注，安靜地站在女貞樹下目送他離開。

清風吹起她的衣袂，羅衫薄薄，如花朵綻放。

不明所以的，他抬手朝她招了招，說：「阿顏，妳隨朕去垂諮殿，在後面等一等，待會兒一起回去。」

他已經這樣說了，盛顏也只能應了，跟在他身後去往垂諮殿。而且，她也真的很希望能看一看那個人，是不是如自己猜測的，是瑞王尚誡。

想到在垂諮殿中等著自己的人，一路上她的心口跳得厲害。等進入垂諮殿後殿，尚訓示意她靜坐等待，便到前殿去了。

她聽到前殿傳來的聲音，從隔開前後的巨大沉香雕花木門之外傳來，清晰無比。那聲音，當初曾與她說過的話似乎還縈繞在她的耳邊，而如今再次聽到，居然恍如隔世。

她沒有去聽他們在說什麼。她只不由自主地從椅上站起，默不作聲走到屏風後，隔著各種透雕的糾纏花枝，悄悄地看了那人一眼。

殿上或站或坐七、八個人，站著的，是翰林學士；坐著的，是幾位正在執筆疾書的殿內大學士。而唯一一個坐在皇帝近旁喝茶的，態度悠閒從容，神情平靜到幾乎淡漠的，正是瑞王尚誡。

盛顏望著他的側面，日光穿過殿上窗櫺，明亮地照在他的身上。那燦爛的光華讓她的眼睛劇痛起來，眼淚頓時模糊了她眼前的一切。

曾經握過的雙手，不由自主地顫抖起來。

曾經被他親吻過的雙脣，彷彿再度感覺到那種溫度，那種輕柔的觸感。

她無法控制自己的呼吸，只能抬起手，用力按住自己即將發出嗚咽的嘴巴，竭盡全力地深深呼吸，拚命想要讓自己安靜下來。

瑞王尚誡。

在殿上學士的說話聲中，她站在沉香門後，靜默無聲。

然而，明明應該根本不可能注意到她的瑞王，卻彷彿感覺到了她的目光。他的睫毛微微一動，目光轉向了她站立的方向。

鏤雕著無數花枝的沉香門，影影綽綽地透出站立在後面的人影。看不清面容，只隱約看見她身上松香色的衣裳，纖細易折的腰肢，白皙如雪的肌膚，濃黑如墨的秀髮。

瑞王尚誡的手，輕微地一顫，杯中熱茶濺了一、兩滴在他手背上，他卻恍如不覺。

十年前，他還是個十歲的幼童。那時他站在樹下仰望上面的盛顏，月光從樹葉的間隙中篩下，斑斑駁駁照亮她的身軀，他怎麼都看不清擋在她身上的暗影——

就像現在，他明知道站在後面的人就是她，可是他依然還是無法推開她面前的遮擋，將她據為己有。

十年一夢，其實現在和當初，根本沒什麼區別。

殿內的人還在爭論著，瑞王移開了目光，不再去看盛顏。而盛顏也回過神，轉身走到最遠處的椅子上坐下，默然看著手中的起居注，悄無聲息。

那沉香門內外的一眼，彷彿只是一瞬間恍惚。然而她的心口冰冷，他的胸口灼熱，卻再難壓抑。

回程的路上，尚訓與她說了幾句起居注上的事情，見她神情恍惚，便問：「怎麼了，妳神情不太好。」

盛顏輕撫自己的額頭，覺得一陣冷一陣熱的，整個人十分暈眩。她眼前來來去去盡是瑞王尚誡朝自己看過來的那一眼，竟無力再對皇帝說什麼，只能低聲含糊應付道：「嗯……有點累。」

「朕送妳回去休息吧。」他有些擔心，一直看著她的臉。

盛顏只能低頭避開他的目光，一聲不響加快了腳步。

尚訓真的送她到了朝晴宮。

其他人都已經被送到別的宮室去，唯有常穎兒正在院中嗑著瓜子看小宮女鬥草。一見皇帝與盛顏進來，常穎兒趕緊跑到門口迎接，笑得天真爛漫。「聖上，修儀姊姊。」

尚訓朝她點一下頭，不動聲色將盛顏手中的起居注拿走，輕輕撫了撫她瘦削的肩，叮囑說：「去吧，早點用了晚膳安歇下。妳今日累了，朕就不進去和妳說話了，明日再過來看妳。」

盛顏也覺得疲乏無比，只朝他行禮，恭送他離去。

常穎兒挽著盛顏的手，親熱地跟她說：「今日御膳房剛剛送來了幾樣點心，我吃了幾個，味道可真不錯。現在用晚膳還早，要不姊姊和我先用一點？」

盛顏點頭，到屋內隨便拿了個松子卷吃了，也不想應付常穎兒，只勉強對她笑一笑，說：「妳也去休息吧，我先歇一歇。」

常穎兒笑嘻嘻地向她辭別了，到自己住的偏殿內，想著皇帝親自送盛顏回來時，輕撫上她肩頭的那隻手，煩躁鬱悶。

其他人從朝晴宮搬出去時，都羨慕她留了下來，以後伴著盛修儀，近水樓臺自然先得月，可又有誰知道她每日看著別人蒙受恩寵的鬱悶。

一個與自己同時進宮的女人，毫無家世，性情寡淡，唯一的強處，不過就是比別人都長得好看。

常穎兒摸摸自己的臉，又覺得沮喪。宮裡最不缺的，就是漂亮鮮豔的少女，可像盛顏那樣的美人，只有一個。

就這一點，她永遠沒有希望。

常穎兒把手中的帕子扯了許久，用力摔在床上。看看父親前日託人給自己送來的東西，她咬咬牙，又揀出兩個銀香囊，堆下一張笑臉，重往盛顏住的屋子走去。

她慢慢走過窗外，窗戶並未關緊，沒有上門的窗透著一條虛縫。常穎兒隔著窗縫正看見盛顏坐在妝檯前，看著手中一個東西。

常穎兒一看見那張低垂面容，覺得自己心頭那種煩悶又湧上來了。怎麼會有這麼適合低頭沉吟的女人，臉頰的弧度、雙唇的線條和眼睫毛的陰影，形成一種難以描畫的姿態，令人可以一直看著她，無法移開目光。

她強迫自己將目光收回，落在盛顏的手上。

那是一塊質地無比瑩潤的玉珮，被她握在掌中。玉珮的造型是九條龍，那光華在她手中動盪不定，顏色似乎隱隱在流動一般，讓那九條龍看來似乎正在游動一樣鮮活夭矯。

常穎兒這樣見過無數好東西的大家閨秀，也從未見過足以與這塊玉珮匹敵的珠玉。她在心裡想，盛修儀哪裡會有這樣的好東西呢，想必是皇帝給她的。

心裡的鬱悶又積了一層，她悶不作聲，走到殿內時又浮起一層笑容，叫她：「盛姊姊。」

盛顏手中的玉珮早已不見了，她坐在妝檯前，轉身看常穎兒，笑容淡淡：「有事嗎？」

「有呀，我給姊姊看個好東西。」常穎兒將袖中的一對銀香囊遞到她面前，說：「這是我父親託人從宮外帶過來的，銀絲摞的香囊，中間有機括，香塊置於其中絕不會傾覆的。我覺得好玩，又想起姊姊上次送我的攢珠花，這也是還禮來了。」

盛顏趕緊說道：「那也是謝妳的那對絹花，妳何必還要與我再客氣呢？」

「是呀，情意就是這樣，我給妳一分，妳還我兩分，我再還妳三分，年深日久，姊姊和我不就是有十分情意了嗎？」常穎兒笑吟吟地將銀香囊塞到她手中，示意她收好。

盛顏心下頗覺麻煩，無奈也無法拒絕，只能謝了她，拉開妝檯將那對銀香囊收好。

常穎兒一眼就看到了抽屜內層夾著一綹流蘇。那正是剛剛那個九龍珮上結的流蘇，原來她藏在夾層之中，可惜倉促間卻沒留意流蘇，洩漏了痕跡。

常穎兒暗自撇撇嘴角，又笑著與盛顏聊了幾句家裡父母託人帶東西給自己的事情。盛顏想著自己孤身居住在城郊的母親，又豔羨又傷感，便悄悄問她：「宮外可以送東西進來，那宮裡可以送東西出去嗎？」

「自然是可以的，只要妳找到可靠的人幫妳傳遞就可以。」常穎兒笑道。「如果姊姊信得過我的話，我下次幫妳交給我家人，讓他們替妳轉交，妳看可以嗎？」

「這可真是多謝了！」盛顏喜悅不已，立即便取出墨水匣準備寫信。常穎兒捂嘴笑道：「我家人還有幾天才會來呢，姊姊不需著急，信可以慢慢寫。」

第五章

孤榮春軟駐年華

既然宮室要變佛堂，哪裡又能讓小小一株花樹自行決定？

雖然常穎兒說不急，但盛顏還是連夜寫好了信，厚厚一疊堆在枕邊，幾乎塞不進信封去。

寫到天快破曉才終於停筆，第二天早上，她也難得沒有早起。等到睜眼起床時，伺候她穿衣的小宮女悄悄告訴她，皇帝已經來了，正在外間呢。

盛顏趕緊起身，匆匆綰好頭髮出去一看，尚訓果然在外面，正在看著她寫給母親的信。

她羞慚不已，趕緊跑去將自己的信一把按住，說：「這是我家信，就算聖上也不能偷看的。」

「哪有什麼好看的，不就是絮絮叨叨說宮裡什麼都好，一切如意嗎？這種報喜不報憂的信箚，朕又不是沒看過。」他笑著把那疊信箋又放回案頭，然後抬頭看著她，輕聲說：「不過也是朕疏忽了，不應該讓妳與母親分離這麼久不通音信。」

「聖上有那麼多大事，哪能顧著我這點小事呢？」她含笑收好自己的信，又收拾自己身邊的錢物。

尚訓坐在她旁邊看她查點銀錠，便問：「準備帶什麼給妳娘？」

「她如今最需要的自然是錢了，我信上囑咐她搬到城內住，或租或買一間小宅，請一個能操持家事的僕婦，這些錢暫時安身該夠了。」她將小包裹仔細打好，對他微微而笑。「上月發的還是美人俸祿，下個月該能多一些補貼給母親了。還得感謝聖上給我進階，如今我不差錢。」

尚訓含笑托著下巴看她。「全部都帶給妳娘，妳在宮裡不需要用嗎？」

「咦？」盛顏倒有些迷惘。「我現在挺好的，什麼都有，並不需要用到錢財。」

「妳不準備籠絡下人嗎？不打點太后身邊人或內局女官嗎？」

盛顏這才想起這種事。然而她心中，卻總沒有一入宮廷深似海的感覺，只覺得這裡並不是自己會永遠待下去的地方。

她心裡還存著虛妄的想法，覺得在父親與易貴妃的事情水落石出之後，自己能從這個宮中走出，最終的歸宿並不是這裡，所以也一直並沒有為自己做長期的打算。

所以她愣了愣，才說：「我母親那邊比較急，我這邊，等往後吧。」

「真沒想到，朕的後宮，居然有人這麼窮，把錢交給了母親就沒有了自己的份。」尚訓笑道，又湊近她問：「需要朕接濟妳嗎？」

「不……不需要。」她連忙搖頭。

尚訓見她臉都紅了，不覺像逗小貓一樣捏了捏她的臉頰，見她猝不及防地一愣之後，立刻縮得飛快，終於哈哈大笑出來。

「行啦，朕就幫幫妳，這兩天就讓妳娘進宮來探望妳，好不好？」

縮到一邊的盛顏，立刻又充滿希冀地直起了腰，眼睛中也閃出亮光來。「真的嗎？」

「當然是真的，朕難道還騙妳？」他說著，見她歡喜不已，一層淚光已經眼看著蒙上來，便叫了景泰進來，說：「盛修儀要見她的母親，你讓後局明日派個車去接一下。」

景泰面露難色，有些遲疑地說：「這……」

尚訓望了他一眼，示意他快點說。

「按宮律，非命婦的后妃親族若要進宮，需後局審批酌定，待允可之後，再提前三月教習禮儀，等禮儀嫻熟，宮中再批覆之後，提前一天到外宮處沐浴更衣，等候召見。第二日四更起，搜檢全身後再入宮，候至辰時方可引入內宮。」

盛顏不由得有些遲疑，這一套程序走下來，總得半載左右，而且還要這麼折騰母親，才能見上一面。

「而且，平民在宮中見妃嬪，至多不超過一刻鐘，因此……」景泰看看尚訓，遲疑道：「本朝後宮，甚少有召親戚入宮見面的。」

尚訓回頭看盛顏，她則難過地別過頭去，低聲說：「那就算了吧，何苦為了我想見母親，而讓她如此奔波呢。」

尚訓默然拍拍她的肩，然後說：「朕幫妳再想想辦法。」
盛顏紅了眼圈，向他垂首道謝，但心裡也沒抱太大希望。
尚訓便挽起她的手，說：「今日來找妳，是因母后要見妳，朕陪妳一起去吧。」
盛顏猶豫地看著他，問：「不知是什麼事情？」
她知道太后不喜歡她，他也清楚，所以笑著安慰她說：「放心吧，是好事，別擔心。」
他帶著她來到壽安宮前，又停下來，仔細上下打量她全身，確定她今日禮儀周全之後，伸手將她鬢邊一綹細髮抿到耳後去，然後低聲在她耳邊笑道：「妳今天這麼美，母后一定喜歡。」
她尷尬又羞澀，低頭無言，侷促地跟在他身後進去。兩人走到後殿，盛顏一抬頭看見後方佛堂，這才恍惚想起這是哪裡。
十年前，瑞王的母親曾經住過的那個小院落。如今房屋已經被拆掉，那株她手植的桃花也已被夷平，被納入太后所居的壽安宮，建起了佛堂。
一切舊日痕跡全都不見，唯有當年他與她爬過的高大松柏還在，森綠蒼青，一如往昔。
尚訓見她一直看著那株最高大的松柏，詫異地貼在她耳邊問：「那棵樹怎麼了？」

「沒什麼……」盛顏趕緊收斂心神，跟著他進內去。

太后看見盛顏進來叩拜，便放下了佛經，和顏悅色賜了她座位，旁邊還有元昭容在。盛顏向她行了禮，等宮人送了茶上來，盛顏忙再跪下謝過太后。

太后拉著皇帝與元昭容的手，聲音平緩道：「陛下春秋已盛，之前三十二位閨秀入宮，一是為後宮不至空虛，同時也是為立后事做鋪墊。本朝慣例，天子立后時也要冊封二妃，一后二妃於禮方合。如今宮中高階位的妃嬪只有妳們兩人，到時候同時冊封的，自然是妳們了，今後當自行勉勵，為後宮表率，妳們兩人可知曉嗎？」

盛顏頓時愕然，她茫然看看元昭容，她應該是早已知曉內情的，所以鎮定地起身拜謝。盛顏手足無措，也只能跟著元昭容一起向太后與皇帝下拜，一時心亂如麻。

太后看看元昭容從容的舉止，再看看盛修儀這份慌亂，心中不喜，但也只是淡淡示意她們起身就座。

尚訓看看太后牽住元昭容的那隻手，便不動聲色地挽住盛顏的手將她拉起，笑道：「昭容與修儀都是溫柔聰慧的人，朕想妳們必定堪當四妃，至於名位還請母后斟酌，孩兒聽母后的意思便是了。」

他不動聲色說著，暗地裡卻伸手在盛顏的手心裡輕輕撓了一下，含笑朝她眨眨眼。

盛顏將自己的手一縮，不敢理會他。

這般動靜，太后卻似乎沒有看見，顧自在那裡數著佛珠，良久才慢悠悠說：「昭容就不用說了，是陛下原配良娣，在東宮多年，妃位她自然當得起。盛彝當年是名滿天下的才子，卻由於些微小事受了牽連，導致一生流離顛簸，現在孤女進宮，朝廷示之以恩典，顯我朝憐才之心，也是一樁好事……」

盛顏想到自己父親去世時，那一夜的大雪。當時有誰記得他？現在冠冕堂皇拿來做藉口。

又想，自己一念之差，迷迷糊糊進宮，又天降恩寵，從美人到修儀，已經為人側目，如今又因為皇帝立后而忽然要封妃，人世際遇，可算是幸運到極致——然而，這些堆疊而來的幸運，也使她走出這宮廷的希望，越發變得渺茫。

可她又要如何推拒這傾瀉在自己身上的命運呢？

她並不想站在這個宮廷的高處，並不想得到這令人豔羨的一切，並不想成為萬眾矚目的榮耀。

她想要的，是十年前那個緊緊握住她手的少年，是十年後暴雨桃花中重逢的那個男人。

然而一切都無法宣之於口，她只能默然向著太后與皇帝叩謝。她想無論如何，目前自己終究還是得在這個宮廷中待下去的。因為，她還想要探究父親當年在宮裡留下的謎團，更想知道，父親這一生的悲劇，究竟是從何而來，因何人而起。

太后留了皇帝和元昭容說話，示意她先退出。尚訓輕碰她的手背，囑咐她在殿外等自己。

盛顏拜別太后，走出佛堂，輕嘆了一口氣，倚靠在松柏之下，想著自己面前的矛盾煩憂，怔怔出神。

也不知過了多久，一雙黑底銀色流雲紋六合靴出現在她視野之中，停了下來。

她慢慢地抬頭，順著靴子看向站在她不遠處的那個人。

十年之後，在當年那棵松柏之下，多年前的兩個人再度看到對方。當年稚氣的孩子已經長大成人，然而無情最是花草樹木，與當年幾乎一模一樣，時光似乎沒在上面留下什麼痕跡。

她當年帶著他踩踏過的枝椏，至今依然是那個形狀，堪堪落腳。只是那些樹枝已經再也無法承托起他們如今的身軀。

他們隔著兩、三丈距離看著彼此，竟都說不出任何話。

風從他們之間穿過，就像過往年華匆匆遺落，不見蹤跡。

許久，她終於聽到瑞王尚誠的聲音，低沉而略帶暗啞，隱隱失卻了他原本嗓音的冷漠冰冷：「盛修儀……不，應該是盛德妃，恭喜妳了。」

原來她此次進階受封，已經是德妃了。

盛顏心中沒有歡喜，只覺悲哀失落。她踟躕良久，見身邊宮女都退在身後，不敢抬頭，便向他微一低頭行禮，輕聲說：「多謝王爺。」

兩人站在一起，竟似陌生人一般，不知該說什麼。

盛顏站著等待皇帝，瑞王本應可以直接進內去見太后，此時卻站在她不遠處，許久也未曾邁步。

也不知過了多久，盛顏在一片茫然之間，聽到瑞王的聲音傳來：「德妃所站的地方，當年長著一株桃花。」

盛顏這才發現，自己不偏不倚就站在他母親當年種植那株桃花之處。她抬頭看向他，卻望見了他面容上幽渺的傷感。她一瞬間只覺得胸口疼痛得幾乎窒息，連呼吸都要用盡全力。

她捏緊自己的指尖，低低地說：「往者已矣，王爺也不必太過記掛了。」

瑞王並不看她，只問：「魂牽夢縈記掛了十年的東西，一夕之間失去，是說忘就能忘的嗎？」

盛顏心口大慟，只能竭力咬緊下唇，不讓自己發出任何聲響。

過了很久很久，他才聽到她低微的聲音，恍惚如囈語：「造化弄人，身不由己。既然宮室要變成佛堂，哪裡又能讓小小一株花樹自行決定？」

話未說完，她的尾音已經微顫，終於氣竭，再也無法說下去。

那嫋嫋的餘音讓他終於轉過頭，那雙目光定在她面容上，說：「盛德妃所言甚是，我不該強求。生長深宮之中，沐浴天恩，這般造化，足以讓天下人人羨慕，本王也……甚覺開心。」

話已至此，已經不適宜再說下去。

盛顏見他轉身向著殿門而去，明知道自己應該緘默承受一切，可心口熱氣熏騰，讓她不由自主地對著他的背影說道：「然而王爺又何嘗知道，或許那株桃花，寧可在山野之中花開花落，也不想困在這錦繡繁華高處不勝寒之中。」

他怔了怔，轉身再看她一眼。

她站在猩紅宮牆之前，碧綠松柏之側，異樣鮮明的顏色卻只映襯得她面容更加蒼白。

但見他回頭看自己，她又垂下頭去，掩飾自己眼中那些幾乎要奪眶而出的溫熱。「讓王爺見笑了，花草哪能移來移去呢，再來一次騰挪，或許就是它死的時候了。」

壽安宮中，太后拍拍給自己捶背的元昭容，叮囑她說：「乖孩兒，妳也累了，先去旁邊休息吧。」

等元昭容走了，她才正色看著尚訓，說：「立后的事情，皇上該及早準備了。」

「是。」尚訓應著，臉上神情卻還是那麼漫不經心。

太后微皺眉頭，問：「莫非皇上自己有屬意的人選？」

「朝廷替朕擇定的，必然是最好的，朕沒意見。」

「母后知道你喜歡的是誰。然而她的身分，就算給個妃位都是頂天的恩寵了，皇后這個位置，她配不上。」太后聲音溫軟，語調卻無可辯駁。

尚訓轉頭看外面碧藍高遠的天空，淡淡說道：「母后說的是。」

「原本，柳右丞的那個女兒，聰慧決斷，進退有度，母后是挺喜歡的，想必她要是幫著皇后管理這後宮，一定十分妥當。」太后說著，看看皇帝的側面，只能無奈笑道：「不過，皇上可知最終是誰勸說母后下了決定嗎？」

皇帝聽到自己感興趣的話題，終於轉過臉來，笑問：「這個朕怎麼猜得出來？」

「母后也是沒想到，瑞王會特地為此事來求見。」太后端詳著皇帝臉上詫異的神情，不動聲色地微笑道：「瑞王說，此次立后必然要同時冊封二妃，元昭容是先皇指給皇上的，自然應該冊封；另一個位置，就該順了皇上的心意。畢竟三個人中，總要有個皇上自己喜歡的。」

尚訓雙眼頓時亮了起來，開心笑道：「原來如此，難得皇兄這麼細心。」

太后也笑道：「瞧皇上說的，難道除了瑞王，我們這些人都只顧著自己，不曾考慮過皇上嗎？」

「母后對朕也是最好的。」尚訓陪著她說笑了一會兒，想著盛顏還在外面等著自己，便實在坐不住了，趕緊起身告辭出去。

就在壽安宮側門處，他與正走進來的瑞王尚誡剛好相遇。

「皇兄！」尚訓此時開心，也不顧周圍一群行禮的人，握住瑞王的手就笑道：「多謝你啦，朕就知道皇兄最為朕考慮！」

瑞王卻似乎不太明白他在說什麼，他沉默深邃的目光轉到皇帝的面容上，略微停了一停，才問：「皇上指的是？」

尚訓見他神志恍惚，心下奇怪，不知道這個素來最是殺伐決斷的兄長今日為何失了常態。他轉頭朝瑞王身後默立的盛顏招招手，示意她過來，然後笑道：「阿顏，妳可要多謝朕的皇兄。若不是皇兄為妳說情，妳又怎麼可能受封德妃呢？是皇兄勸解母后和朝臣，說朕的身邊得有個自己喜歡的妃子……」

盛顏心裡糾結成一團，皇帝後面的話也聽得不分明瞭，她定定地望著地面，等尚訓的聲音停了，才機械地向著瑞王低頭行禮，說：「多謝王爺了……」

除此之外，她也不知該說什麼，只能沉默地直起身站在皇帝身後。

瑞王看著面前喜悅的皇帝，還有垂首的盛顏，心中那層陰影漸漸蒙上來，使他只能暗自壓抑自己胸口的劇烈氣息。

在今日之前，他還以為，這將會是他為盛顏做的最後一件事。既然她已經成為皇帝的身邊人，那麼他就幫她站在繁華最頂端，也算是不辜負這十年來的戀慕。

然而就在剛剛，他聽到了她對自己吐露的那句話。

他終於明白，其實他所謂的成全，只是將她推得離自己更遠而已。

他們之間，橫隔天塹，再難彌補。

所以瑞王尚誠望著面前歡喜的尚訓，慢慢抬手止住了他們，只平淡地說：「不必謝我，只望皇上能一直珍惜自己所喜歡的，不要浪費了這一份情意。」

尚訓笑著答應，目送他進內後，才開心地碰碰盛顏的手臂，說：「盛德妃，這封號真好。」

盛顏已知道自己將被封為德妃，此時也只能向尚訓屈膝謝恩：「多謝聖上隆恩，只是盛顏恐怕擔不起……」

「放心，有朕和皇兄替妳撐腰，有誰敢說一個不行？」他笑問，扶起她低聲說：「德妃娘娘，朕還要送妳一份大禮，今日晚點朕去找妳，妳等我吧。」

盛顏望著笑得像個孩子一樣的尚訓，輕輕點了一點頭。而他卻沒有放過她，依然凝視著她，似乎還在期盼什麼。

盛顏心亂如麻，勉強對他笑了笑，說：「我去整理我爹的文錄，希望……早日把頭緒理出來，幫聖上一點忙。」

尚訓卻又不悅了，皺眉說：「今天大好日子，誰要妳去理什麼文錄？那東西什麼時候都可以整理，妳還是先忙自己的事情去吧。」

盛顏更加不解，但也只能默默無語。

尚訓見她這樣，只能長嘆了一口氣，抬手輕撫一下她的頭髮，說：「妳看起來這麼聰明，怎麼會不瞭解呢？連皇兄都知道妳是我在宮裡最喜歡的人……」

這纏綿悱惻的輕語，讓盛顏只覺雙眼灼熱，她低下頭，緊閉上雙眼，阻止那裡面的灼熱滑落下來。

尚訓默然拍拍她，示意她先行離開。

他佇立在後面看著她的背影，直到消失在拐彎處，才輕聲嘆息，似乎在問身邊的景泰，又似乎是在自問：「她到底想要什麼呢？」

盛顏回宮之後，宮裡來祝賀的人絡繹不絕。

進宮短短數月內一步登天，宮中羨慕者有之，嫉妒者有之，巴結者更有之。瑞王是皇帝的哥哥，賀禮自然更是不能缺。但宮人捧著盒子過來，說是瑞王的賀禮時，盛顏猶豫了一下，說：「就放到庫房去吧，不必打開了。」

也不知道是什麼東西，就這樣深深鎖進了朝晴宮的庫房中。她想這樣也許比較好，過往已不可追，何必再讓心中難受。

送走柳才人等一行，天色也逐漸暗下來了。盛顏剛回到室內坐下，尚訓就來了。

盛顏忙又起身去迎接他，問：「聖上不先去看貴妃嗎？」

「朕讓她好好休息，她也累了。」他端詳著她說。

她看看外間天色，心口搖曳出一絲淡淡恐慌，低聲道：「她多年前就是聖上良娣，如今封號也比我高，聖上要多去她那裡……」

「沒關係，貴妃不會在意這些，她是個很好的人。」他漫不經心地說，抬手挽住她的手臂，手掌在她的衣上輕輕滑下，停留在腰間的同心結上。

盛顏不敢看他，身體微微顫抖，想要避開他的手又不敢，只覺得肌膚上一層寒毛涼涼地豎起來。

他俯下頭，氣息纏繞在她耳邊，呢喃般的低語在她耳邊響起：「阿顏，妳是朕的德妃了……開心嗎？」

盛顏身體僵硬，還想勉強支撐著自己，然後身體一輕，皇帝已經將她抱起，兩個人倒在榻上，被窗外斜照的暈黃日光籠罩，蒙上一層模糊而溫柔的光華。那些光華在她微顫的睫毛上滑動，一絲絲凌亂，竟似淚光般令人迷惘。

皇帝定定地望著她，那眼中明亮的光芒也漸漸地淡了下去。

他抬手輕撫她的臉頰，微涼的肌膚，觸手就如初綻的桃花瓣一樣嬌豔柔軟，卻也一樣毫無溫暖氣息。

他垂下眼睫，問：「妳都入宮這麼久了，還沒有準備好嗎？」

她無法控制身體的顫抖，只下意識地抓緊自己領口的紋繡，艱澀而慌亂地說：「天色……還這麼早，聖上……用晚膳了嗎？」

他沒有應答，緩緩放開她坐起身，面色雖竭力和緩，但語調畢竟還是僵硬的：「換衣服，我們出去。」

盛顏怔了片刻，遲疑問：「出去？」

「來穿上這個。」他示意景泰把自己帶來的衣裳給她。

盛顏拿到手一看，是一件銀朱色衣裳，顏色豔麗，但剪裁花樣十分素雅，是宮外正流行的樣式。她去年末接繡活的時候，曾看見京城不少閨秀都裁製了這樣的衣服。

她抬頭看尚訓，不解其意。

他對她笑一笑，說：「今天心情好，朕帶妳悄悄出去走一走。」

說著，他自己也脫了外衣，換了平民的衣服。

宮中侍衛等早已安排好，其他人都遙遙跟著，只有景泰近身跟著他們。兩人從側門出了宮，外面天色已經是一片暗紫，京城裡的所有一切都只在黃昏顏色中留了剪影。

她正望著帝京景象，尚訓已經將她的手牽住，說：「我們去妳家。」

她驚訝不已，愕然抬頭看他。

「之前，我說要讓妳娘進宮與妳相見，但宮禮太過繁瑣，所以只能先擱下。」他握緊了她的手，微笑道：「今日妳成了我的妻子，我總要去見見泰水了。」

盛顏萬萬料不到他竟是帶自己回家看母親，心中歡喜感動，眼淚頓時湧了出來，聲音也模糊起來：「聖上……可我，我家在郊外，現在入夜了，不宜聖上出行……」

他卻只微微一笑，不由分說拉著她就走，問：「妳難道不想念妳母親嗎？」

旁邊是御街夜市，周圍熙攘的人群中，誰也沒有注意這一對人，攜手而行。

盛顏捂著眼遮掩自己的淚眼，任由他牽著自己手往前走。眼前所有的景象都恍恍惚惚，她過了許久才發現，前方似乎是京城東華門方向。

盛顏停下腳步，輕聲說：「聖上，我家……住在城南郊，這個方向好像不太對……而且，現在城門可能已經關閉，不知道還能不能出城……」

「不用出城了。」尚訓笑道，停在城東的一座宅院前。

盛顏抬頭看大門上寫的「盛宅」二字，呆了半晌才想到，尚訓一定是幫母親換了家宅了。她只覺眼睛又熱起來，不由流著淚向他行禮，說：「多謝聖上……」

「出了宮，就別叫我聖上了，妳看，我都不自稱『朕』了。」他微笑道，伸手溫柔將她額前一綹亂髮理好。「何況，今日我是帶妳回門，如今心裡還忐忑呢，希望岳母能看得上我這個女婿才好。」

盛顏拭去臉上淚痕，竭力朝他綻開笑容，然後幾步上了臺階，抬手去叩門環。

應門的僕婦出來，聽說是女兒女婿來了，也不知曉情況，趕緊叫了盛母出來。

女人沒想到皇帝居然會陪著女兒來這裡，一時間亂了手腳，慌忙跪下叩見。尚訓倒是很客氣，扶起她說：「在家裡何必還要拘禮？希望岳母不要責怪我來得突然才好。」

下人奉上了茶，母親坐在旁邊戰戰兢兢，又不知與皇帝該說些什麼，更不敢在旁邊待久，就說自己要替盛顏做喜歡的茶點去，馬上就退下了。

盛顏在宅子內看了一圈，見地方不大，母親一個人住也不顯冷清，屋子又乾淨又齊整，知道皇帝也是命人準備妥貼的，心中感激，但又不知如何表達。兩人對坐在小堂中喝茶，沉默中聽外面有小雨細細下了起來，打在庭中花木上沙沙作響。

在一片沉靜中，盛顏終於還是起身，對尚訓說：「我娘做的綠豆糕，味道特別好，但做起來麻煩。聖……你先坐一下，我去給我娘幫點忙。」

他獨自被拋下，委屈地捧著茶問她：「那我怎麼辦？」

她在門口回頭一笑。「就一會兒，我去看看我娘，馬上回來。」

尚訓看她滿心歡喜的樣子，只能點了點頭，心裡想，她與母親分開了這麼久，自然是有很多話要說的，畢竟她不過一個十七歲少女，離家這麼久，自己怎麼能剝奪她們獨處的機會？

但一個人坐在這樣的正廳上喝茶，夜已經遲了，只覺得一片冷清。他等了一會兒不見回來，終於忍耐不住，站起來就出了門。

左右一張，側旁那間小屋自然就是廚房了，他在簷下信步走去。

剛走近廚房，他就聽到女人在教盛顏：「豆沙不要放太多，不然就膩了；這個團子太大了，摘掉一點，否則放不進模子去的……阿顏，宮裡有這樣的東西嗎？」

「有的，宮裡什麼都有。」她低聲說著，將揉好的豆沙嵌到綠豆麵中，再放到模子中壓成型。

他本想進去的，但這廚房內一燈如豆，顏色昏黃，她低垂的側面，在黯淡的光線下，使得一切都靜謐無聲。他想自己進去之後，就會打亂了這平靜，不如就在這裡看著盛顏好。

就像一個普通的丈夫看著妻子為自己準備消夜，心裡溫溫暖暖一片。

他默然露出笑容，靠在廊柱上想一想，自己的母親早已去世，但即使她如今還在，恐怕也只會和太后一樣，成為一個晨昏定省年節問候的長輩，而不是這樣平常人家的母親吧。

他聽到她母親輕輕地說：「娘也不知道妳當初為什麼要選擇進宮去，可現在看來，聖上對妳是極好的，娘就放心了。」

盛顏低頭沉默不語，良久，尚訓才聽到她說：「是啊，聖上是個很好很好的人……即使……」

她聲音輕細，低低的那最後半句，卻終究湮沒在了口中。

尚訓心裡突然有點憂懼，怕自己再聽下去，盛顏會說出自己不喜歡的話來。那還不如，就不要知道。

就好像，他從來不想知道她到底在宮外有沒有喜歡的那個人，又到底是誰。

他馬上就轉身離開了。

雨並沒有下大，還是不緊不慢地，在無風凝固的黑暗中銀絲一樣條條垂直。

綠豆糕熱騰騰出爐，盛顏端了過來時，才發現尚訓正坐在廊下，燈籠的光在他背後照過來，他的臉暗暗的。

她走上前將手中的盤子遞到他面前，笑問：「要嘗嘗看嗎？」

他伸手取了一個，微笑著問：「是妳做的嗎？」

「嗯，我和我娘一起做的。」她專注地看著他。

尚訓吃了一口，味道很甜，並不是他喜歡的口味，綠豆磨得不夠細，入口有點粗糲。

盛顏在旁邊坐下，笑吟吟地問：「怎麼樣？」

於是他就把整個都吃下去了，又伸手拿了一個，說：「很好。」

兩個人坐在廊下，偶爾一陣風，把雨絲斜斜飄進來。

尚訓看她在風中微微打了個寒噤，便站起來，摟住她的肩，說：「這裡風大，我們還是回去吧。」

盛顏不自然地看看他搭在自己肩上的手，又與母親再說了幾句，夜已三更。

尚訓攜了她的手要離開，母親看看雨，說：「拿把傘回去吧。」

她轉身回房去，拿著一把傘出來，說：「其他傘都舊了，只有這是在老房子那邊搬家找到的，這麼精緻，不知道哪裡來的。」

盛顏抬頭一看，赫然正是瑞王留下的那把傘。

她心頭猛地一撞，心知這傘不能給皇帝看見，正要讓母親換一把，誰知尚訓已經順手接過來，說：「就這把吧。」

尚訓幫她打著傘，走出家門。兩個人，一把傘，尚訓把她拉到自己的懷裡，護著她不讓雨絲沾到。

盛顏用眼角餘光瞥著那柄傘的傘骨聚攏處，那裡藏著一個讓她心驚膽顫的暗記。她偷偷抬頭看他，他卻只是低頭朝她微微一笑。

她不敢表現出什麼奇怪的反應來，而且，只要那個小小的後局印製不被發現的話，怎麼可能會和瑞王聯絡到一起？只是一把傘而已。

走到小巷盡頭，宮裡接他們的馬車已經到來，正等在街口。

車子在空無一人的街上走過，答答馬蹄聲隱隱迴響在街道之上。雨極細極細，落在車篷上悄無聲息。

馬車行去，路並不遠，有宮中的侍衛在後面尾隨著，也沒有人敢來盤問。回宮後兩人相伴回到朝晴宮，已是四更時分。

宮裡人撐了大羅傘過來接駕，尚訓先下了車，卻又想起什麼，回身對景泰說：「那把傘挺精緻的，想必是阿顏母親珍惜的，你先收好放著，明日讓人送回去吧。」

景泰應了，將傘取下打開，晾在殿外。

尚訓又回頭看盛顏，這一來一回已至凌晨時分，兩人都有點疲倦。他見盛顏站在殿內燈下，臉色略顯蒼白，便輕揉她的頭髮，輕聲說：「趕緊歇息吧，明日就要冊封妳為德妃，恐怕要好一場折騰。到時候若是氣力不接，可支撐不下繁瑣的儀式。」

盛顏默然點頭，一雙眼睛望著他，心中萬千複雜情緒，也不知如何出口。

他低下頭，輕輕吻在她的臉頰上，溫柔而和暖，就如初見那日溫煦的陽光一般。

他的氣息略微紊亂，在她耳邊輕聲笑道：「阿顏，明日朕可不會放過妳了。」

盛顏慌亂無措，她自然知道他的意思。那蒼白臉頰上，頓時浮起兩朵紅暈，說不出的羞怯惶惑。

見她這般模樣，他越發笑得開心，放開她的雙肩，轉身離開。

只剩得盛顏站在他的身後，呆站許久，無法動彈。

那一夜盛顏睡下好久，依然背後冷汗直冒。聽外面的雨淅淅瀝瀝，她在夢中無法安眠。

有時候，是高懸在頭上的千斤重石終於要落下。她穿著屬於德妃的盛裝，眼睜睜看著自己即將覆滅，轉頭看見母親含淚微笑，於是又覺得也沒什麼可怕的，該來的終究會來，她既然進了這個宮廷，又如何能保全自身。

有時候，是門口放的雨傘忽然化為斑斕猛獸，那上面內局的印記化為血盆大口，向著她撲來，猙獰萬分，連皮帶肉一口生啖。她駭然閉目的最後一眼，卻看見那猛獸撲向的下一個人，赫然就是瑞王尚誡。

在即將登上德妃之位的前夜，她惡夢纏身，無可抑制。

一直熬到天色漸亮，她終究起身，披了外衣去看那把傘。

傘依然還晾在殿外，面上的水珠已經乾掉。她鬆了一口氣，趕緊親自收好，低聲吩咐內侍送回家去。

耳邊聽得有詫異的聲音，是斜對面偏殿出來的常穎兒。她一早已經裝扮完畢，站在殿門口問她：「盛姊姊，怎麼一大早在收傘？」

盛顏定定神，勉強露出個笑容。「穎兒今日起得可真早。」

「是呀，今日是姊姊的好日子，妹妹得姊姊關照，托庇於朝晴宮中，自然也為姊姊高興，所以早早起來收拾好自己，想著能為姊姊做點事情。」她帶著小宮女走到盛顏身邊，盛顏不願多生事端，低聲吩咐內侍趕緊把傘送走。

常穎兒笑吟吟地向盛顏走去，在與那名捧著雨傘的內侍擦身而過時，她朝他看了一眼，使了一個眼色。

那內侍會意，立即帶著傘離去。

身後宮女已經都起來了，捧水過來伺候盛顏梳洗，然後開始梳妝。

常穎兒笑著靠在柱子上看宮女們忙忙碌碌地替她梳髮。今日是冊封妃位之日，妝容自然異常隆重，九鬟蟠龍，翡翠勻壓，金釵步搖。在無數飾物的光華中，她的面容卻並未被奪去光彩，反而越發熠熠生輝，嬌豔動人。

常穎兒走過來與宮女們商量幾支大釵如何分布最為好看，笑得越發燦爛。

盛顏望著鏡中的自己，想著昨日尚訓攜著自己的手去見母親的樣子，不知不覺，心中也像嘆息般，將一切沉重的惶恐都化為平靜。

這一切，又有什麼不好呢？

皇帝今天起得也十分早，雖然昨夜很晚才回宮休息，但人逢喜事，精神奕奕。

景泰十分貼心，在用早膳時先呈上冊子，說：「陛下，今日冊封貴妃與德妃，流程繁瑣，怕是會有遺漏，內局已經將簡短步驟寫在冊子上，陛下可先過目。」

尚訓接過來，才看了兩行，外邊內侍進來通傳，壽安宮中有請皇上。

尚訓微微皺眉，問景泰：「有這一項流程嗎？」

景泰將那本冊子左右看了一遍，然後苦著一張臉說：「或許，是太后有要事？陛下可自行斟酌是否有時間過去……」

「還是去一趟吧。畢竟今日同時立二妃，母后既然早早要見我，必定是有事了，朕過去看一眼就走。」尚訓隨口說著，起身換好衣服，前往壽安宮。

壽安宮中，一如既往的檀香縈繞。

太后剛做完早課，將佛珠脫下輕放在佛經之上。他在外面看母后虔誠祈禱，面容莊嚴，心裡也慢慢安靜了下來。

太后帶著尚訓來到偏殿，屏退了所有人，在几案前坐下。

几案上，只放了一把傘。

鴉青色羅傘，以金線銀粉精細描繪著鳳閣龍樓，飄渺花樹，二十四根紫竹傘骨，打磨得光滑瑩潤，俐落地收攏在傘柄之上，線條漂亮無比。

尚訓微覺詫異，拿起傘細細打量，說：「這是昨日朕從阿顏家中拿來的傘吧，怎麼在母后這裡？」

太后並不說從何而來，只淡淡說道：「母后是覺得奇怪，一對無親無靠、荒居山野、衣食不周的母女，為何家中會有一把這樣精緻漂亮的雨傘。」

尚訓頓覺遲疑，拿著傘的手也不覺握緊了。

「皇上還可以打開看一看，傘柄之上，似乎還有個印記。」

二十四條傘骨，輕快地劃開，撐起花樹飄渺的傘面。在傘骨密匝相接處，指甲蓋般大的一個印記，清清楚楚顯示出，內局所製。

昨夜盛顏母親所說的話，清清楚楚還在耳邊。

她說，這是在老房子那邊搬家找到的，這麼精緻，不知道哪裡來的。

昨晚他替盛顏撐傘時，她的面容神情也依然歷歷在目。

她惶恐茫然，那目光控制不住想要望向傘骨聚集的地方，卻又拚命忍耐，不敢細看。

她怕自己發現，這傘上的印記。

盛母不知道這傘從何而來，但盛顏，她一定是知道的。

從何而來。

這樣的傘，在內局也是為數不多，普通的內侍宮女，絕不可能用到。若賜給臣子，每一個必然都是恭恭敬敬供奉在家以示天恩，誰又會輕易送給他人。

母后一心向佛寸步不出宮門；他出宮次數寥寥，記憶中更從未有將傘贈予他人的舉動；攝政皇叔已死，他的幼子被禁足府中……

唯有一個人，會在民間走動，並且能隨手將這樣一把傘，送予他人。

他的皇兄，瑞王尚誠。

尚訓只覺腦中嗡嗡作響，一片空白攪著一片混沌，眼前的世界也不分明了。

太后看著他，也不說任何話。

許久，尚訓才像是如夢初醒，他慢慢將手中傘合攏，又輕輕放回面前几案上，說：「這事，朕會好好問一問她。」

太后微微皺眉，問：「若此事另有內情，皇上打算如何處置？」

「朕還得看一看，是什麼內情。」他覺得身體微有虛軟，但還是按著几案站了起來。「不過朕覺得是母后多慮了。朕命後局的人替阿顏的母親搬家遷屋，說不定就有人將傘遺忘在那邊了。又或者，宮中有人急著巴結盛母，送了好東西過去，也是有的，母后覺得呢？」

太后不料皇帝竟準備將此事置之不理，神情微滯。「所以，皇上的意思呢？」

他平靜地說：「多謝母后替朕體察，勞煩母后了。」

太后再度出聲，嗓音已顯急切：「皇上！難道皇上不明白，這傘即使在宮中、在後局，也不是普通人可用的？」

尚訓停了一停，終究還是向外走去。「區區一柄傘不足以說明什麼。德妃今日冊封早已宣告，天下皆知，若突然延誤，她定會不安，宮中人恐怕也會有謠言散布，朕覺得……還是不要橫生枝節為好。」

他聲音虛弱，卻固執無比。太后見他一意孤行，也只能在他身後說道：「如此甚好，望皇上心志堅定，也望今日德妃，終能稱心如意。」

後局這段時間忙碌非常，尚訓帝同日立貴妃、德妃，隨後很快又要立后，件件都是大事。

禮部擬定好妃后的封號，朝廷議定儀注，擇吉日行禮，遣官告祭太廟，頒旨詔告天下……一樁樁一件件忙碌到今天，終於到了最後一步，所有人都是暗暗舒了一口氣。

工部製好金冊、金寶，分送兩宮。送往朝晴宮盛德妃的冊寶，走到半路時剛好與前往朝晴宮的皇帝御駕遇上。

他坐在步輦上神情沉靜，見他們過來，便命他們將東西給自己看看。

等看到「盛氏出身書香，贊理得人，群情悅豫」時，他將金冊放下，目光渙散地望著外面緩緩行經的宮苑，心口冰冷。

其實盛顏在宮裡幾乎不與什麼人來往，哪來的「得人」、「群情」？然而這又有什麼關係呢。

她不需要和別人交好，她只要懂得拋棄過往一切，全心全意依靠他，始終站在他的身邊就可以了。

他想，她既然選擇來到這裡，那麼最終，她一定能認清面前的路，陪著他在這孤冷宮廷中，一步步走下去。

尚訓進入朝晴宮，看見盛顏已經差不多梳妝完畢，容光豔麗，不可直視。常穎兒正在旁邊拾掇著最後兩支珠釵，一轉頭看見皇帝進來，忙帶著一眾宮女跪下見過。

盛顏這才從銅鏡中看見他的身影，站起身要行禮。

尚訓心情不好，但見她滿頭珠翠起身困難，還是過來扶了一把，讓她重又坐回妝檯前，回頭看著宮女們皺眉道：「今日冊妃得隆重點，朕容忍了，不過下次若再這般打扮，朕先把妳們這些梳頭的宮女攆出去。妳們難道不知道德妃絕世美貌，大堆的珠翠反而淹沒了她的光彩？」

盛顏雖然情緒低落，但還是無奈捂口笑了出來。

一群宮女忙跪下請罪，尚訓也沒注意到其中還有常穎兒，只示意她們帶盛顏去換上翟衣。等一群人簇擁著盛顏去了，他才看見常穎兒還站在面前。

她穿的不是尋常宮女的金葵紫衣，一身丁香色衣裙，雖然同為紫色，但顏色比其他人都要輕淺嬌俏一些，襯上嬌嫩圓臉，一笑兩個淺淺梨渦，十分可愛。

尚訓瞥了一眼，也不以為意，把目光轉而去看內室屏風，想要在盛顏出來的第一刻就看見她。

常穎兒卻跪在他的腳邊，抬手去整理他腰間金絲編織的絲絛，低聲說：「聖上的絲絛亂了，奴婢為聖上整理一下。」

尚訓「嗯」了一聲，目光依然沒有落在她身上。

她的手順著九轉如意絛而下，等撫摸到那上面結的玉珮時，微微詫異地咦了一聲，抬手輕握那塊玉珮，仔細多看了一看。

尚訓便問：「怎麼了？」

她有點疑惑地說：「這玉珮，剛剛還在德妃姊姊的妝檯中，什麼時候已經結在聖上這邊了……」

尚訓垂眼看那九龍糾纏的玉珮，盯著一瞬，眼神都冷了。

見他不說話，常穎兒的目光看向抽屜上擺的幾個妝盒，又趕緊收回目光，說：「想來是奴婢認錯了，不過確實挺像的……」

尚訓打開她還擱在自己膝上的手，冷冷地問：「那個玉珮，在哪裡？」

皇帝到朝晴宮來，一貫溫柔和煦，所以常穎兒從未聽過他如此冷硬的語調。她慌得一抬頭，對上他那鋒銳的目光，如直刺進她心臟般，她的膝蓋不由自主地一彎，又伏了下去，結結巴巴說：「在……在中間那個妝盒夾層中……」

尚訓抬頭去看內殿，翟衣繁瑣，飾物眾多，一群人還在給盛顏一層層整理衣物。他便慢慢起身，常穎兒正跪著仰頭看他，他已經抓住她的手臂，將她拖到了妝檯前，示意她將那個玉珮取出來。

常穎兒被他丟在妝檯前，只覺得下腹撞得劇痛，還想呻吟一聲，卻見皇帝一言不發，那鐵青的臉色與冰寒的眼神，讓她不由瑟瑟發抖起來。她身體與雙手都顫抖得厲害，卻只能不管不顧地拉開中間那個妝盒，將最下面的抽屜格子打開，抓住小環掀起夾層，拿出一塊玉珮來，捧到皇帝面前。

他卻並不伸手去接，只是定定看著那塊一模一樣的九龍珮。

夭矯如生的九條龍，用金線絲絛結了流蘇，捧在常穎兒顫抖的手中，玉色如水，流轉不定。

他再熟悉不過的東西。多年前，在瑞王尚誡被派遣到蒙國擔任客使的時候，父皇將這一對一模一樣的九龍珮分給了自己和瑞王，握著他們的手說，兄弟相親，皇家之幸。

兄弟相親，皇家之幸。

尚訓盯著玉珮許久，身體竟無法動彈。

他聽到自己沉重的急促呼吸，帶著迷夢般的恍惚，聲音飄散在殿內，而他就像站在另一個世界聽見一般。

內殿的讚嘆聲逐漸傳來，眼前灰濛濛的世界終於又緩慢呈現在他眼前。盛顏已經穿好了翟衣，就要出來了。

尚訓終於把臉別開，他聽到自己的聲音，喑啞虛脫。他說：「放回去吧。」常穎兒手忙腳亂，忙將那個九龍珮塞回夾層，將格子推回妝盒中，恢復了之前的整齊模樣。

尚訓轉過身，正看見從內殿被一群宮女簇擁著走出來的盛顏。

這滿殿的錦繡繁花，金玉裝飾，在她抬頭朝他一笑的那一刻，全都黯然失色。

她向他走來，就如絢麗霞光，讓這座千萬工匠精心雕琢的宮廷褪盡光彩。在一切花團錦簇裡，只有她是特出的，光華四射，懾人心魄。

宮女們含笑將盛顏牽到他面前，在她們的催促下，她暈紅了臉頰，抬起自己的右手，向他伸出。

今天是她受冊德妃的日子。

他本該緊緊握住她的手，牽著她的手，帶她去聆聽金冊旨意。

這本該是他們一世相伴的開始。

然而他的目光從她的手而逐漸向上，看向她那脂粉都無法掩蓋的羞紅雙頰，看向她那被低垂眼睫遮掩的雙眸。
那是認命的，屈從的姿態，卻絕不是歡喜的模樣。
他總覺得她不一樣，寵辱不驚的態度，清白無瑕的人際，她對一切都如過眼雲煙的神情，一切似乎都有了解釋。
她不喜歡這繁華鼎盛，她不喜歡這宮廷，她不喜歡他。
她在宮外喜歡的那個人，是他的皇兄瑞王。
她悄悄藏起的傘、九龍珮，她在自己身邊失落茫然，她抗拒自己的親密體貼，原來全是為著他。
心口絞痛，那種彷彿胸口被人捅穿的劇烈抽搐讓他幾乎窒息，神志不清，眼前的世界全是一片昏黃模糊。
他唯一能做的，就是抓過身旁女官手中捧著的金冊與金寶，狠狠砸在地上。尖銳的落地聲，讓殿內所有人都嚇得呆滯了片刻。一片死寂中，也不知誰先回過神，殿內嘩啦啦跪了一地的人，沒有人敢抬頭。
皇帝轉身出了朝晴宮，不理會任何人。
身後的內侍們一直追著他，他卻越走越快，在重重的宮門中，他一個人疾步遠離盛顏住的地方，到後來，簡直是在拔足狂奔。
內侍們驚惶已極，景泰緊跟著他，最後終於開口叫：「陛下，您、您這是怎麼了？」

聽到這一句聲響，尚訓才恍如突然省悟過來，腳步緩下來，站定在某一處白玉階上怔怔出了好久的神。

頭頂是雨後高天，白雲飛捲如絮，風在高大空曠的殿宇間流動，轟鳴在他的耳畔。

他無聲佇立良久良久，最終，只說了低低一句：「朕現在……心裡，真難受。」

除此，再沒有任何言語。

第六章

桃花一簇開無主

縱使它是高懸頭頂的利刃，是即將沾脣的鶴頂紅，也依然不捨。

同日冊封的貴妃與德妃，最終只冊立了一位元貴妃。

朝晴宮盛修儀，在最後關頭被皇帝拋下，中斷了冊封儀式。

在後局的人撿拾起散落於地的東西退下之後，盛顏屏退了所有人，坐在鏡子前等待著。

她不知道自己在等待什麼。是等著皇帝再度歸來，讓自己終究登上這個萬人豔羨的位置，還是在等著最終絕望的消息，等待自己成為宮中所有人的笑柄。

日光轉移傾斜，眼看已經要到日暮。

停了一天的雨又細細下起來，打在庭中窸窸窣窣，動盪不安。

她知道皇帝不會來了。

頂了好幾個時辰的金玉首飾讓她脖子痠痛，她抬手慢慢將十二行金釵與九支花樹拆下來，整整齊齊排列在妝檯上。這些是屬於德妃的飾物，一個修儀做這樣的打扮是逾矩的。

或許是一天的時間足夠她去鎮定，她的雙手很穩，花朵金釵步搖紋絲不亂地被她拆下，從她梳成九鬟高髻的髮間脫離。

不需要想，她也知道，必定是那把傘，終於出事了。

真沒想到，就在她終於認命地決定接受皇帝給予的恩寵，承受這一切的時候，她的過往會這樣陡然被掀開，所有溫情脈脈徹底被擊潰。

其實這說不定，也是好事。

以後老死在宮中也好，送入冷宮也好，至少她能存著心裡那個角落，永遠放著十年前她折下的那枝黯淡桃花，也永遠放著十年後擦過她鬢邊的那一朵鮮潤桃花。

她拆完了最後一綹頭髮，滿頭的青絲傾瀉而下，將將及地。她拉開妝盒，取了一柄象牙梳，慢慢地在夕陽中梳著。

紗窗日落漸黃昏，金色夕陽照在金花玉釵上，光芒眩目。

她的目光落在中間那個妝盒之上，那稍微歪掉的角度，讓她不由自主地放下了梳子，抬手去打開了最下面的格子。

拉起隔層，九龍珮依然妥善地放置在裡面。然而，原本整齊梳理好的金線，已經凌亂不堪。

她將它取出，在夕陽下看了看，想起自己去換翟衣的時候，留在外面的皇帝與常穎兒。

是她自己不小心，常穎兒時時在她身邊，不知什麼時候已經發覺了這東西。

當年先帝拆開一對九龍珮，分給兩個人。皇帝身上的那一個，她常常看見，而他贈送給她的這一個，她知道自己應該及早處理，然而終究還是捨不得。

縱使知道它極度危險，知道它是高懸於頭頂的利刃，是即將沾脣的鶴頂紅，她也依然不捨。

因為，她接過它時，曾對他說，我等你。

她沒有守住諾言，所以她妄想守住信物。

是她自己執妄愚蠢，一念之差，傾覆了以後的人生。但她握著這塊九龍珮，心想，就這樣結局對自己也不錯，求仁得仁。只是不知道會不會牽連到母親，會不會連累到瑞王。

手指不知不覺握緊了，她俯下頭，將臉頰貼在冰涼的玉石之上，迷惘地想，萬死難辭其咎，是不是就是自己現在的處境呢？

瀟瀟暮雨，灑在朝晴宮，也灑在壽安宮。

在佛堂之中做晚課的太后，抬頭看見被女官迎進來的皇帝尚訓。但她不動聲色，將手邊這一篇經文緩緩念完，然後合上經卷，撥過一顆佛珠，起身在皇帝對面坐下，問：「皇上來了？」

尚訓知道太后耳目聰明，每天雖然都在念佛經，但宮裡有什麼事情，從來脫不開她的法眼。今日冊立德妃的這一場變故，她必定也已經知曉。

他面容蒼白，神情猶自略帶恍惚，悶坐喝茶半晌，才問：「母后當日召盛顏進宮時，事先可有人知曉？」

太后搖頭道：「絕對沒有。母后在前往山陵祭祀前夜偶然作夢，才想起當年盛彝有這樣一個女兒。她是母后在臨行前才命後局擬旨尋找，當時出行倉促，也不可能有人知道母后當晚會作那個夢，至於瑞王……他當日同去山陵，更不可能事先發覺母后有這樣的一道懿旨。」

尚訓低聲道：「但他們以前在宮外分明是認識的。」

「這事，倒是處處透著怪異難解之處。」太后搖頭說：「皇上可還記得，盛顏剛剛進宮之時，母后認為盛顏出身鄉野，不懂進退，想要送她出去。當時瑞王還曾來見母后，建議找吳昭慎詢問。果然吳昭慎說盛家女自小孤苦，既沒有富貴之命，又沒有大家閨秀之氣，恐怕難以在宮闈中生活，母后當時便想將她遣送出去……若說瑞王有意送她進來，潛伏在皇上身邊為己所用，似乎又不像。」

尚訓點頭，聲音低沉道：「再者，若是一顆棋子，皇兄又怎麼會將那麼重要的東西贈送於她？」

說到這裡，太后腦中閃過一個念頭，輕輕「哦」了一聲，皺眉說：「怪不得，瑞王從來不過問宮中事情，那次卻要特地來和母后講這麼無足輕重一個女子，原來他們在宮外就認識的——而且，恐怕瑞王是要將她帶出去，而不是要將她送進來。」

尚訓只覺那彷彿被搗過的心口，又隱隱絞痛起來。他轉頭去看外面，一庭瀟瀟紫竹，清冷幽暗，氣息都似乎是凝固的。

他還要如何說。

太后反倒微微笑了出來，問起毫不相關的事情來：「皇上親政這麼久，怎麼從來不把朝廷的事情放在心上？大可以自己考慮過後再和瑞王商量，一意地偏勞他，這怎麼可以？」

尚訓知道太后與瑞王向來是有嫌隙的，瑞王一直為自己母親的去世耿耿於懷，間接也牽涉到她。他低聲說：「母后知道的，朕對這些朝廷中事並無興趣。」

太后無奈地嘆口氣，說：「母后記得皇上七、八歲的時候就已經流利背誦四書，而瑞王十歲了還沒讀完《論語》，現在皇上到底是把心思用在哪裡了？」

尚訓低頭看著杯中沉浮的茶葉，輕聲說道：「恐怕要勞煩皇兄一輩子了……朕窮此一生，也是學不會處理政事的，唯一喜歡的，就是和一個知心的人在一起，開開心心做些玩物喪志的事情。」

「那朝廷裡的事情，瑞王獨斷專行，誰來管束？」她問。

尚訓恍惚聽著，脣角一絲冷笑。「母后覺得天底下誰能管束皇兄？」

太后輕描淡寫說道：「盛顏。」

尚訓頓時愕然，猛抬頭看她。

她微微一笑。「她究竟是瑞王安插在你身邊的人，還是瑞王千方百計要弄到手的人，只要在朝堂上稍加試探，她難免要露行跡。到時候皇上自然可以盡早收拾。」

太后冷笑道：「既然我們已經知曉底細，何不順水推舟，好好用她。我看她心機不深，甚至有些笨拙，我們既然已經知道防備，以後她若是能為我們所用，也未嘗不是好事。」

「這世上沒有這樣的事，阿顏只是剛剛受封的一個妃子，如何能代替我們去掌管朝政？」尚訓搖頭，長出一口氣，說道：「這事，於理不合。」

太后盯著他許久，問：「瑞王勢大，朝野盡知飛揚跋扈，陛下如今大好機會在手，卻要就此白白放過？」

尚訓將手中茶輕輕放在桌上，聲音低沉緩慢，但他畢竟身為帝王多年，語氣中帶著不容置疑的強硬，一字一頓說道：「自古以來，與政治有關的女人誰能落得好下場？我縱然永遠掌不了實權，能與自己喜歡的人平靜過得一生，也就算了。」

太后終於搖搖頭，嘆了一口氣，緩緩問：「前朝武帝，殺兄奪嫂的舊事，皇上難道忘記了？」

尚訓悚然一驚，抬頭看她。

她望著他，沉吟良久，輕聲說：「若連這樣的棋子都不加以利用，皇上一味縱容，可知瑞王日後還會容留什麼在你身邊？」

他會容留什麼在自己身邊？

離開壽安宮後，天色已晚。尚訓回到自己現在居住的毓升宮，一個人坐在空殿內，任由黑暗籠罩自己，也不讓宮人進來點起宮燈。

恍惚還是很小的時候，母親在自己的面前蹲下來，伸手擦去自己雙頰上的淚珠，笑問：「皇兒，你在哭什麼啊？」

他抽噎著說：「劉媽媽……劉媽媽走了……」

母親微微一笑，說：「現在不是有趙媽媽來了嗎？」

「可是、可是我要劉媽媽……」他固執地說。

「皇兒，聽母妃說。你將來是要去統管全天下子民的，所以，你身邊不能有一個長久跟在你身邊的人。天子，是要疏遠你身邊人，胸懷天下人的。」

「可是……可是我要劉媽媽……」

母親搖搖頭，說：「皇兒，你這樣可不行，和身邊人的感情太深，將來你身邊的人會成了你的軟肋。」

和身邊人的感情太深，將來你身邊的人會成了你的軟肋。

尚訓醒來的時候，耳邊還是迴盪著這一句話。

宮燈最終還是沒有點起。外面是無邊暗夜，耳聽到大雨下得急促，嘩啦嘩啦，好像整個天地都是喧譁不安。

尚訓坐起來，一個人在毓升宮，盯著窗外透進來的微光，耳聽得暴雨的聲音，激蕩在空曠的宮室中。

他從小就在宮廷長大，與自己的父皇母妃並不親近，甚至小時候為了避免與下人生了親暱，乳母和貼身內侍都要半年一換，沒有知心的人，身邊也沒有什麼親人。

等到母妃去世，先皇駕崩，他身邊就全都是別人替他安排的人了，沒有一個是他自己想要的。

盛顏的出現，其實就像救了他一樣。

他一直清楚地記得，初相見時平凡無奇的屋子，鋪設杏黃錦褥的竹榻，窗外綠蔭濃重，微風中樹葉一直在沙沙作響。而她坐在窗前靜靜地縫自己的衣服，淡綠的春衫，柔軟地鋪在她的膝蓋上。

他那時想，一個丈夫看著自己的妻子時的心情，一定就是這樣。

可如今想想，誰知道，真相是怎麼樣的？

尚訓盯著外面的大雨，直到天色漸亮，清晨是確確實實到來了，只是顏色還是暗沉。

他才突然抬頭，對景泰說：「到朝晴宮中說一聲，讓盛修儀來見朕。」

風狂雨驟四月暮，滿地落花濡溼在昨夜的雨水中，顏色鮮潤。尚訓看見盛顏走過來，臉色蒼白，神情恍惚，不復昨日的光華絕豔。可就在這樣的情境之下，她還是低頭看著地上，小心地避開落花，不讓自己的腳玷汙了它們。

剎那間他眼睛一熱，這個女子，這麼溫暖柔軟，是自己喜歡的人。

無論如何，無論其間有什麼陰謀、算計、心機，她都是他人生第一次心動的對象。

他不覺就站起來，像以前一樣走下階去等她。

她在階下抬頭望他，她的面容與他一樣，蒼白憔悴。

他知道她也一定和自己一樣，一夜難眠。

只是他是在考慮如何處置她，而她是在等待他如何處置自己。

最終，他卻是緩緩走下臺階，伸手向她，若無其事地說：「我看這邊的石榴花昨夜初開了幾枝，我們一起去看看吧。」

盛顏看他這般平靜，不由有點害怕，低低應了一聲。

他攜起她的手，她的手冰涼，卻順從地躺在他的掌心，不曾動彈半分。

他們一起到殿後去看榴花。或者是殿後的日光不足，那石榴花的顏色並不是正紅，而是鮮豔的橘紅色，經雨後嬌豔欲滴。

尚訓折了一枝給她。她將花握在手中，一時無言。

「這花這麼美麗，要是永遠開下去就好了。」

盛顏只覺得氣息哽咽，絕望的情緒讓她低聲道：「這世上，無論什麼鮮豔都是短暫的。」

「難道就連妳也不能持久？」他問。

盛顏心裡一驚，抬頭看他。他盯著她良久，輕輕伸手去撫摸她的臉頰，說：「縱然妳我都不能長久在這世上，可是朕永遠都會記得，朕給妳摘的第一朵花，那麼美麗，妳卻比那朵花還要美麗……」

她慌忙跪下：「聖上萬歲……」

「妳看妳，這麼漂亮的裙子怎麼能就這樣跪在泥水裡？」他將她拉住，止住了她行禮，說：「朕自己知道的，哪有人能長活於世呢。」

兩人相視無語，只聽得風聲細微，從石榴花的枝葉間穿過去，沙沙聲起伏不斷。

這風過花枝的氣息，讓尚訓也放柔了嗓音，輕聲說道：「阿顏，無論怎樣，我只要和妳在一起就好……人一輩子開心的時光能有多少？和妳歡喜得幾年，已經是上天的眷顧。」

盛顏默不作聲，眼淚撲簌簌就直落下來。

她原本並不知道皇帝居然如此喜歡她，可現在聽得他這樣一句，頓時心頭辛酸之極。

這般深宮裡，這麼多的美麗容顏，卻哪裡還有一個人，在這樣絕望的境地之中，還能像她這樣幸運，得到皇帝的顧念？

他們看了一會兒榴花，都覺得睏倦。

尚訓讓身邊內侍送盛顏回去。等盛顏剛出了毓升宮，後面又有人捧著個盒子追過來，說：「聖上吩咐，昨日在盛修儀這邊看到龍形玉珮，恐怕與修儀身分不符，特命人將府庫中一枚鸞鳳珮賜予修儀。」

尚訓命人送來的那枚鸞鳳玉珮清朗冷冽，周身猶如蒙著霧氣，即使是盛顏，也知道是絕頂的好玉，兼之雕工極佳，恐怕是無價之寶。

盛顏默然將玉珮收下，把盒子捧在手中，手指收得太緊，骨節都微微泛白。

那內侍悄悄說道：「盛修儀，這塊玉珮可是前朝秦貴妃之物，聖上這般眷念，修儀以後也定會與秦貴妃一般，寵冠後宮，一世榮華富貴……」

盛顏在宮外就曾經聽人說過，前朝的秦貴妃，受皇帝寵幸四十多年。她要過六十歲生辰時，剛好昆山下送來一塊絕佳玉石進獻宮中；皇帝便召天下最好的玉匠晝夜趕工，終於在貴妃生日前一天雕成一塊鸞鳳玉珮。完工之日，有瑞鳥無數，在皇宮上空盤旋鳴叫，據說是百鳥朝鳳之兆。

秦貴妃後來受封皇后，並且成了太后，在九十多歲時安靜去世。這樣的際遇，是宮中人最嚮往的。

那內侍又說：「小人得跟盛修儀到朝晴宮一趟，請盛修儀將那個龍形玉珮交給小人拿去覆命。」

盛顏微微點頭，心口彷彿已經麻木，竟什麼也不想，只機械地帶他往朝晴宮走去。

一路上偶爾有行經宮道的人，看見盛顏都是一臉詭異，想必昨日冊妃之前一刻，皇帝砸了她的金冊金寶的事情，已經傳遍整個宮中了。那些人或好奇打量的，或竊竊私語的，或幸災樂禍的，不一而足。唯一的相同點，就是個個都避之唯恐不及。

走到重福宮附近時，盛顏覺得自己精神有些恍惚，便略停了一停。她陡逢大變，昨晚到現在水米未進，最近又好幾夜睡得不好，此時只覺得後背虛汗滲出，整個人眼前一黑，軟軟靠在了旁邊的宮牆上。

她身邊帶著的兩個宮女，一個捧著盒子眼觀鼻鼻觀心，一個悄悄打量了一眼那個內侍，準備看他的臉色再行事。

就在她撐著牆等待自己眼前昏黑過去時，一雙手從旁邊伸出，一把扶住了她，一個脆生生的聲音在她耳邊響起：「盛修儀，妳可是身體不舒服嗎？」

盛顏只覺得這聲音有點熟悉，一時卻又想不起來是誰，只能等這一陣昏沉過去之後，張開眼看著面前人。

原來是之前在重福宮的那個小宮女雕菰，這個面容和名字一樣可愛的少女，正扶著她，焦急地看著她。

盛顏輕出了一口氣，說：「是妳呀。」

「是呀，盛修儀，妳臉色很不好。」她急切地看看左右，然後說：「先到重福宮歇一歇好嗎？我給妳倒杯茶。」

盛顏先看向身後的內侍，聲音虛浮：「這位公公……急著去我那邊取回東西呢。」

那名內侍見她臉色蒼白，便說：「這倒不急，盛修儀最近勞心勞力，要是累的話，就稍微歇息一下。」

盛顏謝了他，雕菰扶著她走到重福宮院子內，讓她在堂上坐下，又跑到裡面給她沖了一盞紅棗酥酪來，不一會兒捧著出來，把一柄剛洗過的調羹放在盛顏手中，說道：「沖得太急了，棗肉怕還乾著，盛修儀先用酥酪，棗子到最後吃。」

盛顏點點頭，舉著調羹一口一口把裡面潔白的酥酪先吃掉。

在這茫茫宮廷之中，她一個人孤寂跋涉，因始終置身局外，也並不覺得如何辛苦。到如今雕菰給她一碗酥酪，她反倒覺出了人情冷暖，眼眶熱熱地似乎要掉下淚來。

她捧著瓷盞，輕聲問雕菰：「我如今已經成為宮中笑柄，人人都知道聖上厭嫌我……妳怎麼還多事來幫我？」

雕菰在旁邊掐了一枝艾草，在手中輕輕地轉著，說：「我昨日聽吳昭慎說了一些，不過我想盛修儀一定沒事的。因為我想啊，之前在重福宮中這麼多人，可現在唯有妳是九嬪之一呢，她們有什麼資格在背後議論盛修儀呢？」

盛顏垂下眼，輕聲說：「我只是擔心，徒然替妳惹來麻煩。」

雕菰滿不在乎說：「我才不怕麻煩呢，我又沒做壞事。再說我宮外一個親人都沒有，想幹啥就幹啥，對得起自己的心就行了。」

盛顏也不由笑了出來，說：「妳看來比我年紀還小，倒是一副看破紅塵的瀟灑模樣。」

「哎呀，盛修儀，妳要是進了宮，被套上個名字叫小米小麥什麼的，也會知道自己實在是微不足道，啥事都不去想了。」

盛顏再也忍不住，捧著碗和她相視而笑。

「盛修儀，雖然妳愁眉苦臉也挺好看的，但笑起來還是更漂亮呢，我就喜歡看妳笑。」雕菰碰碰她的碗。「我估計棗子可以吃了，來，趕緊嘗嘗看。」

盛顏舀了一個吃著，點頭說：「嗯，很甜。」

「不瞞妳說，我只會做這個，吳昭慎沒少罵我笨！」雕菰眉飛色舞。「妳喜歡吃的話，以後過來這邊，我再給妳做。」

盛顏將手中碗遞還給她，輕輕點頭。「好。」

或許是那碗酥酪讓她精神振作了起來，她出了重福宮之後，一路上走得非常平穩。等到了朝晴宮中，她平靜地吩咐內侍等在外面，將那個九龍珮取出來，交付了他。

身旁侍立在殿內的宮女們，看她被皇帝身邊的內侍帶回來，不知她這次又是在那邊受了什麼責難，個個都戰戰兢兢，不知這到底是好事還是禍事。

她見她們都是這樣，也渾若無事，只讓她們給自己取了晚膳過來。殿內宮人們都是不安，在殿外竊竊私語著，擔憂自己的明天。

盛顏聽著那些聽不清又避不開的聲音，了無胃口。她放下筷子走到窗邊，倚坐著看了一會兒外面的庭院。綠葉底下，梅子已經長大，一個個青碧可愛，藏在枝葉之中。

眼前好像幻覺般，一閃而過風裡桃花豔麗的顏色，牆內桃花，牆外仰頭看花的人，轉眼成大片雪也似的梧桐，一輪圓月。

剎那間風花雪月。

三生池中倒映的一對人，和自己再沒有關係。

再也沒有關係。

第二天是個好天氣，盛顏醒來時看著外面幽藍的天空，漸漸亮起來。昨夜的大風打得窗外芭蕉歪斜，寬大的葉片被撕扯成亂條。

她起身在廊下徘徊，夏日已至，清晨並無涼意。她不知道自己該做什麼，就像孤飛在廣袤原野之上的雛鳥，地方越大，越顯得冷清。

日出不久，偏殿也傳來聲響，是常穎兒身邊的宮女起來打水，給她備下梳洗用具。盛顏依靠在廊下，看著那幾個人忙忙碌碌。臉色沉靜。

常穎兒用了早膳後出來，一抬頭看見盛顏，心裡頓時咯噔一下，趕緊露出一個笑容朝她屈了屈膝行禮。

盛顏朝她點點頭，也沒興趣跟她聊天，只讓身邊的宮女替自己拿本書過來。宮女也不識字，隨便拿了本薄的遞給她，是一本粗淺的蒙學詩。

盛顏想著必定是皇帝過來時忘了帶走的，心下也奇怪他怎麼在看這種書。正隨意翻著，常穎兒已經走過來了，湊在旁邊覷了一眼，笑道：「咦，這不是『鵝鵝鵝』、『一去二三里』、『春眠不覺曉』之類的嗎？盛姊姊現在還在看這種書啊？」

盛顏淡淡說道：「我自幼在山野長大，未承庭訓，當然沒有妹妹念得深。」

常穎兒捂著嘴笑道：「哎呀，我可不是這個意思，姊姊的父親當年文名不小，姊姊自然是高門才女了。」

盛顏也不說什麼，只笑了笑，隨意翻著書。

書頁停在尚訓常翻的那一頁，正是邵康節的「一去二三里」。

常穎兒撇撇嘴，說：「看這詩，就這麼二十個字，數字倒有十個。一、二、三、四、八、九全都是數，也就糊弄小孩子。」

盛顏摩挲著被尚訓弄得微捲的書頁邊，頭也不抬地說：「這正是這首詩的精巧之處，除去數字之外，邵康節用寥寥十個字就能描繪出眼中所見，一般人誰可做到呢……」

說到這裡，她腦中忽然一閃而過一些東西，頓時怔住了。

常穎兒有點驚訝地看著她，問：「盛姊姊，妳想什麼呀？」

「妳剛剛說……什麼？」

常穎兒眨眨那雙黑白分明的大眼睛。「我是說，二十個字裡，數字倒有十個呀。」

「不……」她喃喃地說著，想了想，撫頭站了起來，說：「我有點頭暈，可能昨夜沒休息好。」

常穎兒當然有這個眼力，趕緊說：「姊姊趕緊去休息吧，我就不在妳面前討煩了。」

盛顏也不再和她虛應，拿著書轉身就進內去了。

尚訓過來時，看見盛顏正坐在窗邊，手中按著一本書不知在想些什麼。

他的到來讓朝晴宮所有人都驚喜不已，每個人迎接他的笑臉都格外緊張。盛顏看見他進來，也是下意識地站了起來，握緊了手中的書。

尚訓臉上的笑意卻十分自然，見她纖細的身子站在風裡，似不勝身上薄薄羅裳。他便慢慢走過去撫了撫她的肩，說：「天氣雖熱，可坐在這當風口也不好，以後可要小心。」

他微笑溫柔，與她交出的那塊玉一樣溫潤。

她默然無語，只能低頭向他屈了屈膝，表示應答。

尚訓心裡微微一顫，輕輕撫上她的背，低聲說：「阿顏，對不起。」

她抬頭見他神情黯淡，也不知他為什麼突然對自己說抱歉，正在思量，髮絲微微一動，卻是他輕撫著她垂落在肩上的頭髮。她頭髮纖細柔滑，他用手指輕輕地梳過她的長髮，凝神看她的青絲一根一根從自己的指縫間滑下來。

盛顏感覺到他的氣息在自己耳畔微微激蕩，心下緊張不已，正暗自握緊了手中的書，他卻已經放開她的頭髮，說：「朕也不能再懶散下去了，從今日開始，偶爾也要去上一下朝。下午朕要去垂諮殿處理政事，妳待會兒過來陪朕。」

她錯愕地看他一眼，輕聲問：「聖上處理政事，我……一個後宮的女子，怎麼好過去？」

「朝中事情繁瑣，朕怕自己會疲累，偶爾回頭看看妳，或許能輕鬆點。」他輕聲說。

他聲音溫柔，盛顏只覺心中一軟，便點頭答應了。

他便又轉了話題，笑問：「宿昔不梳頭，絲髮垂兩肩。是妳身邊的宮女偷懶呢，還是妳偷懶？」

她還沒說話，身邊的宮女已經趕緊說道：「是上次聖上說，修儀清素些更好看，因此修儀也沒有吩咐奴婢們精心裝飾……」

皇帝回頭看了她一眼，見是個長得挺漂亮的宮人，此時見他看向自己，正從眼睫下抬眼含羞帶怯地望著他。

皇帝也不搭理她，只指著她吩咐景泰道：「跟後局說一聲，讓她今日就到浣衣處去，直至滿二十五歲放出去。」

那宮人頓時嚇傻了，跪下來連聲音都扭曲了：「聖上饒命啊……奴婢，奴婢知錯了！」

皇帝笑了笑，問：「錯在何處？」

她張大嘴，卻半晌也不知該如何說。

「二殿的人站在這兒，任憑她頭也不梳，坐在風口，是盛修儀固執呢，還是妳們都是死人？」他目光在一群戰戰兢兢的宮女身上一掃，聲音不大，卻讓人跪了一地，瑟縮不已。「妳們是不是認為，盛修儀沒有成為盛德妃，日後朕對她就不再上心了？」

盛顏見他神情不悅，想著這周圍的人前些日子的趨炎附勢，昨日的恐慌失望，也不想出頭做好人，便只站在他身旁，一聲不吭。

皇帝也不再說什麼，揮揮手示意景泰把人帶下去，然後他才轉頭看盛顏，那脣角又掛了一絲笑，說：「妳把這些人挑一挑，有合心意的留下，不合心意的都遣出去吧。」

盛顏低頭致謝，在他身旁輕輕地說：「其實臣妾只要一個人在這朝晴宮中，留幾個灑掃的人就可以了。閒雜的人多了，說不定哪日徒然橫生枝節。」

皇帝略一點頭，站起來說：「也是，若妳喜歡一個人清淨的話，閒雜人是多了。」

他向外走去，一邊隨口吩咐：「景泰。」

景泰跟在他身後，亦步亦趨。

皇帝的目光轉向偏殿，看向早已聞聲出來在廊下行禮的常穎兒，慢悠悠說：「常才人頗得太后青眼，今日就收拾東西遷往長樂宮吧，那邊離壽安宮近，得空妳多去陪太后敘敘話。」

常穎兒的臉頓時慘白，一口氣卡在喉嚨口，幾乎出不來。

皇帝再也沒看她一眼，轉身就出宮門去了。

朝晴宮今日可算翻天覆地。

常穎兒遷去了宮城偏隅長樂宮，朝晴宮中所用的所有人，盛顏也一個不留，把後局帶過來的內侍宮女過了過眼，挑了幾個年紀小的，換了一茬人。

然後她便再也不管那些哭的笑的鬧的整理東西的，一個人坐在殿上給母親寫信，心平氣和，下筆穩定，一個個字清晰明朗。

等周圍安靜下來了，她又叫人請吳昭慎過來。吳昭慎果然帶著雕菰過來了，對朝晴宮內的變動，雖有詫異，但也沒說什麼。

盛顏與吳昭慎寒喧幾句，雕菰早已不耐煩了，跑到廊下去看看昨夜被撕破的芭蕉葉，一臉惋惜。

盛顏走到她身邊，說：「舊葉破了，新的還會長出來，有什麼可惜的呢？」

「這幾日疾風暴雨，我們院中的芭蕉我都用布條攏好束上了，又用了結實的木棍支好，等風雨過後再解開，基本上沒有問題。」

盛顏笑著對身旁的吳昭慎說：「我倒想求昭慎一件事了。」

吳昭慎趕緊說道：「盛修儀有什麼需要，但憑吩咐。」

「我這院中芭蕉，如此損毀真是可惜，想問昭慎討要雕菰幫我打理，昭慎捨得嗎？」

吳昭慎一愣，抬頭看盛顏。

盛顏便又笑道：「她做的酥酪挺好吃的，我很喜歡。」

吳昭慎明白，她這是討要雕菰到身邊來。思緒一時躊躇，雕菰在她身邊多年，與她感情非常好。盛顏現在宮中地位雖然不低，但她的恩寵處處透著古怪，人人都說皇帝對她極為上心，可昨日定好的德妃之位，卻在須臾之間就失去了。如今她正在動盪不安的時刻，讓雕菰到她身邊，也不知前途如何。

見她遲疑，盛顏便側頭去看雕菰，微笑道：「這是雕菰的大事，昭慎可以考慮一下。但我會對您承諾，只要在這宮裡有一寸容身之處，就一定會護著雕菰周全。」

吳昭慎還在猶豫，雕菰已經跳到她身邊，挽住她的手臂笑吟吟地對盛顏說：「那我今天就去拿東西過來啦，我可喜歡朝晴宮，這兩棵芭蕉樹都比咱院子那棵長勢好。」

吳昭慎沒想到這孩子這麼乾脆，心裡詫異，臉上忙堆笑道：「那最好。我就擔心雛菰這散漫的性子會伺候不好盛修儀，既然盛修儀有心，她自己又喜歡這兒，我真是求之不得了。」

雛菰沒什麼東西，手腳俐落地收拾好了東西，中午就跑來了。

用午膳時候，盛顏就隔窗看見她一手扠腰在訓一個小宮女，完了奪過她手中的撣子，跑外面去把灰狠狠拍個乾淨再進來掃塵。

她支著下巴望著雛菰遠遠的背影，不由得笑了起來。

等雛菰也吃過後，她就把其他人都留下，單帶著雛菰去了垂諮殿。兩個人在宮牆中走走停停，說著一些閒話，倒像是飯後消食一樣。

垂諮殿十二位大學士，二十四位知事，其實事情倒不是特別多。因為所有的政事還是按照攝政王在世時一樣，先由瑞王過目，有重大事情，瑞王那邊會抄備一份，原件送來讓知事和大學士商議，擬好幾種批覆後，送呈尚訓過目，他在合意的批覆上寫准行，再發還瑞王府。所以，大學士和知事們，也樂得悠閒。

但如今皇帝勤快起來了，他們也只好裝出個忙碌的樣子，誰也沒去注意出現在後殿的盛修儀。

盛顏便安安靜靜在御書房的後殿坐著，耳邊聽到那些學士與知事在低聲商議，間或與尚訓稟報一、兩句，卻大多都是陌生的地名與人名，什麼都聽不懂。

不知道自己該做些什麼，她便從旁邊拿了本書坐在那裡，看了幾頁，又抬頭看外面。鳥語關啾，雀兒在樹梢上來回跳躍。

遠處開了一樹燦爛的白色花朵，隔得太遠，看不出是什麼花，但還是讓她覺得愉悅。她想，如果沒有進宮的話，自己現在，應該正坐在院子的花樹下繡花吧。

一剎那恍惚起來。

她深深地吸氣，深深地呼氣，像是要將自己的煩惱從心裡壓榨出來一樣，長長地吐出心中的思緒。等到心中有些平靜下來，她才伸手到桌上取了個糕點，站起來走到殿外，將糕點掰碎了，給階下大魚缸裡的魚餵食。

尚訓抬頭不見了盛顏，忙站起來到處找，出了殿才見她坐在魚缸旁邊餵魚。糕點餵完了，小魚還不肯散去，她便把自己的手伸到魚缸中，那些金魚以為是食物，爭著上來啄吸她的手指，她覺得癢癢的，低頭輕輕笑了出來。

他站在旁邊看了好久，看她像小孩子一樣天真清澈的眼睛，倒映著瀲灩水光，明亮無比。

命運真是無法預料。如果自己父皇沒有心血來潮替她賜下名字，如果母后沒有作那個夢，如果自己沒有在她離開的那一剎那擱下她，不知道現在她會在哪裡，人生會怎麼樣？

如果自己永遠也沒有遇見她，那麼現在看著她的人會是誰？令他心口暖暖發熱的人，又會是誰？

盛顏抬頭看見他，倉促地對他一笑，尚訓將她溼漉漉的手從水裡拉出來，低聲說：「妳看，連袖子都掉進去了。」

盛顏還未來得及說話，便只覺得有人在盯著她看。她沉默了良久，終於，還是回頭看了一眼。

垂諮殿裡面，向他們看過來的人，正是瑞王尚誡。

四月末的狂風，落花滿庭。風捲起墜珠紗簾，吹亂鬢角。

或許是周圍太過安靜的緣故，她一時神情恍惚，眼前模糊看見三生池上兩個人並立的身影。風乍起，吹皺一池湖水，於是他們的身影在水面上，動盪不安，舒展，扭曲，再舒展，再扭曲。

即使一身盡是瓔珞光華，可她的身邊，不是她曾經在三生池上相擁親吻的人，這繁華極盛，於她，卻好像只是徒增淒涼。

尚訓感覺到她全身的僵硬，低聲問她：「怎麼了？」

她抬頭看他，將自己剛剛那個笑容繼續下去。「沒什麼，我擔心自己的手濡溼了你的衣服。」

尚訓向她所看的地方望去，那邊空空如也，瑞王早已離去，所以他只笑了一笑，說：「沒事，天氣熱，涼一下正好。」

他的溫柔包容，讓她更覺難受，不明白他為何要以帝王之尊，對自己如此小心翼翼。

殿內學士們的爭論突然激烈起來，尚訓無可奈何地放開她，低聲說：「真沒辦法，妳稍微等等，我馬上回來。」

她目送尚訓離開，轉身從廊下走過，向著那棵開滿繁花的樹走去。就在經過廊窗的時候，有人在窗內，低聲問：「為什麼？」

她轉頭，看見窗內的瑞王尚誡。他低頭看著手中的案卷，沒有轉頭看她，側面的容顏在流雲蝙蝠的花窗之後，看不出神情，但，他確實是在問她。

跟在她身後的雕菰，在目光與瑞王相接的第一刻，立即轉身到廊下替魚缸撥水面的浮汙去了。

盛顏略微鬆了一口氣，卻沒看到雕菰臨走前朝瑞王略一低頭的動作。她站在窗外，一時喉口堵住，說不出話。她覺得自己的心口，一種無比暗淡的酸澀感，翻湧上來。

「為什麼妳選擇了進宮，卻還留著我給妳的東西？難道妳不知道別的男人送的東西，會成為妳進宮以後的致命傷嗎？」他依然淡淡地，低聲問。

他手眼通天，宮中的動靜，自然逃不開他的耳目，那九龍珮的事情，又怎麼能瞞過他？

盛顏慢慢地抬手，按住自己的胸口，彷彿這樣，她才能勉強呼吸。她站在廊下，抬頭望著眼前，無邊無際的天空籠罩下，金黃的屋頂，朱紅的柱子，玉白的殿基，就好像富貴、鮮血、悲涼融合在一起的天地，他們身處其中，不可自拔。

過了良久，她才低聲、緩慢地說：「瑞王爺，我一直以為，我進宮時會遇見的人，是你。」

彷彿此時的晴空中，突然有電光閃過。

他驟然轉頭，看向她。

但，他們什麼也沒說，被命運捉弄的人，有什麼話能說。

她勉強笑了一笑，說：「你看，你遇上了一個笨女人，她根本不知道你是誰。所以，在被宣召入宮的時候，她竟然會錯了意。」

她覺得再說下去，悲哀與絕望要讓自己的眼淚決堤了，所以她再不說什麼，轉身快步離去。

直到腳步踉蹌，再也無法站穩，她才茫然靠在了花樹上。

她的面前，花開無限，華美燦爛，可未來究竟會遇見什麼，她卻一點把握也沒有。

聽得雝菰在身後輕聲叫她：「盛修儀，聖上來了，我們回去吧。」

她靠在樹上，抬頭看到尚訓的臉。

他看著她的臉，詫異地問：「剛剛不是還好好的嗎？怎麼朕剛去看了本摺子，妳就不開心了？」

盛顏看著他，良久，也不知他是有意，還是無心。她只能抬頭望著籠罩著他們的花樹，低聲說：「這花開得真好，就好像……一下子就要耗盡生命，全部凋謝一樣。」

「妳真是多慮，它們凋謝了，明年還是會再開放的。」他牽著她的手往回走，笑道。

「嗯……」

她跟著他回去，低低應著。

她心裡有極大的渴望，想要抬頭看一看瑞王，看一看，他是否在看著自己，他在用什麼表情看著自己。

但，他在高軒華殿之中，她在滿庭繁花之下。

她如今被別人溫柔地牽著手，人生這樣美好，讓她無法回頭，不能逃避，只能閉上雙眼。

而皇帝將她帶到後殿，將雝菰遣出去之後，讓她坐下，自己也坐在了她的對面。

他神情十分嚴肅，但又透露著猶豫遲疑，似乎有極難開口的事情，要和她說。

盛顏絞著雙手，輕聲問他：「聖上要和我說什麼嗎？」

他「嗯」了一聲，避開她的目光想了許久，才徐徐開口問：「妳看得懂奏摺嗎？」

盛顏沒料到他會問自己這個，呆了呆之後，才回答：「聖上盡可放心，我不會偷看朝廷大事的，我……我也不太懂那些駢四儷六、佶屈聱牙的東西……」

「朕不是這個意思。」尚訓將她的手又握緊了一些，然後有些艱澀地說：「妳知道朕對這種東西，沒什麼興趣，可如今朕又不想事事偏勞皇兄了。朕看妳平時與朕一起查閱起居注時，再枯燥的東西也能看得細緻專注，所以朕想……」

他說到這裡，語調更為艱難，竟停了下來，說不下去了。

而盛顏聽他說起這個，立時想起一件要緊事，趕緊說：「聖上，說到這個，我……我發現了一件事，但是不知道應不應當告訴您……」

尚訓輕出了一口氣，握了握她的手，說：「妳說。」

盛顏看看前殿，確定政務處理完畢，眾人都已經散去，才取過案頭筆墨，將父親命自己一定要牢記的那首〈無解詞〉默寫了出來。

佛曰，白玉堂上金作馬，奈何橋東鬼無家。昨日牆上椒香，今朝登第誰家。故朋三兩皆散盡，親友滿座成虛幻。靈竅盡化飛煙去，寶幢留待舊人家，涕淚下。

然後她又將父親當日教授尚訓的那首邵康節〈山村詠懷〉寫了下來，指著上面的數字說：「這首詩之中，第一句的一三四為數字，第二句的三四為數字，第三句也是三四為數字，第四句則一二三為數字。而我父親的這首詞，也剛好是十句，剛好一句可以對應一個數字……」

她的手在那首〈無解詞〉上一一數過，將那幾個字指了出來：「第一句的第一字，第二句的第三字，第三句的第四字……」

尚訓睜大眼睛，緊張得屏息靜氣，看著她將那十個字指出來。

不偏不倚，連成了一句話。

佛堂東牆第三座靈幢下。

兩人盯著那句話，看了許久，都無法出聲。

許久，尚訓才開口，終於窺見了自己長久以來找尋的線索，他的聲音略有顫抖：「這是……妳爹要告訴朕的事情。」

「是……我想，應該是這個。」盛顏垂眼看著這十個字，輕輕地說：「我爹他，知道聖上一定不會忘記他的。所以他命我一定要記得這首無解詞，這樣，若聖上還能對他說過的話存有念想，說不定就會尋訪後人，拿到他的遺詩。」

「幸好朕沒有忘記他，也幸好……妳進宮了。」尚訓輕聲說著，因為長久的尋找終於有了收穫而略有激動。

盛顏聽著他的話，心亂如麻，也不知自己進宮來，究竟是好是壞。父親當年突遭貶謫，死於任上，如今雖已經時過境遷，但她若真的查到了幕後黑手，自然竭盡全力也要為他申討一個公道。

可如果自己沒有進宮，這背後的一切就此沉沒，皇帝與自己也從未相遇過，對於她來說，是不是也算是幸運呢？

尚訓沒有注意她的神態，只皺眉說道：「宮裡的佛堂有兩個，一個是西角門附近的妙華閣，待會兒我們去看看吧。」

而另一個，則是十年前才剛剛修建的，瑞王母親當年所居，如今被併入太后的壽安宮，闢為一個小佛堂。

盛顏默默點頭，看尚訓將他們剛剛寫的那十個字投入香爐中焚燒，並拿起鎏金撥子將香灰擊碎。她想起一件事，便問：「聖上剛剛要和我說的，是什麼？」

尚訓抬頭看她，眼神幽深，臉上神情波動了幾許，欲言又止。

盛顏看著他，等待他後面的話。

但他看著她沉靜幽渺的那雙眼睛，又萬念俱灰地嘆了一口氣，轉開眼去，說：「不，不需要了。」

盛顏心存疑惑，但也不好再問什麼，便不再說話。

而他走過來，將手輕輕按在她的肩上，說：「是朕不該多心。」

若她真是瑞王尚誠安插在他身邊的人，又怎麼會將這麼重要的事情毫不保留地交給自己。

就算她曾經與他哥哥有什麼過往，但現如今，她正在他的身邊，她一心一意認真幫著自己，這一點是確鑿無疑的。

所以，無須再試探了，這樣已經很好。

他默不作聲地牽著她的手，帶著她走出了垂諮殿。

她似乎也習慣了他的碰觸，被他握住的手掌安安靜靜的，再沒有以前的僵硬，只是依然有些不自然的羞怯。

他們攜手去妙華閣，一路上盡是宮人們強抑驚愕的神情，不明白前日剛剛惹得皇帝暴怒的盛修儀，怎麼如今又與他如此親密。

盛顏尷尬地加快腳步，而皇帝卻毫不加理會，並未放開她的手，甚至不曾放鬆一絲一毫。

妙華閣內，供奉佛祖與諸天菩薩，閣分三層，只第一層有擺放靈幢，兩人將所有人遣出去，在閣內尋找第七個靈幢，從左至右，從右至左，可靈幢的下面只是厚實的青磚，並無其他任何東西。

在確定青磚上沒有任何痕跡，而且敲擊之後也沒有發現有夾層與空洞之後，兩人無奈在閣內坐下。

尚訓喃喃道：「看來，應該是在母后那個佛堂內。」

「太后的佛堂，就在壽安宮內，聖上過去查看或許還能找到機會，而我……恐怕不方便。」

「嗯，朕會單獨去看看的。」

盛顏點頭，期盼地看著他，說：「聖上若有與我爹有關的發現，如果可以讓我知道的話，還望能告訴我一聲。」

他點頭，輕聲說：「妳放心，無論發現什麼，我都會告訴妳。」

盛顏斂衽為禮，向他下拜，然後起身要退出去。

他抬手，將她拉住。

她回頭看見坐在椅上的他，妙華閣內青煙繚繞，連窗外透進來的日光都被沖淡，他的神情籠罩在一片晦暗不明中，唯有一雙眼睛深深地望著她。

他說：「阿顏，我就要立后了，在此之前，我需要兩個妃子。」

盛顏沒猜出他的用意，默不作聲。

他見她毫無反應，於是便又深吸一口氣，說：「之前冊立德妃的儀式，因為變故而中斷了，而母后的意思，是讓我立柳尚書的女兒為淑妃。」

他的話，讓盛顏也不知自己是遺憾，還是鬆了一口氣。

而他一直盯著她，目光一瞬不瞬。

盛顏在他的目光下，強自鎮定心神，說：「柳淑妃出身名門，明慧決斷，想必一定能與貴妃一起，管理好後宮事務的。」

他見她聲音沉靜，面容平和，心裡不由得升起一陣失望，慢慢地放開了她的手臂，說：「是，她還不錯。」

盛顏站在他面前，等待著他別的吩咐。

然而他卻望著頭頂佛祖講經天花亂墜的繪畫，聲音低得如同囈語：「可我，還是比較喜歡，盛德妃這個名字。」

盛顏愕然抬頭，望向他。

他沉默地回望她，只覺得心裡亂得很，也不知怎麼開口。許久許久，他才抬起手，輕輕地撫過她同心結上的那塊鸞鳳珮，說：「阿顏，忘記過往一切，我們在宮裡彼此好好相待，一輩子。」

他聲音低低的，帶著一種沒有底氣的微顫，或許他自己也知道，如今這樣的情況，說這樣的話實在太過遙遠。

盛顏不知如何回應，只能慢慢地跪下來，伏在他的面前，閉上眼竭力遮掩自己湧上來的眼淚：「多謝聖上錯愛，只是盛顏人微福薄，根基全無，在這個宮裡，能到修儀已用盡今生福緣，不敢再妄想更高位。還望聖上再深加考慮，選一個更合適的人選。」

「朕意已決，妳無須多說了。」皇帝望著跪伏於地的她，輕輕說道：「妳不用擔心，朕不會將妳推到風口浪尖上。在這個宮裡，好歹我會護妳周全。」

盛顏默然搖頭，想說自己並不是為了自保，也不是怕他人嫉恨，但，那些隱祕而不可言說的東西，她又如何敢出口。

「元貴妃身體孱弱，整日臥病在床，將來宮中，必然是妳助皇后掌管。」皇帝聲音溫柔，在她面前展開無比美好的一幅畫卷。「至於皇后那邊妳也無須擔心，她名叫君容緋，比妳還小一歲，聽說性情柔順沉靜，每日裡只是熏香靜坐。朕立她為后，只是因為她的父親是中書令君蘭桎。」

盛顏默默聽著，畢竟她又該如何說呢？於理，她是該祝賀，於情，她自己也是後宮一員，皇帝要立后，她也不知自己該以何立場說話。左右為難，也只好選擇什麼都不說，反倒不會錯。

見她這樣冷淡，彷彿不為所動，尚訓心裡隱隱失望，又說：「如今朝廷中，除皇兄外，還有以前攝政王的根基，攝政王去年暴斃，但是全天下都知道他的突然辭世，皇兄難逃關係。」
盛顏輕聲說：「現在瑞王代聖上打理朝廷事務，而攝政王一派已經群龍無首，聖上不需再擔憂了。」
「表面無須擔憂，但這一派的人多是臺閣重臣，根基極穩。」尚訓皺眉道：「中書令君蘭桎，兼太子太傅，是攝政王舊屬這一派潛在的首領。攝政王去世後，朝廷似已平靜，但其實暗地裡所有的遺留勢力，大多依附了君中書。」
「聖上立君皇后，是希望朝中和睦，還是希望君中書能帶領這一派的舊勢力，幫你對抗瑞王？」她問。
尚訓淡淡地，卻一字一頓地問：「那麼阿顏，妳希望在這場制衡之中，哪一方得利？」
她悚然一驚，明白自己根本不應該妄議這些。她臉色蒼白，想要跪下請罪，尚訓卻拉住她，靜靜地看了她片刻，說：「算了，天色不早，妳走吧。」
盛顏默默向他叩了一個頭，起身退了出去。

六月，皇帝大赦天下。十二日，宮中下詔冊立盛德妃。
二十四日，君太傅女兒被迎入宮中，立為皇后，居永徽宮。
元貴妃與盛德妃率後宮眾人去永徵宮見過皇后。君皇后沉默穩重，舉止溫柔，一看就是被嬌養長大的閨中弱質。她年紀才十六歲，已經一派大家儀態，言行緩慢，彷彿一字一句都是斟酌過幾遍才說出口的。

第一次見面，每個人都是客客氣氣，每個人都克制。

盛顏覺得這樣的疏離感很好。既然是沒有什麼衝突的人，也就盡可以安生過各自的日子。

回到自己宮裡，她遠遠看著永徵宮通明的燈火，還沒發一會兒呆，天空就暗下來了。

下弦月半圓如梳，光華明亮。她站在殿口，只覺晚風吹來清涼，沁涼宜人。今天是尚訓娶妻的日子，從今以後，他有了正式的妻子了。

她不知道宮裡其他人的心情怎麼樣，不過，她覺得自己大約是最沒有資格去難過的一個人。

她這樣想，由雕菰陪著走下臺階，在朝晴宮中漫無目的地走著。

到庫房前時，她閒極無聊，叫守庫的人把門打開。

皇帝有一段時間老往她這兒跑，搬了不少東西到她這裡來。這裡有他賜的西域玻璃屏風、精緻巧雕雜色玉、南海九曲珠等等，全堆在這裡，卻都忘了再來看一眼。

進門處的盒子裡放的是外貢的細鏤空貼銀花沉香扇十二把，皇帝全都弄過來給她，說是一個月要換一把，這個月，應該要用鏤刻荷花的這把了。她揀起來看了一眼，又放回去了。

還有他不知從哪個庫房裡翻出來的古抄本《維摩詰經》，怕太后看見會被要去，就藏到她這裡。可是放在了這裡，他卻又從來沒有過來讀，也許他已經不記得了。

用楠竹編成樓閣狀的蟈蟈籠，怕別人看見笑話他養蟈蟈，也藏在她這兒。蟈蟈很快就死了，留下這個籠子，空蕩蕩在這裡。

她到最裡面的時候，看見了那個盒子。

她當初擬定要受封德妃時，宮裡宮外不少人都送了東西過來，最後事雖波折，但禮物卻堆積如山，人人的表面禮節都做到了十成十。

而當時瑞王送給她的禮物，她還未打開看過。

盛顏捧過盒子，仔細地看著，良久，她輕輕伸手，將上面的紫銅橫槓撥開，把盒蓋掀起。

是一支細細的桃木釵，桃枝太細，因硬度不夠而密密匝匝纏繞著金絲，金絲如水波般順著桃木的紋路流動，在木釵的盡頭綻放出三朵桃花，一朵盛開，兩朵蓓蕾，由打磨得極薄的粉色寶石簇成，栩栩如生。

她舉在眼前，靜靜看著這枝桃花。這是記憶中，十年前，她從那個小院子中折下來給他的那枝桃花。那時她放在他手中的，也是這樣一枝花，兩個花蕾與一朵桃花。

雕菰站在她的身後，默然看著她。

她被月光清輝籠罩的雙肩，微微顫抖起來。她緊握著手中的這枝桃花，無聲而激烈地哭泣著，眼淚一滴滴落在她的手上，濺在粉色桃花之上。

這花朵彷彿帶著隔夜的露水，越發嬌豔。那枯槁的桃枝被隱藏在絢爛之中，迷失了它自己的所有形狀與顏色。唯有金色映著粉紅，那顏色濃烈得彷彿是一整個春天的花朵沉澱凝結出來的精華，在月光下美麗得近乎冷冽。

盛顏一直記得，皇帝立后的這一夜，她一個人在空蕩蕩的殿宇內，無法安睡，不知不覺，在搖曳的燭光裡，整整走了一夜。

她不在乎有人嘲笑她痴心妄想，更不在乎別人同情她心高命薄。

沒有人知道她為的是什麼，這樣也好。

十年前的那一枝桃花，十年後的那一根枯枝，她至死也不能讓別人知道。

所有的地久天長，苦苦追尋，終於盡成夢幻泡影，徒留她深鎖空宮。

唯有她母親的話，在她耳邊始終迴響著。

阿顏，好好地活下去。

第七章

風透香簾花滿庭

她指尖微涼，他手掌溫暖，全不知自己身在何處。

八月已至，暑熱卻越發盛烈，即使朝晴宮有那麼多的花木濃蔭，暑氣還是逼了進來。

午後蟬鳴聲聲，讓人只覺懨懨欲睡。

盛顏靠在榻上看著手中書卷，雕菰聽到外間傳來的雜遝腳步聲，忙走到窗口一張望，正是宮人們引著皇帝進來了。

她忙叫醒盛顏，兩人到殿門口向皇帝下拜。

皇帝將她拉起，隨手將她看的書拿過來翻了翻，見是本《春秋繁露》，便無味地丟下了。

盛顏無奈地將書拿回來，歸置到櫃子上。

皇帝把雕菰和景泰都打發出去，然後從袖中拿出一張福壽箋，放在她的面前。

福壽箋上以金粉繪菩提葉為底，是內局專為太后所製的紙箋。盛顏拿過來看了看，見上面寫著幾行字，多是日常要誦經幾次、淨瓶加水、海燈添油之類的瑣事，有點疑惑地抬頭看他。

尚訓帶著點孩子氣的炫耀，笑道：「既然妳在宮裡無聊，朕給妳攬了些事情做做。」

盛顏問：「是壽安宮裡的事情？」

尚訓點頭。「今日中秋，母后最近身體不適，太醫建議去行宮避暑靜養一、兩月，她準備過了中秋，明日就起身。朕聽說她的佛堂中供的是長明燈，念的是不絕經，所以便跟她說，德妃左右無事，可以日常去監督一下，以免守佛堂的幾個宮女僡懶。母后見朕熱心，便把日常事務抄寫在這邊了，妳可以經常去看看。」

盛顏頓時睡意全無，眼睛也亮了起來。「那……我們不是可以進到壽安宮佛堂去，好好地搜尋我爹所說的東西了？」

「嗯，本來朕一個人也不要緊，但想著畢竟是妳爹留下的，或許和妳一起去看看，能有用得著的地方也不一定。」

她趕緊向他道謝，一邊拿著紙研究每日事宜。

尚訓無聊之中，轉頭看見用來降暑的冰。他正感炎熱，便走到冰盆邊接近涼氣。一抬眼看見冰塊被雕成瓊樓仙山，當中有兩個人，一個是壽星南極仙翁，一個是女壽星痲姑。

他看了看兩個小人，童心大發，便把壽星和痲姑掰下來，拿過去放在盛顏面前，笑道：「妳看這兩個人，一個像妳，一個像朕。」

盛顏「噗」一聲笑了出來，說：「怎麼聖上成了個白鬍子老頭？」

尚訓煞有介事地說：「對啊，等朕老得鬍子這麼長的時候，妳還是這麼漂亮，永遠都和朕第一次見面的時候一樣。」

盛顏低頭微笑，把那兩個冰雕的小人挪開一點，說：「小心化開了濡溼我這張紙。」

尚訓把冰人丟到下面的冰水中去，轉頭看她笑靨如花，只覺心口熱熱地燒上來，提著自己溼漉漉冰涼的雙手，故意往她的臉頰上一捂。

盛顏被他突然一冰，驚得跳起來，抓起碎冰作勢砸他。

尚訓動作飛快，早把冰水中半浮沉的那些冰屑撈起來，兩個人打起冰仗來。殿內頓時一片溼漉漉，不知是冰還是水，攪在一起滿地狼藉。

一個皇帝一個德妃，其實都只是十七歲的少年男女，此時鬧起來就跟孩童一樣。正鬧成一團，盛顏只覺得脖子上一冰，竟是尚訓冰冰的手剛好貼在了她的脖頸之上。

她一聲驚叫，正抬手要打開他的手，誰知手腕被他另一隻手握住，那覆在她脖子上的手，卻並未移開。

她臉上的笑意頓時退卻，一種異常的緊張從她的胸口搖曳生出。她惶惑地抬頭看尚訓，而他也停下了所有動作，彷彿忘卻了一切般，深深地凝視著她。

盛顏胸口一滯，還沒來得及反應什麼，他已經放開她的手，張開雙臂將她緊緊抱在懷中。

他的呼吸在她耳邊急促無比，熱熱地迴響著。他的脣落在她的髮上，落在她的臉頰上，落在她的脣上。

盛顏的身體顫抖得厲害。

該來的總會來，從入宮到現在，從修儀到德妃，她早該閉了眼，認了命，將往後所有的人生都交託給身邊這個人。

他輾轉吻著她的脣，將她緊緊箍在懷中，感覺她溫熱的身體如同受驚的幼獸般孱弱而柔軟，那顫抖不是因為激動，而是因為害怕。

他無法再繼續下去。

他的手難以自禁地放開了她，緩緩垂到自己的腰間。

手指觸到了那塊九龍珮，冰冷而瑩潤的玉石，涼意透過他的指尖蔓延到他的胸口，讓灼熱的身體漸漸就冷了下來。

「我在宮外，有喜歡的人。」

她曾說過的話，當時他漫不經心，後來他以為自己可以忽略。然而事到如今他才發現，這是橫亙在他們之間的，永難跨越的鴻溝。

即使她已經是他的德妃，即使他對她說出了「一輩子」三個字。

可終究，那擋在他們之間的東西，他們無法化解。

被他放開的盛顏，默默地後退了半步，靠在了後面窗上。窗紗透過庭外綠蔭，一層淺淡的綠色蒙在她的面容上，令她的神情格外黯淡。

尚訓盯著她看了片刻，一聲不響地將頭轉開了。

一片寂靜之中，景泰跑進庭來，正在輕聲叫著「聖上」，卻不料一腳踩在地上一塊未化開的冰上，頓時腳下一滑，撲通一聲滑倒在青磚地上。

看他齜牙咧嘴趴在地上良久起不來，尚訓胸口的惱怒鬱悶也似乎散了一些，問：「忙手忙腳的幹什麼？」

後面跟進來的雕菰忙過去把他扶起來，卻發現他後背已經溼了一塊。幸好天氣正熱，景泰倒也不覺得難受，只說：「今日中秋，永頤宮宴席已經準備好了，請聖上降臨。」

盛顏看看他身上的水漬，轉頭又發現皇帝的衣服也被冰濡溼了一塊，想是剛剛與她拿著冰互相玩鬧時弄的。她想提醒皇帝一聲，但又覺得留他在這邊換衣服十分尷尬，遲疑片刻，也只能低頭不語。

她不說話，皇帝也只能將袖子往她面前一伸，說：「阿顏，妳剛剛把我袖子弄溼了，妳看怎麼辦呢？」

盛顏低頭認罪：「聖上先脫了外衣吧，景泰，你趕緊遣人去拿套衣服來。」

皇帝卻制止了景泰，在榻上坐下，說：「不用了吧，反正天氣這麼熱，朕再待一會兒，水漬也就乾了。」

景泰也只能說：「那就再待一會兒吧，這天氣乾起來應該也快的。」

皇帝「嗯」了一聲，靠在榻上。盛夏陽光炙熱，即使這殿內放置了七、八塊大冰也沒有用，遠遠的蟬聲此起彼伏，天空藍得刺眼，暑熱深深逼進大殿內。

天氣炎熱，皇帝心中更是鬱積，皺眉說：「都已到中秋節了，還這麼熱，什麼時候才能涼快起來？」

盛顏聽他這不講理的遷怒，也只能說：「也只熱這幾天了。可等涼快起來的時候，又該由秋入冬，轉過一年了。」

他聽她聲音溫柔，宛如嘆息，心裡也沉了一沉，低聲說：「是啊，要是這個人世永遠都停留在春天，那該多好。」

盛顏不覺啞然失笑，也不敢介意他的孩子脾氣。

他靠在榻上看著她微帶紅暈的臉頰，那不是脂粉敷上去的顏色，而是在雪白皮膚下微微透出的血色，就如白紗窗後透過來的桃花顏色，無法描摹的動人。

他一時茫然，望著她好久，才默然閉上雙眼。

他沒有告訴她，他是真的希望時間永遠留在那個春日。

歷朝帝王都是春祭日，秋祭月，本朝也不例外。

中秋月圓之夜，宮中賜宴，皇親國戚齊集永頤宮，後宮的眾妃子則是在皇后宮中。

待到夜深，尚訓命後局的人提燈送眾外戚及命婦回去，暗夜中只見幾排燈籠依次排列，緩緩出了宮門，向皇城四散而去。太后身體不適，早已回壽安宮安歇，剩下后妃與眾皇室宗室，則隨皇帝到奉先殿祭祀先祖。

后妃先行，在奉先殿的簾內祭拜，而其他人在外面與尚訓一起拜祭列祖列宗。

深夜中，數百盞燈籠光芒輝煌，照得奉先殿上下內外明亮通徹，連隔絕內外的厚密錦簾都在燈下變得稀薄，燈光將內殿人影淡淡照在簾子上。

尚訓在念祭文，盛顏跪在簾內，聽不大懂那些佶屈聱牙的祭文。她偷偷轉頭看自己的身邊，忽然覺得喉口一滯，幾乎呼吸不出來。

與她一簾之隔的人，印在簾上的側面，是她無比熟悉的那一張。

瑞王尚誡。

是的，簾子隔開左右，兩邊的佇列卻是一樣的。尚訓和君皇后在最前面，而尚誡和她在之後。所以，他們現在在一起。

中間隔斷他們的，不過就是一層錦簾。

她彷彿可以聽見那邊尚誡的呼吸，她低著頭，聽自己的心跳，慢慢慢慢地漸漸沉重起來。

眼角的餘光看見簾子微微一動，然後，一隻手緩緩伸過來，指尖觸到了她的裙角，那雙手十指勻長，指甲修得平整乾淨，她知道是誰的。

他的手在她的裙裾上停下，良久，收攏十指輕輕握住。她的眼睛一片模糊，不知道是因為緊張還是什麼。恍惚中好像看見前面皇后微微一動，她咬住下脣，輕輕將自己的裙角從他的指下抽走，卻不料他手掌一翻，將她的手準確無比地握在自己的手裡。

三月間桃花的香氣，暗暗襲來。

皇帝的聲音在奉先殿內隱隱迴盪，如同遠在千萬里之外。

盛顏咬牙想要抽回自己的手掌，然而他握得那麼緊，除非鬧起來，否則她無法逃脫他的禁錮。

她無可奈何，只能沉默地任由他與自己十指交握。

滿殿的人跪地在聽祭文，他們兩個人也安靜沉默。垂下的廣袖遮住了他們緊握的雙手，隔著一道厚密卻透光的簾子，他們之間的空氣凝固般悄無聲息。

她指尖微涼，他手掌溫暖，緊緊扣在一起的那一雙手，將彼此的體溫交會在一起，彷彿連體內那些急促的血也就此流在了一處。

盛顏在恍惚間抬頭看高高的花窗間隙，明亮的圓月光華如同水銀，無聲瀉地。一切都是冰冷冰冷的，只有握著自己的手，穿越了春秋，帶著三月的溫柔氣息。

他是她丈夫的兄長，她是他弟弟的妃子，可此時他們十指交纏，全不知自己身在何處。

這一陣恍惚，也許有一整個春天那麼長，也許只是一刹那。

祭文結束，他們悄無聲息地放開了彼此，叩首，輕輕站起來。

尚訓說：「嗚呼，望饗。」

如同一個夢幻，轉眼結束。

第二天是晴好天氣，盛顏一早醒來。中秋之後，朝廷休沐三天，就連宮裡也因為中秋的忙碌而變得懶散，格外安靜。

窗外光線投簾，流雲蝙蝠的窗櫺被陽光印在對面的牆上。盛顏躺在床上，將自己的手慢慢舉起來，放在自己眼前，慢慢地轉側看著。

昨夜的月光，似乎到現在還流瀉在她的心上。那十指交纏的溫度，也似乎還縈繞在肌膚之上。

她正呆呆看著，忽然聽得旁邊傳來皇帝的聲音問：「妳的手怎麼了？」

她嚇了一跳，急忙將自己的手放回被子去，抓住被子坐了起來。

靠在內外殿隔扇上看著她的，正是皇帝。他見她驚詫的表情，便將手中一卷書丟在旁邊書桌上，說：「朕好像來早了，妳還在睡著，便叫雕菰不要叫醒妳。」

盛顏慌張地「哦」了一聲，也不知自己該怎麼辦。

幸好雛菰捧著水進來了，對皇帝行了個禮，又把書捧還給他，說：「奴婢在外間煮好了茶，是聖上喜歡的紫芽。奴婢手腳慢，德妃娘娘得梳洗個半刻，還請聖上稍待。」

皇帝今日心情不錯，拿了書便出去了，在外間坐下喝了兩杯茶，盛顏綰了簡單的一個雙環髻，一身碧紗宮裝，出來向他見禮。

雛菰又叫人設下早膳，皇帝雖用過早膳了，還是陪盛顏吃了一點。他見雛菰將碧粳米粥中的蜜棗細細挑出來，然後試了溫度，才捧給盛顏，便問：「阿顏不吃蜜棗嗎？」

盛顏看向雛菰，她忙應道：「因上次有幾個蜜棗核未剔乾淨，留了些碎末在內，奴婢擔心德妃娘娘再被硌到。反正蜜棗的味道已進到粥內去了，棗肉綿軟無味，不吃也好。」

盛顏這才想起上次吃出棗核的事情，點頭說：「我倒忘了，妳記性真好。」

雛菰笑著說道：「德妃娘娘的一切，奴婢都得用心記著，這是奴婢的本分。」

尚訓這才多看了雛菰一眼，對盛顏說：「妳身邊可算有個貼心的人了，要還是以前那群無用的東西，朕可打算把景泰送過來給妳呢。」

盛顏趕緊說：「聖上別折煞我了。」

他只笑笑，又對雕菰說：「妳有這份心就很好，朕讓後局給妳進兩級女官階，日後不要懈怠。」

雕菰開開心心地向他道謝，俐落地收拾好東西離開。

「我看看妳的手。」尚訓還沒忘記那茬事，將盛顏的手拉過來，握著看了半天，然後說：「不好看……太大了。」

盛顏狼狽不已，將自己的手縮回來，臉色微紅。

他見她的樣子，卻又笑了出來，拉過她的手握在自己掌中，低聲說：「不過這樣的手吹笛是最好的。」

她低頭默然，不理會他。他又突然問：「妳母親是哪裡人？」

盛顏說：「丹陽人，怎麼了？」

尚訓笑道：「昨日中秋，我本想叫妳母親過來和妳聚聚，後來才想到她沒有封誥，進宮不便。丹陽屬楚地，不如封妳母親為楚國夫人，秩同一品，以後再不用妳擔心她一人在外了，妳們也可以常常在宮中見面。」

盛顏聽著他溫柔的嗓音，眼前又恍惚閃過昨日晚間她與瑞王牽著的那雙手，心中又是感激又是歉疚，聲音也不由哽咽起來：「多謝聖上……」

尚訓輕輕撫一撫她的秀髮，說：「妳是我的德妃嘛，我們之間還客氣什麼。」

盛顏默然點頭，但想了想還是說：「我進宮僅半年，母親就一下子加國夫人，恐怕後宮有人多心。皇后親族顯貴，但元貴妃的親人與我同等，不如先加母親為顯榮、正榮夫人，等日後再說。」

「嗯，也好。」尚訓對她笑道。

盛顏想想自己剛進宮時的莽撞，笑著搖搖頭。

「阿顏，妳在宮裡待久了，也開始謹慎小心了……朕還記得妳剛剛進宮的時候，真是單純無知，叫人無奈。」他笑道。

盛顏低聲道：「沒有人能永遠不解世事的。」

即使她希望自己永遠不理會這些事情，卻也沒辦法在後宮置身事外，獨善其身。

「不過……妳現在這樣也很好。」尚訓說著，輕輕嘆了口氣。「我只是有點遺憾，第一眼看見的妳，可能也回不來了。」

那個專注縫補衣服、如他所想像的普通人家的妻子一樣的盛顏，已經永遠消失在過往中。不過，他轉頭看看坐在他身邊嬌豔無匹的盛顏，覺得滿眼迷離，心口微微動盪，不覺微微而笑，說：「也沒什麼，其實妳還是妳。一朵花含苞待放的時候，和開到全盛的時候，總是有區別的。」

盛顏看到他凝望自己的雙眼，那中間滿是對自己的寵溺呵護。她一時心虛難過，彷彿心湖投石，層層波動，昨晚那些耀眼的燈光，也彷彿失去了色彩。

「對了，聖上一大早過來，是有什麼要事嗎？」

尚訓聞言，便站起身，說：「母后要去往黎陽行宮了，差不多快要起行，朕和妳一起去送她。」

說到這裡，他壓低聲音，湊在她耳邊輕聲說：「等母后一出宮，我們立即去她佛堂。」

黎陽行宮距京城有兩、三日行程，太后車駕隨從浩浩蕩蕩，皇帝還命柳婕妤和常穎兒隨同伺候，加上女官、宮女、內侍，十餘輛馬車加上數百隨從，頗為威勢。

皇帝與盛德妃親來送行，皇后則與元貴妃早一步到來。太后拉著皇帝的手依依惜別，臨了目光在盛顏身上一轉，想了想還是沒有避讓她，逕自招手讓身旁女官取了摺子過來，說：「這是昨日章國公遞上來的摺子，列了不少名門閨秀，皇上可命後局在近日好好斟酌一下人選，待母后回來，再行決定。」

宮中后妃初立，內廷的事務多由太后決定，聽她的口氣，這次想來應該是皇親國戚的親事。皇帝也沒在意，接過奏摺後隨手便交給了身旁的盛顏，說道：「母后放心，兒臣一定盡快辦妥。」

太后目光落在盛顏手中的奏摺上，又抬頭看向她恭敬的面容，扯起嘴角笑了笑，轉身便上車去了。

皇帝與后妃們將她送到宮門口，依依惜別之後，便拉著盛顏的手對皇后與貴妃說道：「母后臨走之時，吩咐阿顏幫她監督著壽安宮佛堂，朕和阿顏這就去看看。皇后與貴妃要一同去嗎？」

皇后在這熱天氣下站了許久，早已額頭見汗，溼了脂粉，元貴妃身體不好，更是臉色都變了。兩人都推卻了，向他和盛顏告辭。

皇帝也不意外，拉著盛顏向壽安宮走去，又看見她手中的奏摺，便伸手拿過來，打開看了看之後，微微皺眉，目光也不由自主地向她瞥去。

而盛顏卻毫無所覺，依然跟在他身後半步之遙，神態自然。

皇帝遲疑片刻，將手中的奏摺遞給她，說：「妳看。」

盛顏拿過來看，奏摺上抬頭便講：

太子少保景仁殿大學士兼禮部尚書翰林院掌院學士世襲一等公爵臣章偉勘上言：

臣等奉太后懿旨訪本朝顯盛門庭，今事已成，恭呈睿鑑。

聖上得瑞王守茲神器，仰憑堂構。唯坤紐方輿，乾張圓蓋，關雎之德宜行矣。

臣等謹奉表恭進者：王氏范陽門閭，高第敏德，譽重朝野，德光州里。姚氏門著勳庸，地華纓黻，永言志行，嘉尚良深。楊氏名門大家，理識清通，執心貞固，孝悌美譽……

一堆一堆四字語，全都是看不懂的東西，盛顏放下奏摺，訝異地抬頭看尚訓，問：「這是做什麼？」

皇帝頭也不回，聲音平淡地說道：「皇兄要成婚了，正擇娶王妃呢。」

盛顏低頭再看看，才看出字裡行間的意思來。她竭力控制聲音，盡量平靜地說：「是嗎？」

「是啊，皇兄年紀比我大三歲，到現在還沒有婚配，實在是說不過去。」皇帝瞧了她一眼，見她低頭捧著奏摺在自己身後，臉上的表情看起來並不逾矩，也算是暗暗鬆了一口氣。

壽安宮就在眼前，皇帝帶她進入宮內，到偏殿書架之前，命人取了朱墨和筆過來。

盛顏難以察覺地深深呼吸，勉強鎮定心神，走過去將奏摺翻開，放在那張深闊的紫檀木桌案之上，又取過朱墨磨好，擺好毛筆。

皇帝卻靠在窗邊，並沒有過去。

他在逆光之中，一雙眼睛深深望著她，聲音略帶低啞：「朕有點乏了，德妃替朕代筆吧。」

他之前，從未讓她代自己批過奏摺，然而這一次，卻這麼自然就說了出來。

盛顏唯有低低地「是」了一聲，將筆拿起，等候他的命令。

「就這麼寫吧——『淑女于歸，宜其室家，此誠皇家之喜。諭：交付禮部斟酌，取上嘉呈壽安宮太后定奪』。」

等她寫完之後，皇帝向她伸過手去。她會意地將奏摺捧起輕輕吹乾上面的朱墨，拿過來給他過目。

她的呼吸輕輕的，捧著奏摺的手端端穩穩。

他的目光落在她寫的那幾行朱批上，端詳著那些娟秀齊整的字跡，說：「德妃的字寫得不錯，看來以後朕也可以多叫妳代勞。」

「臣妾不敢。」她低頭說。

她自稱臣妾。然而皇帝沒有說什麼，因為他也沒有叫她阿顏。

兩人沉默避開彼此的目光。他說道：「走吧。」

他們一起到壽安宮的佛堂之上，宮人們正在更換佛前供花。盛顏幫著她們將御苑中剛採下的蓮花換上，然後又叮囑了他們早晚課和長明燈的事情，宮人們都恭謹應了。

等所有人出去之後，盛顏與皇帝在佛前上了一炷香，然後走到東牆之下，殿內一排共有十三個靈幢，無論是從殿門口開始數，還是從殿後開始數起，第七個靈幢正是同一個。它懸掛在一個小小的明王菩薩像之上，而那個菩薩像端坐在一個藏經盒之上。

皇帝將菩薩像搬下，他們打開藏經盒，發現裡面是一份《無量壽經》，兩萬字左右的經文，以金粉摻入墨水之中，抄寫在長卷之上，即使是蠅頭小楷也洋洋灑灑花費了十卷錦帛。

皇帝將其中一卷取出，打開看了看，然後說：「是妳爹抄寫的經文。朕記得當初修建壽安宮佛堂的時候，母后廣羅朝中書法名家，命他們抄寫佛典經文。妳父親是天下聞名的才子，自然也在受邀之列。」

盛顏和皇帝一起將十卷經文都打開細細看了一遍，確實只是普通的《無量壽經》，並無任何異常。

兩人都十分失望，將經奩重新蓋好之後，又將菩薩重新陳設回原位。

皇帝拿著經文，不肯甘休地說：「然而朕想，妳父親既然指引我們到這裡，必定留下了什麼，而他在自己送入宮中的經文中留下的線索，一定是要朕去發現的——而且一定，會與朕的母親有關。」

畢竟，他在最後求見當時還是太子的尚訓時，曾含著熱淚，以哀求的神情，請尚訓一定要記得自己所教的那首開蒙詩。他說，殿下切莫忘了這首詩，否則，先貴妃在天之靈，恐怕都難以安息。

而他的被貶，就在易貴妃薨逝後不久，一場原本與他毫無關聯的政治風波，陡然將他捲入其中。有或沒有結黨似乎都無必要，當君王要清理那一股自己厭惡的勢力之時，他便被驅逐出了京城。

可等到先皇駕崩，誤捲入那場風波中的所有人幾乎都得到平反時，唯有他被遺忘在僻遠之地。他的仕途斷絕希望後，連小小一個司倉的事務都棘手無比，最終在諸多刁難中窮困潦倒，身死異鄉。

「我母親的死，與妳父親的死，一定有關係。」尚訓固執地說。

盛顏點頭，兩人默默分了那經奩中取出的經文，皇帝拿了六個，盛顏拿了四個，準備在太后不在的時間裡，偷偷帶出去研究。

經帛並不太大，皇帝夏日的衣服雖比較薄，但龍紋錦繡，袖口寬大，塞在袖子中並不顯目。可盛顏穿的是碧紗宮衣，輕紗薄袖，四個經帛竟無處可放。

最後還是皇帝把她那四個經卷塞到懷中，偷偷到偏殿書房去，扯了兩張大生宣，然後將經卷和幾個畫卷包好，讓她從偏殿抱出去，然後對女官說：「母后用的空白卷軸不錯，朕拿了幾個給德妃了，妳們待會兒清點一下東西。」

女官們知道他的脾氣，個個都笑著恭送他離開，哪有不答應的。

時近正午，皇帝與盛顏一起用膳之後，因下午還有政事，便讓她先回朝晴宮去休息。

「妳我都好好研究一下妳父親的經卷，若有什麼發現，及時通告對方。」皇帝叮囑說。

盛顏點頭，出了毓升宮，與一直在外等著她的雕菰一起回去。

景泰殷勤地詢問是否要叫步輦過來接，但她見一路樹蔭清涼，便也懶得再等候，直接便帶著雕菰走回去了。

天氣還那麼炎熱，可畢竟八月中旬了，早桂已經開了一、兩棵樹，一路上甜香濃郁。

她輕輕迎風搖扇，聽到黃鸝在樹間婉轉的叫聲，滴瀝瀝一聲兩聲，偶爾有風吹過來，身上薄薄的輕衣柔軟如水。

雕菰忽然驚叫一聲，原來有很多螞蟻爬成直線，浩浩蕩蕩往樹林內遷徙。

「這麼多，怪嚇人的。」雕菰說。

「螞蟻有什麼可怕的。」盛顏在鄉間長大，自小見慣了蟲蟻。「只是不知道為什麼會有這麼多螞蟻爬到樹林裡去？」

她們往螞蟻的去向一看，原來在一棵楓樹下有極大的一塊牛骨頭，似乎剛剛被人丟棄，螞蟻全都是撲著這塊骨頭來的。離骨頭三步遠的地方，有個十二、三歲的小孩子蹲在樹蔭下，認真地看著那些螞蟻。那些螞蟻怕不有成千上萬，黑壓壓一團滾在骨頭上，十分嚇人。

雕菰詫異地問等候在旁邊的宮女：「這是什麼人？怎麼在這裡引螞蟻？」

那宮女也一臉焦急，帶著哭腔說：「是太子殿下。」

盛顏驚訝地打量這個從來未見過的太子。尚訓與自己一樣都是十七歲，怎麼會有個十幾歲的太子？心中疑惑，忍不住走近他看看。

那小孩子抬頭見盛顏站在身邊，裙角衣袂隨風橫斜飄揚，如同仙子一般，他雖然只是個小孩子，也忍不住對她笑笑，問：「妳幫我一下好不好？」

他相貌和聲音都還稚嫩，生得眉目如畫，清俊可愛，一身錦繡衣裳光華燦爛，容顏比衣服的金紫顏色還要引人注目。

盛顏在這樣的宮廷中見到這般一個小孩子，心中有些喜歡，所以他既這樣問，她就點了一下頭。

他一雙孩子的眼睛如清水般滴溜溜在她臉上轉了一圈，然後攤開自己的手，將手中握著的兩個小瓶子放了一個在她的手心，說：「妳從那邊開始，我從這邊開始，我們一起把這個倒在螞蟻的外面，倒一個漂亮的圓，要很端正的那種。」

盛顏看他的笑容清純可愛，不禁接過瓶子，陪他把裡面黏稠的黑色液體倒在螞蟻的外面，兩人各倒了個半圓，湊在一起，天衣無縫，果然非常圓滿。她問他這黑色液體是什麼，他說：「這個是出自蒙狄的，叫黑水，別人弄給我玩的。」

盛顏又問：「黑水是做什麼的？」

「做這個的。」他伸手從自己袖口取出一個火摺，在那些黑水上一晃，黑水見火就著，火苗立即「騰」地冒起來。螞蟻外面圍了一個火圈，逃不出去，只好爬上牛骨，但牛骨上面有油脂在，很快也燒了起來，大群的螞蟻在火堆上無處可逃，全部化為灰燼。

盛顏看他得意地欣賞螞蟻無處逃生的樣子，不覺對這個漂亮的孩子生起一股莫名的厭惡來，輕聲問：「無緣無故，幹麼要燒死這麼多螞蟻？」

他偏著頭看她，那雙清水一樣的眼睛微微瞇起來，說：「有一半是妳燒的。」

她怔了一下，啞口無言，也不願再看這個小孩子，轉身就離開。但，就在她移步的時候，她聽到那個小孩子在她身後說：「昨天晚上，奉先殿祭祀的時候……」

她心口一跳，猛地轉身看他。

他得意地笑著，跑過來貼近她，低聲說：「我當時在瑞王身後，看見他隔著簾子，握住了一個人的手。」

盛顏竭力控制自己的神情，可眼中還是難免流露出了慌亂，不知道該如何是好。

尚訓在念祭文的時候，自然每一個人都是凝神靜聽的，但誰知道，這個孩子竟然會在後面看到了。

身後那個宮女不知內情，牽著這孩子的手，趕緊說：「德妃娘娘請先行吧，殿下，求您回慶安殿去。」

那個孩子惡劣地笑了，揮一揮手，說：「德妃再見……這是我們的祕密哦，我對誰都不會說的。」

盛顏看著他離開，覺得自己渾身冰涼。

那個孩子走了幾步，又回頭看見她這樣的神情，臉上露出可愛的笑容，說：「放心啦，我真不會對別人說的。不過我以後會有求於妳的，妳可千萬不能不答應哦。」

盛顏咬住下唇，盯著他不說話。

「也不是什麼大不了的事情啦，我年紀大了，娘親又早就沒了，估計宮裡會幫我找個名義上的母妃。我覺得妳就不錯，而且我也瞭解妳……以後妳估計不會太嚴厲地管教我吧？」

原來如此。她現在頗受皇帝的寵幸，而宮中沒有母妃庇佑的孩子，多會由高階位妃嬪代為撫養。這孩子估計是覺得自己很可能會被送交給她撫養，所以準備拿這個當脅迫，來讓自己以後不要管束他。

她默默地點了點頭，當作答應。

那孩子得意地笑著，抬頭對那個惶恐的宮女說：「慌什麼，我只是覺得德妃美麗又可親，想要多說幾句而已。走吧。」

盛顏目送這個小孩子離去，心亂如麻，暗自悔恨。

愣怔良久，她才用自己的團扇遮住樹葉間稀疏漏下的陽光，沿著林蔭道往前走。

黃鸝還在樹頂婉轉鳴叫，鳴聲清脆。

她竭力說服自己，現在自己煩心事不少，如今這樣，也無可奈何。好歹這孩子願意來自己身邊，以後多籠絡教導他才是。

她卻不知道，無論現在，還是以後，她永遠淪為了這個小孩子的同謀。

八月秋老虎，天氣異常炎熱。尚訓移到仁粹宮居住，這邊臨水而建，旁邊又有無數的高大樹木，暑氣沒有那麼濃重，只是離朝晴宮稍微遠了一點。但他每日都要見一見盛顏，聊一聊研究盛彝手抄的那份《無量壽經》的所得。

有時候是他去她那邊，但一般來說，還是他召盛顏到自己身邊比較多。

明明剛到九月，可水中藕荷蓮蓬都已呈現衰敗跡象。

尚訓與盛顏在水邊看見，他便皺眉說：「一轉眼，荷花都已經開敗了，接下來要移到哪裡才好……」

尚訓是不能容忍衰敗的人，他不喜歡看見凋謝的花，總是在宮中把住處移來移去。

盛顏在旁邊無奈地笑著，忽然想到那個太子，問：「聖上和我是同日出生的，怎麼會有個十幾歲的太子？」

尚訓也怔了一下，想了想才苦笑了出來，無奈說道：「我剛剛稱帝時，年紀既幼，身體也不太好，攝政王提議要先備儲君，群臣就推舉他的長子行仁為太子。現在攝政王雖已經去世，但我至今無子，又一直藉口身體不好避朝，所以並沒有廢除他太子名位，如今居住在慶安殿呢。」

盛顏微微皺眉，問：「是攝政王的兒子？」

「嗯。」尚訓看著荷塘，應道：「這孩子其實挺可憐，他父親去世後，誰都知道他岌岌可危，原本趨炎附勢的人全都不見了，據說在王府還要受下人的嘲諷……算了，不講這個了，朕真懶得理這些事情。」

也許尚訓不廢除行仁的太子名號，是因為攝政王的死吧……盛顏這樣想。

尚訓端詳著她若有所思的側面，忽然湊到她的耳邊，帶著促狹的笑容說：「或者，我們趕緊生個孩子，就可以名正言順地廢掉這個太子了。」

盛顏沒想到他會忽然說起這樣的話，頓時臉紅得連耳朵都滾燙，轉過手用自己的扇子柄輕敲了一下尚訓的手臂，說：「既然聖上沒有要緊事，那我先告退了……」

見她起身就要離去，尚訓忙拉住她，正色說：「朕真有個要緊事和妳說，是關於我母妃與妳父親的。」

盛顏這才停下來，認真地看著他，等候他後面的話。

「其實朕……也在猶豫，是不是應該給妳看這個。畢竟……」他欲言又止，但看著盛顏望著自己的那雙清澈眼睛，終究還是起身，將一本貴妃起居注取出放在她面前，說：「這是朕母妃的最後一本起居注，當時朕受冊太子已多年，而皇后六月滑胎，太醫判定她今生不可能再懷孕。朝野盡知父皇已有廢后的心思，所以當時我的母妃，在宮中已經是一宮之主，備受矚目。」

盛顏默然聽著，將那本起居注翻到尚訓做好記號的地方。

「四月十七，貴妃聞知盛彝新詩風行京城，遂令尋訪盛彝詩集。妃素喜詩文，曾搜羅故陳尚書詩文千餘首，一時傳為美談。昔日亦因盛彝賀太子詩而贈錦緞十匹於盛府，以賀盛家女生辰……」

尚訓指著這一行，說道：「妳看，我母妃挺喜歡妳的。」

盛顏點點頭，想起自己當初穿過的，母親改小的那件裙子。

原來那是用易貴妃賜下來的錦緞裁製的衣裙，難怪顏色織法和花樣都與眾不同。

只是，那時候距離貴妃賜錦也有十多年了，貴妃去世也有多年，父親居然將這件事記得這麼清楚，而「一自姮娥離宮闕，彩衣雖存散如雲」的詩句，她原本以為是感嘆自己母親年輕時的風華，現如今看來，卻是一首悼亡詩了。

這位與父親毫無交往可能，甚至也不可能見過面的貴妃，為什麼能讓父親存著這樣深刻的印象呢？

她捧著這捲起居注出了一會兒神，不得其解，便又收斂神思繼續看下去。

「五月初七，盛彝親書詩文百首，由內局進呈貴妃。時值貴妃心腹痛，夜來時常難眠。鳳儀宮送木香、丁香、乳香、藿香、沉香等，合為五香拈痛散，甚驗。惟貴妃淺眠，是夜倚榻讀盛彝詩文至天明，方才合眼。帝晨起見風雨，便索外衣，摟貴妃肩親為其披上，曰：風雨大作，莫使損花。」

盛顏看到這裡，不覺臉微微一紅，心想，先帝與易貴妃，可真是恩愛。想來尚訓也是像他父皇的性情，溫柔體貼。

她指著「五香拈痛散」，對尚訓說：「這藥雖名貴，但太醫院也不至於配不出來，為何會是皇后的鳳儀宮送來呢？」

「當時人人皆知父皇心意，皇后之位岌岌可危，所以皇后知曉我母妃有心腹痛之後，便親自命人去搜尋最好的藥材。歷來皇后失勢，下場各異，好的有別居宮苑，次之有退位出家，差的可能連性命都保不住——當時攀附朕的母妃，也是她審時度勢。」尚訓平淡地說道：「後來我母妃薨逝時，父皇自然第一時間命人查探了當時的皇后，也就是如今的壽安太后送給我母后的藥，後來朕也詳細看過當時的藥案，驗過了封存的殘藥，絕無任何問題。」

盛顏點點頭，又繼續看下面的紀錄。

「五月廿二，四更，貴妃夢魘驚醒，神智混沌。帝得信，踏月攜太子奔赴病榻。貴妃見帝亦不太認識，惟握東宮之手，喉塞難言，淚未盡，氣已絕。一時滿宮俱慟……」

後面全是如何安排舉哀與山陵等，斷斷續續又記了半年，也便停止了，就此再無紀錄。

尚訓將她手中的書合攏，靜靜地說：「還有這個，是我偶爾發現的。」

盛顏接過尚訓放在自己手中的一卷經文，這是經文的背面，以金絲為緯，銀絲為經，織成金銀菩提葉花紋。此時已經被他撕開了，露出下面一行暈開的淡墨痕跡——

「彝欲之進因回瑞書便月香乳為中被怖族天臣。」

這是她父親的字跡，確鑿無疑。

看著她詫異的神情，尚訓說：「經卷是太后建佛堂的時候，送交給各位書法名家的，之後宮中再收回保存在經奩之中。我想，妳父親這行字，應該是在寫完之後，又用淡墨寫在金銀絲經卷之上，金銀絲不吸水，淡墨滲入下面後，再仔細擦去上面的墨跡，便無人能知道裡面還寫了東西。」

盛顏呆了呆，抬頭看尚訓，佩服地問：「這……聖上是怎麼發現的？」

尚訓即使在情緒激動之中，也依然流露出了一絲笑意：「朕昨夜研究時，在暗夜中對著燭火看，剛好發現了背後透過來的淡淡字跡，於是便將這份拆開一看，果然後面有字跡。」

盛顏急切地去看其他的幾份經卷，尚訓這邊共有六份經卷，有些已經拆開，有些還沒有。她對著亮光處仔細尋找背面的句子所在，然後直接將縫線拆開，露出下面的淡墨字跡。

尚訓按住她的手，問：「妳不擔心被太后發現嗎？」

「我繡活還可以的，保證能恢復到和原來一樣。」

聽她這樣說，尚訓也放了心，直接將背面金銀織物拆開，露出下面的字跡，果然每一卷上都有寥寥數字，以淡墨寫成，左右分列在經卷下部邊沿，卻全都是零散的字，不成邏輯。

尚訓將所有經卷上的字都按照經文順序抄寫在紙上，兩人一個拆一個寫，抄寫完畢後卻依然毫無頭緒。

第一張寫的是：彝欲之進因回瑞書便月香乳為中被怖族天臣。

第二張寫的是：冒求命獻未修腦頁不而拈香毒必貶臣百可縱。

第三張卻是放在了盛顏那邊，所以接下來是第四、第五、第八、第九卷，諸如：「謹詩夜妃款發臣蚨」等，也全都是不知所云的亂字，難以捉摸。

盛顏與尚訓看著所列的字許久，終究未能猜透謎底，也只能先行擱下。盛顏說：「或許十卷上所寫的字都集齊之後，能有發現。」

尚訓雖然不抱太大希望，但還是說：「希望如此，那朕趕緊叫個人過去拿來。」

盛顏說道：「我將經卷藏在了內室妥善處，別人過去拿恐怕不便，還是我自己回去一趟吧。」

尚訓點頭。「去吧，朕再研究一下這幾份抄錄的亂字。」

他隨口吩咐仁粹宮中的張明懿送盛顏回去。明懿與昭慎一樣都是女官稱號，她是仁粹宮中四品女官。

盛顏與張明懿順著宮外引進來的御河回去，御河並不寬，最窄處只有兩、三丈，河邊的柳樹垂下千萬條碧綠樹枝，柔軟地在風裡拂動。

盛顏無意中一抬頭，遙遙看見對岸的人，正向仁粹宮而來。

他彷彿也感覺到了她的目光，停下腳步，隔河看向她。

兩個人清楚地看見彼此，看見對方的神情，幽微黯淡。

「啊，是瑞王爺。」張明懿忙隔岸向他行禮，盛顏也微微低了一下頭。

手掌不由自主地攥起來，她莫名想到他從簾後伸過來，將自己緊緊握住的手，心口一熱，莫名慌亂。

原本這樣一見也就罷了，瑞王卻對自己身邊的侍衛說了什麼，那些人先行離開，他一個人過了橋，到她面前說道：「正要請教德妃一件事情，就是今日批示的，關於我納妃的事情。德妃身在後宮，不知道可曾聽聞消息？」

張明懿何等會察言觀色，見他們有話說，又談及瑞王納妃之事，連忙告退。

盛顏看左右只有雕菰陪著自己，不覺慌亂，低聲說：「此事……我並不知情。」

「怎麼會不知情？宮中下來的摺子，難道不是德妃娘娘親手批覆的？」他問。

宮中的摺子，無論是聖旨還是懿旨，只要瑞王想看，他都能看到的。盛顏心下了然，心亂如麻間也不知道他要詢問自己什麼。

而他一雙眼睛灼灼盯著她，緩緩地問：「『淑女于歸，宜其室家。』德妃和聖上，是在恭喜我？」

盛顏默然咬牙。尚訓對她這樣關愛，她又已經身為德妃，與瑞王又會有什麼出路？縱然只是中秋節那一觸即收的相接，也被行仁那個小孩子盡收眼底，這宮中人多眼雜，她還能如何？

她橫下一條心，閉上眼。不如一了百了。

「正是……恭喜瑞王爺。」

她的話如此乾脆決絕，瑞王尚誠盯著她，瞳仁似乎更加幽深了半分。

就在數日之前，還曾經安穩躺在他掌中的手，如今正欲迫不及待掙脫。翻覆無情，估計就是說這樣的人吧。

他的脣角甚至出現了一絲冷笑，說道：「德妃，妳現在，早已經忘記自己以前說過的話了吧。」

以前的話，哪句話？

春日中，桃花下，隨著那時的風一起落下的，輕飄飄的那一句——

你放心，我等你。

盛顏只覺悲從中來，她咬住下脣，許久無言。

是，她說過自己等他，甚至，這世上也只有她知道，自己喜歡著的，始終都是這個男人。

但事到如今，他們兩人，還能如何？

所以她也只能問：「天意弄人，命運給我們的就是這樣，你我還想怎麼樣呢？」

她竭力控制自己，不願流露半點軟弱情緒。而他看著她冷淡的樣子，只覺心冷。「德妃既然親自替我許配王妃，本王也只好致謝。」

「願王爺王妃夫妻和睦，白首偕老。」她緩緩說。

瑞王瞇起眼，目光銳利地盯著她，她卻平靜無比，施了一禮，轉身就走。耳邊黃鸝滴溜溜叫得急促，她走了沒幾步，心裡一酸，眼淚就要掉下來。

就在她抬手拭去自己淚眼的一剎那，瑞王忽然大步上來，自她身後抱緊她，緊緊貼進自己的胸膛。

她與他在宮中相見不多，從來都是相視默然，各自避過，卻不料他今天如此失態。盛顏忍耐不住，又覺得全身無力，只能淚流滿面。

灼熱眼淚滴落在瑞王抱她的手背之上，讓他難以自抑，更加用力地抱緊了她。

旁邊的雕菰早已不見了蹤跡，不知什麼時候避開的。

盛顏沒有辦法掙扎。瑞王的氣息在她腮畔攪動髮絲微微顫動，她聞到他衣服上淡淡的味道。

她感覺到什麼東西漫湧上來，讓自己沒頂窒息。她覺得自己的身體一直在下沉，失重的恍惚感，讓她不知道要沉到哪裡去。

瑞王尚誠彷彿迷失了心智，在她耳邊低聲囈語：「我早說過我不要那些冠冕堂皇的大家閨秀，我只要妳，阿顏，只要妳。」

她的眼淚撲簌簌掉落在他手背上，溫熱的，轉眼冰涼。

「瑞王爺，我是你弟弟的德妃。」她哽咽道。

他恍若不聞，只是顧自喃喃說道：「是我先遇見妳，我先想要妳，為何我的東西總是會被他奪走？我比他大三歲，任何國事都是我在操心，為何他是皇帝……」

盛顏聽出他話語中的怨恨，只是不敢說話。瑞王尚誡，會因為血肉親情容忍尚訓到什麼時候？誰也不知道。

她只能顫聲說道：「今日天氣炎熱，請瑞王爺回府去安靜清心，等冷靜下來就好了。」

「不關冷靜什麼事。」他側過頭，雙脣觸到她的耳畔，如此炙熱灼人的氣息，卻難掩他冰冷的語調：「該是我的，我一定會拿到手。」

張明懿回到仁粹宮時，尚訓正在推敲那些經卷上抄下的散亂的字，見她回來得迅速，便收好了隨口問：「這麼快就回來了？德妃呢？」

張明懿稟報道：「望陛下恕罪，奴婢未曾送德妃到朝晴宮。因中途遇上瑞王爺向德妃詢問納妃事宜，奴婢不便旁聽，故此早回。」

尚訓放下筆，慢慢地說：「是嗎？」遲疑片刻，他終究抬頭叫：「景泰。」

景泰忙近前來。

「前段時間，內府貢進來一管笛子，據說是柯亭笛，朕當時拿過來了。你去取出來，德妃喜歡吹笛，我去拿給她看看。」

景泰把笛子取來時，尚訓已經等在宮門口，拿過來就走。

當年蔡中郎避難江南，夜宿柯亭，聽到庭中第十六根竹椽迎風嗚咽，聲音卓然有別於其他竹子，他認為是良竹，取以為笛，果然天下竹聲無出其右。傳說它已折在孫綽伎之手，但現在卻呈進了朝廷。

尚訓免了所有侍從，拿著笛子過去找盛顏，只有景泰疾步跟在他後面，眼看前面柳絲如浪，在風中輕輕翻滾，黃鸝的叫聲遠遠近近，似有若無。

垂柳濃蔭下，盛顏的淡紫色裙裾被風捲起裙角，如同荷葉的邊一般慢慢揚起又慢慢落下。

這轉轉折折在尚訓眼中緩慢無比。

擁著她的瑞王，身著紫色錦衣，下襬是渺碧團龍，兩個人的顏色，正紫淺紫，分明融化在一起。

尚訓覺得他們周身一切都暈光模糊，那是在離他千萬里之遙的地方，是和他沒有關係的世界。

上次的哀求言猶在耳，他對她說，人一輩子開心的時光能有多少？能和妳歡喜得幾年，已經是上天的眷顧。

看起來，她是不會施捨什麼快樂給自己了。

尚訓緩緩轉身離開，御花園道路曲折，走不了幾步，已經轉彎到一個曲廊。他盯著前面看了許久，問：「前面是哪裡？」

景泰忙說：「過了前面兩道門，便是皇后的永徵宮。」

他站在曲廊上，下面是御溝流水，游魚碎石歷歷可數。他站了很久很久，景泰看他身上沒有一絲熱氣，渾如呼吸都已經停止，嚇得在旁邊小心翼翼地叫：「聖上……」

尚訓抓緊手中的柯亭笛，只聽到「啪」的一聲，這管千古名笛已經折成兩半。

他長長出了一口氣，將斷成兩截的笛子拋入河中。像是對景泰說話，又像是在發誓一般，聲音冷淡到幾乎冰冷：「朕和她，從此之後就像這笛子一樣，除非到死的那日。否則，斷折了，就永不復合。」

景泰心驚膽顫，嚇得低頭不敢說話。

他盯著前面永徵宮的殿閣，說：「你去永徵宮對皇后說，德妃最近身體欠佳，讓皇后將她送到雲澄宮養身體去。」

「是……」景泰只覺得此時可以離開簡直如蒙大赦，趕緊就離去了。走到中途，他想起皇帝那樣毫無人氣，又覺得心驚肉跳，趕緊抓住幾個宮女內侍，吩咐他們先去照應皇上。

皇后聽說要讓德妃一個人去雲澄宮養身子，不覺有點奇怪。她立后不久，與皇帝見面機會寥寥，但也知道後宮這麼些妃嬪之中，皇帝只與德妃感情最好，最近更是沒有一天不相見的。

如今盛顏忽然要離開皇城到京郊行宮去，讓她覺得頗為奇怪。猶豫了半晌，她問：「聖上也要前往行宮？」

「只德妃一個人。」景泰說。

皇后心裡不安，但也沒有辦法，只能讓永徵宮的女史擬了旨，又命人取出自己的印信加蓋。

第八章

淺深桃花深淺妝

就算妳被賜死，難道我就不能偷天換日？

完全不知道皇后懿旨即將到來的盛顏，此時正帶著父親當年留下的經卷，送到仁粹宮去。

瑞王尚誡那冰涼的咒語似乎還在耳邊，她想著瑞王尚誡剛剛那個擁抱，她心口橫亙著恐懼與悲哀，所以精神恍惚，臉色蒼白，腳步也有些虛浮。

在仁粹宮門口，內侍景桓攔住了她，說：「德妃娘娘，陛下有令，今日沒空見您了，您留下東西就可以回去。」

盛顏情緒恍惚，糊裡糊塗地交了東西給景桓，然後茫然站在宮門口許久，才漸漸感覺到有些難以抑制的恐懼，從自己的心底如汙血一般緩緩流出。

她想著剛剛在禁苑柳樹下的情形，聲音變得顫抖起來：「桓公公，那東西非常重要，或許，還是我直接交給陛下比較好？」

景桓搖頭道：「陛下親口吩咐了，不見德妃，您還是先回去吧。」

「可……」她又無法說出內情，只能看著景桓將東西送進去，而她被擋在宮門之外，仁粹宮再無任何動靜。

她的身體漸漸冰冷起來，寒氣從胸口蔓延到指尖。在這個燦爛的初秋午後，金色的陽光灑遍她全身，她卻如墜入深淵。

她站在仁粹宮門口，一直站著，一動不動。直到黃昏斜暉籠罩在她身上，她的腳已經僵直，腰背痛得幾乎無法動彈一下，可她依然固執地等在那裡。

仁粹宮的人來來去去，沒有任何人理會她。

終於，景泰走出宮門，向她走來。

他說：「盛德妃，聖上對您已有安置，德妃回宮聽命去吧。」

盛顏在這裡僵站久了，腦子一片混沌，看著他許久，才喃喃說：「景泰公公，無論陛下如何處置我，可我想求陛下，至少告訴我那最後的結果……」

景泰不解地看著她，不明白她所謂最後的結果是怎麼回事。

盛顏望著他，枯槁的神情中滿是哀懇：「請你幫我對陛下說一說好嗎？我自知罪責深重，無論陛下如何處置都無怨無悔，可今生今世……無論如何，我都不能放下這件事……」

景泰見她眼淚簌簌而下，那臉上巨大的絕望幾乎要擊垮了她整個人。他那強行硬起來的心腸也不由軟化了，嘆了一口氣，說：「既然如此，德妃稍等。」

他轉身又進內去了。

盛顏一動不動地站在宮門口，毫無生氣地等待著。

然而，直到暮色四合，尚訓的回答，始終沒有到來。

宮中的燈火已經點亮，仁粹宮臨水，燈火在水面上下浮動，一時如天上仙闕，波光渺渺之中光華無限。

景泰在宮內望了望，見盛顏搖搖欲墜的身影卻依然固執地守在那裡，嘆了口氣，拉過一個小宮女對她吩咐了皇帝的意思。

小宮女匆匆從側門跑出，往朝晴宮方向而去。不多久，皇后宮中的內侍就過來了，手中拿著的正是皇后懿旨。在朝晴宮久候德妃不至的內侍，直接就找到這邊來了。

盛顏僵硬的身體已經無法跪下聽旨，雕菰紅了眼圈，扶著她勉強跪在地上，聽到那一道懿旨，將她們發往雲澄宮，立即起身。

接旨之後，景泰才從裡面出來，幫著雕菰將盛顏扶起，說：「德妃娘娘，走吧，陛下說了，再不見您了。」

「那麼……我爹呢？」她顫聲問。

景泰摸不著頭腦，只能搖了搖頭，說：「陛下沒有話和德妃娘娘說。」

「恭送德妃娘娘。」後面的宮人們持燈向她行禮。

蠟燭火焰在夜風中明滅不定，照得她前方的路，迷失在黑暗之中，一片詭譎。

人世變化，往往比浮雲更快。尤其是倚仗著君王寵幸而起落的宮廷女子，更是命運變幻，難以預知。

前一日還萬千寵愛在一身的盛德妃，第二天就交付了宮中所有事情，只帶了貼身宮女雕菰前往雲澄宮。

雲澄宮坐落在離京城十數里之遙的紫穀山，依山而建，錯落分布。行宮之前三里處，立有玉石牌坊，上面有本朝太祖手跡「雲澄霞蔚」，所以宮裡人稱這裡為雲澄宮。

盛顏下了輦駕，茫然回身四顧。

此時正是黃昏，京城靜靜地鋪在紫穀山下，秋陽酷烈，雖然已經是傍晚，可四面熱風捲來，天氣如沸。

盛顏不用問，也知道自己為什麼會被尚訓遣到這裡。

身陷宮廷的時候，她曾以為自己這輩子再也無法走出那道宮門。然而現在看來，有些人，確實能將一切控制在指掌之中。

瑞王尚誡，他輕易就扭轉了她的命運，這一而再、再而三地讓人發現他們的行跡，他是故意的。

這是他對自己不守承諾的報復嗎？

而她除了沉默，什麼也不能做。

其實，論居住環境，這裡比宮中好。紫穀山有瀑布自山頂傾瀉而下，小巧玲瓏的亭臺樓閣臨水而設，現在是初秋，整個宮中綠意森森，傍晚時水殿風來，清涼一片。

盛顏站在瀑布邊看著永遠不會停息的瀑布，絕望地想，這一輩子，恐怕要在這裡等到自己滿頭白髮，等到死亡結束一切吧。

到雲澄宮之後的第一個晚上，盛顏在瀑布旁邊的小閣中，一個人臥著聽窗外瀑布嘩嘩嘩嘩地流著。京城那麼熱的天氣，這裡卻是寒意遍身。

她想到自己童年也曾聽過這樣的聲音，在下著傾盆大雨的深秋，屋頂遍是漏洞，她與母親將床移到屋子裡唯一沒有頂漏的地方，相擁著用彼此的身體取暖。

而如今她躺在小閣的玳瑁床上，在黑暗中，低聲對著空氣說，娘，我們微賤時，肯定連作夢也想不到會有這麼一天。我是朝廷正一品的德妃，我的奉爵比中書宰相還高，我一個人擁有這麼大的行宮，我的人生再不需要辛勞，我的面前只剩下老死。

夜色濃重，雲澄宮在陰暗的天色中，只剩下影影綽綽的輪廓。

瀑布的聲音，在整座宮中隱隱迴響，即使深夜也依然是不安靜的。

瑞王從馬車上下來，前面正是雲澄宮的側門，他負手站在那裡淡淡地看著。不多久，裡面有人輕輕開門出來，跪拜：「鐵霏見過王爺。」

他微微點頭，低聲問：「沒有人懷疑到你吧？」

「應該沒有紕漏。行宮裡守衛本來就少，這次德妃被貶到這邊，新增的守衛又是各隊裡抽調的，以前絕對沒人見過我們這些人，王爺可以放心。」

瑞王示意他起來，然後兩人緩緩步進行宮，一路上只有幾個稀落的守衛，見到他們紛紛行禮，都是瑞王麾下錦衛軍的人。

「她……現在怎麼樣？」

「德妃看風景累了，今晚就宿在淩虛閣，靠近瀑布那邊。她處變不驚，也並沒有過分傷悲，如今已經睡下了。」鐵霏低聲道。

瑞王微微頷首，不再說話。

上了瀑布前的懸崖，淩虛閣就在瀑布的腰間，夜晚中更加寒意逼人。瑞王無奈地皺眉想，居然在這麼凶險的地方睡著，也不怕惡夢。

不過，或許對她來說，目前的處境已經是最大的惡夢了，估計也不在乎了吧。

沿著石階直上，到了樓閣之前，他輕輕推門進去。睡在外間的雕菰有點醒覺，剛剛爬起來問了一句「誰」的時候，鐵霏已經將她的口捂住，拖了出去。

雕菰瞬間驚恐，但在隱約燈火下看見來人的身影後，便放棄了所有反抗，只任由他將自己帶出去。

他進了內閣，看見煙羅一般柔軟朦朧的帳子，垂在內堂。瀑布帶起水風無數，從窗縫間漏進來，這些帳子就這樣在暗夜中緩緩地飄搖著，如同雲霧來來去去。

他走進這些絲絹的雲霧中，接近了沉睡中的盛顏。

剛剛雕菰的聲音，淹沒在瀑布的水聲中，她並沒有聽到。在珊瑚色的枕頭上，她黑色的濃密長髮散亂著，襯托得臉色素淨蒼白，玉石一樣。

他看了又看，似乎從來沒有見過睡覺的人一樣，只是這樣看著。

十年前的夢，終於靜靜呈現在他面前，伸手可及。

瀑布的聲音從外面傳來，嘩啦嘩啦，整個世界彷彿都是動盪不安的，唯有她安靜地睡在這裡，和他身體中靜靜流淌的血一樣溫暖而和緩。

他坐在她旁邊，不覺微微嘆了口氣，俯下身想要叫醒她，卻發現自己叫慣了她德妃，竟一時不知如何稱呼她。

無法出聲，良久，他將旁邊的宮燈點燃，移了過來，輕輕地執起她的手，讓她驚醒。

盛顏在恍惚的睡夢中，看見一個人坐在自己的床邊，握著自己的手。燭光波動，她一時分不清是真是假，不覺迷惘，低低地叫了一聲：「聖上……」

瑞王心下突然有一股惱怒湧上來，他手上不自覺地加大力道，那疼痛讓盛顏一下子驚醒過來。

她猛地坐起來，看清了自己身邊的人，驚愕得睜大了眼，低低地叫出來：「你？」

瑞王放開她，坐在床邊，好整以暇地說：「是我。」

盛顏不知所措地抱著被子，擋在自己面前，看著他，許久才回過神來，問：「不知……瑞王深夜到訪，有何要事？」

瑞王看她這個樣子，笑了出來，說：「妳已經做德妃做習慣了吧，即使在這樣的情況下，一開口還是這樣的腔調……」

停了一停，他又說：「以後別這樣說了吧，我不喜歡。」

「以後？」盛顏茫然地重複著他的話。

「妳想要什麼樣的以後？」瑞王看著她，微笑著問：「妳想要一輩子在這裡待著，做妳冠冕堂皇又終身不見天顏的德妃，還是跟我離開，做我的妻子？」

盛顏大驚失色，問：「跟你走？」

「對，帶妳走……就像我們曾經說過的那樣，妳，終究還是我的。」他貼近她，對著她，清清楚楚地說：「雖然中間有過一些曲折，雖然妳曾經是德妃，但是只要我們都忘記的話，也沒什麼大不了的……」

「你瘋了！」盛顏受驚過度，口不擇言，居然衝口而出。

他笑了出來，說：「妳就當我瘋了吧，不過，我想妳在這裡待下去，也會瘋掉的。妳真的願意一輩子就這樣守著這座空蕩蕩的行宮活下去？」

盛顏仰頭四顧，空空的樓中迴響著外面瀑布的聲音，顯得更加幽深。

真的，就這樣被拋棄在這裡，一生一世嗎？

一輩子還這樣漫長，難道要讓這黑暗陰冷的寂寞一點一點滲進自己的身軀，斷送這一生嗎？

她打了個寒噤，慢慢地回頭看著瑞王。

他微笑著，在此時不停顫動的燭光中，面容清俊懾人，叫人心動。

他是她平生第一次喜歡上的人，是她曾經幻想過想要託付一生的人，是今生今世，第一個在她的脣上，印下一個吻的人。

為什麼兜兜轉轉，如今她已經是朝廷的德妃，如今她即將面對一輩子的寂寞孤獨，如今兩人成了這樣，他卻願意對她說出這樣的承諾。

看她神情低落，瑞王了然地微笑著，重新又執起她的手，說道：「走吧，我許妳一世繁華，終身幸福。」

「你……是故意的。」她低聲說。

瑞王稍稍一頓，然後說：「對，我是有意的，不過沒想到皇上反應這麼迅速。我還以為他會猶豫一下，或者更遲一點才會想好怎麼處置妳。」他笑了出來。「宮裡的消息，果然是傳得最快的，連故意散播謠言都不需要。」

盛顏心中一涼，低聲問：「若這次聖上不是將我貶到這邊，而是讓你我身敗名裂，或者賜死我呢？」

瑞王微微笑著，他涼薄的脣角上揚，看起來五官尤其動人。「這個世界上，最瞭解他的人就是我，我最壞的打算，也就是去尼姑庵中把沒有頭髮的妳接出來而已。」

盛顏咬住下脣不說話。

「況且……」他伸手去抱她的肩，低聲說：「就算妳被賜死，難道我就不能偷天換日？」

盛顏本來仰著頭看他，如今被他擁在懷中，不由自主地低下頭。她睫毛濃密，在暗影中，長長地覆蓋著眼睛，微微顫抖。在這樣的暗夜中，她皮膚異樣的白，冰雪一樣讓人感覺到微涼，而頭髮又異樣濃黑。黑與白之間過渡的，唯有一點淡淡的紅色嘴脣，柔軟嬌豔。

瑞王看著那一點紅色的脣，覺得胸口的熱氣漸漸冒出來，讓他不由自主地想要擁抱她。他將她抵在床頭，俯下頭去親吻她的脣，嘴角貼上她柔軟如花瓣的雙脣，只覺得身下人身軀微微一顫，但是卻並沒有用力掙扎。她身體柔軟，無力地被他壓在床上，閉上了眼睛。

他伸手，撫入她的衣中，像是渴求自己長久以來的夙願一般。他從她的下巴一路吻下去，自她的領口探入，順著她的胸口，慢慢地輾轉親吻下去。

「不……我不能……」她的十指用力地掐著他的背，掙扎著想要推開他。

可他卻越發用力地抱著她，撫摸著她的後背，手指隔著薄薄的紗衣，順著她微凸的脊椎慢慢地滑下去，直到纖細的腰。他用力地抱緊她，像是要將一朵花擠出甘美的汁液。

她根本無法動彈，唯有雙手徒勞地想要拆解他擁抱自己的手臂。但他的手已經順著她的手腕滑了上來，將她的十指緊緊扣住，舉過她的頭頂，將她壓倒在床。

即使縱馬北疆，在昏天黑地的沙塵中廝殺時，瑞王也從未覺得自己的血流得像此時這麼快。血脈中的血行太急促，讓他開始微微喘息起來。他親吻盛顏的脖頸，感覺到她的血隱隱遊走在皮膚下，他心口有莫名其妙的血流湧過，感覺彼此的血脈可以流到一起，像是兩個人使用著同一顆心一般，像是連呼吸都可以相通。

盛顏覺得害怕極了，她緊閉上眼不去看，可身體的感覺不能騙人，她的呼吸卻依然還是漸漸沉重起來了。

他的手，緩緩順著她的腰撫摸下來，那摩挲的感覺讓她渾身癱軟，身子漸漸灼熱起來。

可，就在這時，盛顏眼前，一剎那間閃過了父親留下的那些混亂字碼。

她父親的冤屈，就在即將揭開的時刻，她卻身陷此處，無法再為父親申冤。

這些年她和母親的委屈，若現在不能揪出幕後真相，討回她們所承受的不公，那麼以後，就再也沒有機會了。

她留在這裡，或許皇帝還能想起她來，顧念她曾為此事所做的一切；在揭開他母妃死因的同時，也能為她的父親平反，洗去他的冤屈。

可如果，她現在跟著瑞王潛逃，她的父親，就再也沒有機會了。

她不會這麼天真，認為皇帝會再召她回去。但她也不願自私孤絕，為了自己的幸福，而讓父親沉冤難雪。

好歹，她得知道，父親潦倒亡於任上，幕後黑手到底是誰；她與母親這些年的苦難，又究竟是誰造成的。

她得留在這裡，只有這裡，才是唯一還能接近皇帝的地方，也是唯一可以知道真相的地方。

她的牙齒狠命一咬舌尖，那腥甜味在口中瀰漫的同時，疼痛也剎那間在全身一激。她憑藉這一剎那的靈光，用力將瑞王推開一點，低聲說：「不要強迫我，我……恨你。」

瑞王身子一僵，沒料到她會在這樣的時刻，居然說出這樣的話。兩個人凌亂地喘息著，互相看著對方，卻都不發一言。

良久，瑞王才看著她，微微冷笑出來：「恨我？」

她將頭偏向一邊，不說話，只有胸口起伏，呼吸紊亂。

他將她的肩扳過來，讓她正視自己，大怒。「妳再說一次試試看？」

「我恨你，你也……不是真的喜歡我，不是嗎？」她看到他眼中的怒火，有點驚懼，但依然還是一字一頓地說了下去：「你只是因為，自己想要的東西被自己的弟弟搶走，所以覺得不滿，覺得不甘心，固執地想要奪回來——即使我不是一個東西，我是一個人！」

像是被猜中了心事，瑞王尚誠暴怒地摔開她，一個字也說不出來。

夜涼如水，外面瀑布的聲音還在嘩嘩作響，山中水邊的夜晚，寒意逼人。她只覺得剛剛的狂熱自身上退去，身子竟開始微微顫抖起來。

這嘩嘩的水聲，讓他們都想起了當初那一場暴雨。也不知那些疾風驟雨，折損了多少嬌豔桃花。

絕望的情緒籠罩了盛顏，她明知自己正在摧毀刻骨銘心的那一場春日邂逅，可她依然還是不得不絕望地開口，拒絕他。

「我不會跟你走的。」盛顏喃喃卻堅決地說道：「你這次要是將我帶了出去，妃嬪私自潛逃是死罪，必定會牽連到我娘，我……不能逃。」

「妳不是潛逃，妳是死了。」瑞王抬起下巴，示意外面的瀑布。「恩寵有加的德妃，突然被貶到行宮，以後就等同於一個活死人，也沒有再回宮的可能了。所以誰也難保妳不會因為痛苦悲哀，半夜跳下瀑布自盡……而且，這瀑布一路流出行宮，匯入外面的湍急長河，屍身找不到，那也是很自然的。」

盛顏默然無語。良久，她整好衣服，赤腳下床去，推窗看外面的瀑布。

窗戶一開，夜風就夾雜著水霧，驟然飄進來，她全身白色的衣服被風吹得橫斜飄飛，直欲飛去。

瑞王看著她沉默凝視著瀑布的側面，忽然覺得自己有點隱隱的驚懼。

他走過去，將她的手腕握住，說：「這麼冷的風，還是別開窗了。」伸手將窗子關上了。

盛顏抬頭看他，低聲說：「你說得對……如果我就這樣留在這裡，我真的會變成一個活死人，我……不想一輩子就這樣。」

瑞王了然地微笑著，拖著她的手腕，帶她回身在桌邊坐下。暈黃的燈光透過宮燈外薄薄的紗射出來，照在她的臉上，就像明珠在日光下蒙上一層燦爛光芒一般，美得令人不可直視。

他盯著她，凝視好久，忽然在心裡想，她說的，到底是否正確呢？

他真的是因為不甘心永遠被弟弟搶了東西，所以想要奪走他喜歡的人嗎？

但，大雨中，桃花下，她與他的弟弟毫無關係的時候，他依然鄭重地向她求親。那個時候，他是真的第一次下定了決心，要和一個女子，相守一輩子。

而且——

「妳曾親口告訴我，妳是以為進宮會遇到我，所以才會進去的……妳，也是喜歡我的，不是嗎？」

「那個時候，是的……」她沉默著，望著忽明忽暗的火光，良久，又輕輕搖頭，說：「但現在我不會跟你離開的，就算死，我也只能死在這裡。」

瑞王臉色一沉，緩緩地問：「為什麼？」

因為，我父親與尚訓母妃之死有關。因為，我想留待那一個水落石出的真相。

然而她不能說。宮廷嬪妃的死，與外臣有了聯絡，這是絕對不能外傳的祕密。她得為皇帝守住這個祕密，不然的話，若皇帝有意施壓，她父親的事情，更難沉冤昭雪。

所以她只能垂下頭，就如一隻折斷脖頸的鴻鵠，低啞而艱難地說：「因為，我已經是你弟弟的妃子。」

「那又如何？我會好好保護妳，永遠不會有妳以前認識的人看到妳，永遠不會有人知道瑞王妃的真實身分。只要妳我都不提起，我們就當從來沒有發生過一些事，就當那一次妳並沒有進宮，而是順利地嫁給了我。」
他聲音如同耳語，溫柔殷切。
「阿顏，我並不在乎妳所遭遇的一切，妳又在遲疑什麼？」
盛顏的身體微微戰慄，對於現在的她來說，他的表白，不能不算是一個巨大的誘惑。可是，她依然抬頭看著他，搖頭。「不，我不能。」
瑞王靜默不語，唯有氣息沉重起來，因為自己如此卑躬屈膝的請求，依然被她這樣冷淡拒絕，他未免有點惱怒。
「阿顏，妳在玩弄我嗎？」他的聲音冷淡，直視著她的眼神帶著微微寒意。「那妳為何要在我面前傾訴，說妳想要的人生不是宮廷繁華，而寧願依然是山野中昔日桃花！如今我費盡心機讓妳脫離，妳卻又告訴我，妳不會跟我走，妳要的，依然還是深宮中這個德妃的身分！」
盛顏只覺心口絞痛。
她氣息湮塞，幾乎連呼吸的力氣都失卻，她只能竭力抓著自己的領口，讓自己能勉強吸入一口空氣。
而瑞王的聲音，越發冰冷尖銳：「所以，一切都是我自作多情了，如今是我對不起妳，擅自將妳弄到這步田地，害妳今生今世的富貴榮華毀於一旦！」
盛顏咬住下唇，緊閉上眼睛，未曾發出一點聲響。

「好，一切都是本王的錯，本王認了。」

言至於此，已成僵局。但在這僵硬的氣氛之中，她卻聽到他又散漫地笑了出來，說：「盛德妃，我想，是妳還對皇上有幻想吧。不過沒關係，再等幾個月，等妳知道了一個人待在這裡的感受，到時候我再過來看看妳是否會改變主意。」

昏黃的宮燈陡然一暗，他已經站起來，轉身走了出去。

盛顏坐在煙雲一般的層層帳幔中，看著風將紗帳吹起，彷彿她周身全是煙霧來來去去，讓她的雙眼，看不清自己前面的一切。

只有窗外瀑布的聲音，依然在嘩嘩作響，整個世界的孤寂，似乎全都壓在了她的身上。

九月金風透重衣，十月草枯鷹眼疾。

每年十月，京城以西八十里外山林中，皇家禁苑的圍獵開始。十月初旬便由管圍大臣先行布圍，嚴禁任何人進入圍獵地區，御林軍跑馬清人，以防有樵夫藥客進入。整整十六座山頭，全部封鎖。

十月中，查山中確實再無人出入，各衙門預備圍獵事宜。嚮導官兵大臣前往所經之地，熟悉地形。兵部擬定隨行人員及御林軍扈從。行前一日，以秋獵告奉先殿祭天奉祖。

十月十五，尚訓騎馬出宮，武官引扈隨行，文官跪送出宮。

先帝不喜弓馬，尚訓登基後又一直推說自己年幼體弱，所以秋獵已經停止了十來年，這次行獵是二十多年來的盛事，滿城人都津津樂道，認為皇帝年歲漸長，如今已經開始接管朝廷，身體也漸漸好起來了，這次可能就是一次預先宣告，以示自己以後對朝廷的信心。

緊隨他之後的，除了瑞王尚誡，還有太子行仁，以及君太傅的兒子、皇后的哥哥君容與等人。

出城之後，漸行到狩獵之地，休息一夜，十月十六，秋獵正式開始。

秋天的碧空明淨如洗，雲朵的顏色淺淡，長長逶迤在遠山頂上。

平原上只見眾騎飛馳，圍捕獵物。君容與站在尚訓身後盯著天地交際處看著，等到遠處一圈煙塵滾滾泛起，他興奮地叫出來：「來了！」

尚訓站起來，等那些塵煙再近一點，就可以看出馬前驅趕而來的是驚惶逃竄的野鹿和獐子，間或有幾隻野羊。

這邊圍著的騎手也將馬一催，衝向中心。包圍圈立即縮小，那些動物驚見前面也有阻攔，逃在前頭的收勢不及，轉身太快，硬生生撅了膝蓋倒在地上。只見包圍圈中一片塵土滾滾，動物竄突叫囂，混亂一片。

君容與獻上弓箭，請皇帝先獵。尚訓雖覺得如此打獵無聊，但是依例皇帝若沒有先獵，其他人不能開獵，這是規矩。

他取過弓箭，朝一片塵土中胡亂射了一箭，一隻鹿「唷」的一聲倒地，隨行官要去這樣的混亂中拾獵物，尚訓叫住他，說：「昔年成湯網開三面，今日這樣恐怕把這裡的野物獵絕了，叫他們散了。」

傳令官馬上傳令下去，讓他們自行散獵，看誰的獵物最多，傍晚行賞。

尚訓在隨行宮女端過來的盆中慢慢洗手，看尚誡足尖在馬鐙上一點，翻身上馬，他叫：「皇兄。」

那匹馬本已起步，尚誡將韁繩一帶，蓄勢待發的馬立即人立起來，在空中長嘶一聲，硬生生停住。尚誡在馬上並不下來，只是俯身問：「皇上？」

尚訓卻一時不知道自己該說什麼。此時長空中一聲鳥鳴，尚訓抬頭去看，一對白色的大鳥在空中飛翔。

「這是天鵝，要飛到南方去了吧。」尚訓問。

尚誡應了一聲，君容與以為皇帝要天鵝，舉起攜帶的弓箭，朝那對天鵝射去，「咻」一聲正中一隻天鵝的翅膀。

只聽那隻天鵝悲鳴一聲，急劇下墜跌落在草原上。

隨行官立即縱馬上去，在馬上俯身起落，將天鵝撿在手裡，大聲說道：「君右丞之物。」文書官趕緊記上。

只剩下另一隻天鵝在天空中嚇得上下驚飛，驚慌失措。

尚訓微微皺眉：「這兩隻鳥一起飛到南方去，要相伴過冬，可現在只剩下牠一隻，以後隻影孤單，真是可憐。」

尚誡聽他這樣說，抬頭看著那隻驚飛的天鵝，忽然想起了那一句「願為雙鴻鵠，振翅起高飛」。

這一隻天鵝，失卻了伴侶，以後隻影孤單，千山萬水，真是無法活下去。

他忽然伸手抽出弓箭，瞄準那隻倉皇驚飛的天鵝，弓弦震響，一箭穿心。那隻天鵝淒厲哀鳴，也從空中一頭墜到地上，立時氣絕。

他放下弓箭，淡淡說：「現在牠們在一起了。」

說完，他便撥轉馬頭，飛馳而去。

周圍太陽晒在草葉上的香氣，被淡淡的血腥味侵襲。

時近中午，開始鳴金，但大家都在山中酣興正濃，好久才陸續看見幾個人散散跑回。眾人正在猜測今天會是誰的獵物最多時，忽然有人指著遠處山崗叫：「紫鹿！」

一般的鹿都是紅棕色或黃褐色，但那隻鹿的顏色卻異常濃烈，居然是紫檀色的，頭頂的角高大神氣，站在山頭上看著這裡。
尚訓抄起弓箭，帶頭騎馬衝了上去。
那隻鹿轉頭就跑，尚訓緊追上去。近衛御林軍連忙跟隨上去。
一幫人消失在山林中。
此時正是正午時分，太陽的光線熾烈地照在方圓數百里的起伏平巒上。秋天，漫山遍野的樹葉都已變色，豔紅、金黃、灰黃，即使還有綠色，也已經暗沉。
永徵宮被驚動時，已經是凌晨了。
棠月惶急地叫醒正在睡夢中的皇后君容緋。
皇后年輕愛睡，有點不開心地睜開眼睛。
她聽見棠月嚇得語無倫次的聲音：「聖上……聖上回來了，娘娘趕緊去看看吧……」
君容緋看看外面的天色，愕然問：「怎麼現在回來？」
「我聽說……是聖上在圍獵時中箭，現在清寧宮，娘娘快點去吧……」
君容緋披衣起身，想想現在必定會見到大臣，雖然事態焦急，但禮不可廢，於是將常服穿好，罩上霞帔，掛了墜子。她理好頭髮戴上鳳冠，穿上雲頭錦鞋，繫好𢇁黼大帶，然後詔鑾駕起行。

等她到清寧殿的時候，整個太醫院的太醫都已經來了。她問了大哥君容與，才知道皇帝去追一頭紫鹿時，忽然樹叢中有支流箭射過來，正中皇帝胸口。

隨行太醫雖取出了箭頭，但已經傷到肺了，現在還在昏迷中，一呼吸口鼻就有血湧出，恐怕是不行了。

君容緋過去看了看尚訓，他在滿殿的燈光下蒼白冰涼。她嚇得用手絹捂著臉，坐在床前無聲地哭出來。

忽然，她看見尚訓口脣微微動了一下。她忙跪下，湊前去聽，開頭幾個字模模糊糊，聽不出是什麼，後來他連著說了好幾遍同樣的一個詞。

君容緋凝神屏氣地聽著，良久才聽出來，在氣息奄奄的尚訓口中，與血一起湧出來的，是「阿顏」兩個字。

她抬頭看四周驚慌失措的眾人，看這個殿內的燈火如同霜雪，明亮而冰冷。

她回頭對自己的大哥，京城防衛司右丞君容與說：「去雲澄宮，召盛德妃。」

君容與到達雲澄宮時，天色已經通徹明亮，雲澄宮守衛驗看了皇后令信，帶他到了凌虛閣。在瀑布飛瀉的小樓邊，他看到站在懸崖上看瀑布的盛德妃，這裡下臨無地，唯有水花亂飛，如同春日的點點楊花。

他跪下說道：「京城防衛司右丞君容與見過德妃娘娘。」瀑布邊水聲如雷，在四周的山谷中隱隱迴響，他的聲音顯得微弱，盛顏沒有聽清楚，回頭問：「什麼事？」

他抬頭看她，在背後的水風中，她一身素白的衣服如同雲霧一般獵獵飛揚，背後無數楊花不斷開謝。瀑布在下流，她恍如緩緩上升，君容與一個恍惚，彷彿她正在羽化成仙。

他不敢多看，慌忙把頭低下去了。

盛顏以為他聽不見自己說話，走近一點問：「是聖上……要見我嗎？」

「聖上在秋獵遇險，傷重昏迷，如今想見德妃娘娘一面，請德妃娘娘立即回宮……」他低頭說。

盛顏聽他這樣說，知道是危急了，怔了一下，立即奔出去。雕菰緊跟著她出去，卻只見她在門口腳一軟，跪倒在一地的秋霜中。

雕菰撲上去抱起她，才發現她全身沒有一點力氣，勉強被人扶著坐到車上，她的手冰涼，微微顫抖。

那個人……春日豔陽下微笑溫和的那個人，曾經是她名義上丈夫的那個人，不知道是否研究出了他母妃的死與她父親冤案的那個人……如今，恐怕已危在旦夕了。

雛菰伸手去摸摸她的額頭，發現一點溫度也沒有，駭得連忙縮了回來。

一路上車馬顛簸狂奔，到京城時太陽已經升起，路邊的秋霜化成露水，晶瑩透亮，在陽光下幻出五彩顏色。

從南華門進去，清寧殿就在眼前。

盛顏踉蹌撲到尚訓的床前，皇后在旁邊看她鬢髮凌亂，一身素白，不覺微微皺眉，低聲說：「聖上還好。」

尚訓現在倒是平靜了，十幾個太醫折騰了半夜，血總算止住。但他脣色暗青，全身冰涼，眼看只剩最後一口氣息在等待她。

她的眼淚潸潸而落，但卻一句話也說不出來。尚訓微微睜開眼看她，也不知道對她是應該怨恨還是應該難過。

他艱難地伸手出來，盛顏忙握緊他的手指，她因為哭泣而氣息噎塞，握著他的手，雙膝一軟，跪在了他的床邊。

他嘴脣在動，盛顏將自己的臉貼上去，聽到他說：「阿顏……」聲音低啞，彷彿從很遠很遠的地方傳過來。

她將自己的臉埋在旁邊的被上，他卻用力抬起手，撩開她的頭髮，靜靜地看著她，眼睛裡悲哀莫名。

許久之後，他才低聲問：「我死後，妳打算再活多久？」

她跪在地上看著尚訓，不知道該怎麼說，良久才顫聲說：「聖上萬壽無疆……」

他用那雙渙散的眼睛盯著她，許久許久，終於艱難地抬手止住她，低聲說：「不用說了……」

盛顏默默在地上磕了一個頭，眼淚撲簌簌落下，卻再難開口說任何話。

尚訓恍惚望著她好久好久，他的意識開始模糊，只在朦朧間看見窗外的陽光，淡淡照進來。在清寧殿一室的黑暗中，只有盛顏是明亮的。

恍惚眼前幻覺，他看見盛顏站在假山的紫藤花下，春日豔陽迷離，她在如煙似霧的豔紫色藤花中，恍如散發出熾烈光華，容光流轉。

是第一次見面時的情景。到現在，他卻連她最細微的神情都還清楚記得。

他緩緩鬆開自己的手，將眼一閉，用力對景泰說：「送她回去……回朝晴宮去。」

離開清寧殿，被外面的風一吹，盛顏想著剛剛尚訓的話，才忽然明白過來，尚訓是想讓自己跟隨他而去。

我死後，妳打算再活多久？

他說出了口，卻又不願聽到自己的回答。

但，即使她當時真的明白了他的意思，她會願意與尚訓一起就此沉睡在陵墓中嗎？

她還記得父親去世的那一夜，母親握著她的手說，阿顏，活下去。

可如今，她只能佇立在亂風之中，以顫抖的手捂住臉，一個人在宮牆之下，默然流淚。

御林軍的人在嚴密審查當時圍獵中的人，但因為弓箭上沒有特殊標記，而且當時射獵的人群也很亂，所以一時沒有頭緒。

而上綬局的人已經開始商量擬製尚訓帝的贊書，因為擔心在龍馭之後再發詔書會忙亂。

太醫們在一起商議傷勢，卻開始辯論三七與白芨哪個應該占多份，繼而開始爭執。

尚訓，彷彿被遺忘在清寧殿的黑暗中。

我死後，妳打算再活多久？

現在我要永遠離開了，妳會怎麼樣度過自己的一生？

尚訓只覺得自己面前的黑暗漸漸淡去，奪目的光亮照亮了他全身。他想，自己是要走了，與這個世界告別了。人是最善忘的動物，他現在不帶她走，不久之後，她就會徹底遺忘自己。

在他孤零零睡在地下的時候，尚誡會成為萬人矚目的下一任天子，盛顏的所有者。

死亡，這般可怕，失去一切。

尚訓心中痛楚悲慟。他逐漸喪失意識，只有那些念頭始終清晰——

他不要一個人在黑暗中永遠被人遺忘。

他不要盛顏在別人身邊幸福。

若上天願再給他一天，他一定要改變自己，改變一切。

那天下午，尚訓奇蹟般地甦醒過來，在喝了幾口粥之後，他又沉沉睡去。太醫號脈之後，詫異地發現他的脈息居然強起來了。在時而昏迷，時而甦醒七、八天之後，他開始讓景泰扶他下地，從清寧殿慢慢走出去。

眼前是長風迴回，天高雲淡。他恍如重生，站在高高的臺階上，仰望天際。良久，他才淡淡閉上眼睛，長長舒了一口氣。

他沒有死，他還活著。

盛顏在朝晴宮待著，除了等待，沒有任何事情可以做。尚訓恢復後，也沒有來找她，甚至，也沒有人來告知她一聲，連尚訓的身體情況，都是雕菰在外面打聽到，再回來告訴她的。

可盛顏，只能在心裡感謝尚訓對她這般寬容。

他看見了她與自己的哥哥相擁，他從死亡中掙扎過來。

所以無論他如何處置她，她都會坦然接受。

一個人由秋到冬，日子緩慢流轉。實在寂寞得沒有辦法了，盛顏就和在宮外時一樣，開始刺繡。

她用了四十多天時間在一匹二十丈長的白綾上細細臨摹八十七神仙圖，然後準備用自己以後幾十年的時間慢慢繡完它。宮中的女人，最需要學會的，不是勾心鬥角，而是，如何排遣寂寞。

伏案刺繡是非常累的事情，她有時候一整天就繡一隻眼睛，反覆挑絲線來調整眼睛的神采；有時候十七、八天也繡不好一個面龐。她詫異於那些仙女薄薄的胭紅，暈染的脣角，明明是神仙，卻偏偏有這樣動情的神態。

有時候身邊宮女在灑掃時會議論說：「知道嗎？原來聖上將太后移到西華宮去了。」

西華宮在宮城西角，靠近冷宮。堂堂太后被移到這裡，於禮是不合的。

另一個宮女詫異地問：「為什麼？」

「據說是因為刑部的人到現在還是查不出刺客，太后聞知聖上出事之後立即從黎陽回宮，一回來就對聖上說，懷疑那一箭是瑞王放的……」

說到這裡，盛顏在旁邊低聲喝斥：「胡說八道。」

她嚇得趕緊住口，怯怯地說：「是……是太后這樣對聖上說，被旁邊的宮女聽到了……」

盛顏怔怔好久，才問：「聖上怎麼說？」

「聖上一開始寬慰太后，到後來太后說得重了，他就生氣了，他對禮部的人說，瑞王是他唯一的至親了。」

尚訓這樣，是直接點出太后不是他的親生母親的事實了。盛顏難以想像溫和寬厚的尚訓會說這樣的話，但，其實她與尚訓，現在是宮中最疏遠的人，她又怎麼知道，他如今變成什麼樣。

人的一生，其實常常都是被某一剎那改變的，改變愛情，改變性格，改變命運。

她想人是很容易改變的，她和他，都變得很快，也不知是好是壞。

月影下，落花中，吹笛到天明的過往，早已一去不復返了。

也許是太累的原因，她每一夜都睡不好，躺在床上感覺自己隱隱痠痛的腰和脖頸，窗外夜鳥振翅飛起，嗚咽而鳴。

偶爾想起以前與尚訓在一起的時光，她也會伏在枕上微微而笑。尚訓對她，真是很好很好的。一個女人曾經這樣被人愛過，也算幸運。

還有瑞王尚誡。他輕易就改變了自己的一切，他是天底下第一個讓自己心動的人。無論他如今將自己當成什麼，在她身上寄託了什麼怨懟與不滿，至少他曾經說，嫁給我吧。

於是她心平氣和接受一切，安然睡去。

某一夜大風呼嘯，凜冽無比，在整個天地間隱隱迴響。尚訓睡下好久，忽然驚醒過來。

側耳傾聽，外面風聲極大，彷彿世間一切東西都在這淒厲的風聲中消失了，所有來去統統不過是場夢幻。

守夜的宮女都已經熟睡，他一個人出了殿門，看外面風中月色圓滿，月光如同水銀瀉地一般，明亮逼人。

景泰驚覺，趕緊起身戰戰兢兢過來，在他身後說道：「聖上，現在是三更天，回去繼續安歇吧。」

「我第一次和她在桐蔭宮，也是這麼圓滿的月亮。」他緩緩地說，自言自語，如同夢囈。

景泰不敢出聲，只能說：「聖上明天去看看德妃娘娘吧。」

尚訓卻默然，在廊下又看了一會兒月色，然後終於又說：「我想她……」話一出口，又沒了下文，彷彿所有思念都被風聲吞噬。「可是我不想看見她。」

景泰不明白他想些什麼，只能跟在他的身後，跟他向朝晴宮走去。風聲紊亂，月色下依稀可見宮牆參差，碧瓦流華。

春日梧桐，秋夜桂花，時光就這樣在風間流走了。

他依然愛她，可是他再也不想看見她。

他倚在朝晴宮牆外，靜靜地用笛子吹了一曲〈臨江仙〉，他們初見時一起吹過的曲子。

月色花影中，笛聲幽幽暗暗，如同暗流。

在這空曠的宮廷之中，所有往事都已經成空。背叛過兩次，生離死別過一次，怨恨扎根，不肯原諒，唯有這笛聲還和當初一樣，這花和當初一樣，這月色和當初一樣。

盛顏披衣起床，側耳傾聽這笛聲。良久，她伸手取過自己枕邊的笛子，慢慢走出去。

一庭的樹在大風中如同流雲，搖動不定。樹葉被風捲上高空，在月光下像淚珠一樣光芒一閃就消失了，誰也不知道會落在何方。

她走到高牆邊聽著尚訓的笛聲，他近在咫尺，僅僅一堵高牆，就阻隔了一切。

風聲中笛音細細，似斷似續。盛顏背靠在牆上，抬頭看眼前寒涼月色，這麼廣袤的人世，這麼微小的距離，一牆之隔，他們永遠也回不去。

她將笛子湊近口邊，和了那一曲〈臨江仙〉。

仙呂調，纏綿悱惻。被狂風遠遠帶走，和過往一起，散落在這一夜。

牆內牆外，兩處幽咽。

尚訓胸口血氣翻湧，他胸前的傷口尚未痊癒，傷及心肺的那一箭，總有一天斷送他的性命。

他咳得站立不住，傷口迸裂，滿衣襟都是淡淡的血。景泰駭得說不出話，只能扶著他，哽咽道：「這裡風大，聖上趕緊回宮吧。」

尚訓卻抬頭一笑，靜靜說：「你怕什麼。」

狂風呼嘯中，過了良久，他才又低聲地、詛咒一般地說：「總有一天……我會讓他們兩人都後悔，生不如死。」

看著他脣角沾了鮮血的扭曲痛恨的臉，景泰微微打了個冷戰。

第二天在垂諮殿，尚訓卻沒有任何異樣，彷彿昨夜並沒有那一場笛聲，他也沒有發過那伴著血的誓言。

在看奏摺的時候，景泰進來稟報說：「綦王府的人過來了，說是有要事稟告聖上。」

綦王府中住的，就是那個被忽視的太子，原攝政王的兒子，行仁。

尚訓不願意理會那個孩子，但停了一會兒，還是點頭說：「讓他進來吧。」

綦王府的老總管進來，跪伏在地上請罪，涕淚橫流。尚訓不免又問了一遍什麼事，他這才顫顫巍巍地說道：「太子殿下每天只喜歡玩螞蟻，常常蹺課在王府中找螞蟻。昨日鄭少師斥責了太子一頓，太子懷恨在心，將有聖上名諱的御書手跡放在椅上，少師一時沒有覺察，坐了上去，太子以大不敬罪名逼他跪在庭中請罪，少師年邁，跪了不久就昏迷倒地了，至今還未醒。臣不敢隱瞞，只能速來向聖上告知。」

尚訓心裡不清淨，也不願意理會這個頑劣的小孩子，只說：「以前太子雖頑劣，卻還從來沒有這樣的事情發生，如今年紀大了，越發不懂事，卻不知道要如何處置？」

殿內大學士聶菊山趕緊說：「以臣之見，管教孩子總是女子比較擅長，或許請太后太妃出面比較好？」

瑞王尚誠在旁邊淡淡說道：「說起來鄭少師的確是自己失察，而且朝中攝政王舊臣頗多，一時之間恐怕難以決斷，還是以後再說吧。」

「他不尊年老師長，折磨老臣，怎麼可以這樣輕描淡寫？」尚訓本來也不在意行仁的事，但見尚誠反應如此，心中不由得惱怒起來。

瑞王依然冷淡，說：「先看鄭少師身體如何，若是他沒什麼大礙，那即使處罰行仁，恐怕一時半會也不會有什麼效果。若聖上不喜歡行仁的話，不如等他出了不可收拾的大事之後，再革除他太子的名號吧。」

聶菊山立即附和道：「王爺說的正是。」

尚訓冷笑不說話。他明知是應該早點找個藉口將這個太子給廢掉，但又覺得不願意附和尚誠的主意。

他示意景泰先去看看鄭少師的病怎麼樣，不久景泰回來稟告：「太醫去看過鄭少師了，扎了針後少師終於清醒了過來，但還是口角歪斜，口齒不清，太醫認為安心將養個一年半載，或許能起床走動。」

知道鄭少師撿回一條命，殿中幾人，倒微微有點遺憾。

「還有……」景泰吞吞吐吐，欲言又止。

「什麼？」尚訓問。

「殿下說，太后太妃那裡他不去，除了德妃娘娘，他是誰的話也不肯聽的……」

「簡直豈有此理。」尚訓心裡陡然惱怒起來，臉上反倒笑了，說道：「既然如此，盛德妃最近在後宮也沒什麼事情，不如太子就交給她吧。」

景泰應下，心想，若是太子真的認了她做母妃，出事後自然會牽連到她，以後肯定不好在宮中處身。雖然目前太子母妃的名頭是好聽，可行仁這樣的處境，長遠來看，絕不是好事。

而瑞王也自然不會不知道這個道理，但他居然像是沒聽到，只專注著自己的事。

盛顏聽說皇帝居然讓她管教太子，雖有詫異，但她如今這樣的處境，也已經不在乎了，只願意多點事情做，即使是讓自己煩惱的，也好過終日悽惶無聊。

她讓內侍到太子府上，叫行仁過來。誰知過了很久，內侍慌慌張張地跑過來，說：「娘娘，妳還是過去看看吧，太子一進宮就生氣了，不肯過來呢。」

盛顏微微皺眉，站起來跟他出去。

等來到角門的金水河邊時，盛顏才看到行仁無聊地坐在河邊，看著裡面一個女官在水中摸東西。

現在已經是初冬，天氣寒冷，樹木凋零，池上漂浮著零星的落葉，那河水看著就蕭瑟寒冷。盛顏覺得詫異，宮中能做到女官的人，一般都是經歷兩、三朝的，她平時遇見了也要打個招呼，怎麼這麼冷的天氣，居然到這裡來摸東西？

她看那女官全身溼透地在水中顫抖，便站在迴廊內問：「是什麼東西掉到裡面去了？這麼冷的天氣就別找了吧。」

那女官回頭說：「多謝德妃娘娘，奴婢馬上就找到了。」

一看見她面容，雕菰立即就驚得叫了起來：「昭慎！」

盛顏這才發現這人原來是吳昭慎。她剛進宮的時候，不識宮裡規矩，吳昭慎指點了她很多，是她在宮裡認識的第一個人。而雕菰更是她從小養大，兩人情同母女，現在看她受凍，眼淚頓時就流下來了。

盛顏忙問：「昭慎怎麼在這裡找東西？快點上來，要真是什麼要緊的東西，等一下叫幾個年輕內侍下去吧。」

旁邊行仁說道：「我就要讓她下去摸東西，德妃要多什麼事？」

他聲音還稚嫩，可那股惡劣的囂張，聽在耳中說不出的討厭。

盛顏帶著怒氣瞪了他一眼，這小孩子眉目清俊，一身錦繡重紋的衣服，襯得他尤其漂亮，只有一臉神情叫人討厭。

盛顏便問：「為什麼要叫吳昭慎下水去？」

他笑嘻嘻地說：「誰叫她惹我不高興，現在她下去，我就高興了。」

此時吳昭慎直起身子，手中拿著一個金子的小玩意兒爬上岸來。她全身泥水，冷得嘴唇都瑟瑟顫抖，把那玩意兒遞給行仁，顫聲說：「殿下，可算找到了……」

行仁抬眼看了一下，伸手一下打在她的手上，眼看那小東西又脫手飛出，無聲無息落在泥水中。

「怎麼回事啊，連東西都拿不住？」他笑咪咪地問。

吳昭慎臉色慘白，卻只能再次爬下荷池。

盛顏怒極反笑，在旁邊的欄杆上坐下，示意行仁過來，然後問：「你書念到哪裡了？《論語》可念過了？」

行仁驚訝地瞥瞥水中的吳昭慎，但見盛顏視若無睹，也只能說：「念過了。」

「己所不欲，勿施於人，你說說是什麼意思？」

他才沒興趣回答，一邊瞥著水中的吳昭慎，一邊問：「妳說什麼意思？」

盛顏伸手在他的肩上狠狠一推，行仁猝不及防，嘩啦一聲摔倒在金水河中。

河水雖淺，但他慌亂中怎麼也爬不起來，在河底淤泥上滑倒好幾次，嗆了幾大口水，才終於抱著塊太湖石站了起來。

他聽到盛顏的聲音，清清楚楚地自岸上傳來：「你自己試一試，就知道『己所不欲，勿施於人』的意思了。」

行仁全身上下都是泥漿，頭髮狼狽地搭在額頭上，被初冬冰冷的水一激，他頓時嘴脣烏紫，眼睛怨毒地從頭髮後瞪著她：「妳……妳敢！」

盛顏坐在池邊欄杆上看他，皺眉問：「我敢？是你自己跟聖上說只聽我的話，難道現在我連管教你一下也不敢？」

行仁打著顫大叫：「妳……妳八月十五那天……」

「太子殿下，請謹言慎行。」盛顏提醒他。「第一，我現在等於是你母妃，你與我現在關係不同，我要是出了什麼事，對你這個無人庇護的太子可算是致命打擊。第二，你如今太子之位岌岌可危，若是再造母妃的謠，在宮中引發什麼議論，我不信你還能安然無恙。」

行仁想不到她這樣說，一半是氣的，一半因為被水驟然凍到，臉色發青，全身顫抖，牙齒咬得咯咯響。

「聖上已經將你託付給我了，以後你就要聽母妃的話。」盛顏微微偏頭看著他，淺笑道：「從今天開始，我找幾個能幹的侍衛過來，讓他們監督著你。你若要處罰別人的話，他們會讓你先去做——我保證他們一件也不會漏下。」

她回頭對幾個禁宮侍衛說：「我看今天天氣也不錯，把吳昭慎請上來，讓殿下在水裡多玩一會兒，什麼時候摸到東西什麼時候起來吧。殿下要是自己想出來的話，你們把殿下再請回去就是了。」

那幾個侍衛面面相覷，其中只有一個官階稍高的入殿侍衛低頭說：「遵德妃娘娘懿旨。」

她對他微一點頭，發現是個長相英俊的少年，雖然皮膚微黑，但眉目過分端正精緻，反倒有一點不染脂粉氣的漂亮。她覺得這個人有點面熟，卻怎麼也想不起來。又一想，這麼年輕就能入禁宮，恐怕是皇親或哪位大臣的孩子，可能平時見過也不一定。

吩咐他們好好管教太子，她轉身便離開了，根本不理會行仁在背後的怒罵。

回去之後，盛顏喝了一盞茶，又繡了一會兒花，留在金水河邊的雕菰才跑了回來，大口喘著氣說：「太子……太子殿下凍暈過去了，現在鐵霏把他拉上來，找了鄭太醫。」

盛顏「哦」了一聲，手中的針依然穩穩地在繡著仙人飄飛的衣帶，等繡了十來針之後，她才問：「鐵霏是誰？」

「是新來的那個侍衛，他父親就是以前赫赫有名的西北鐵將軍，十年前戰死之後，鐵霏就進新柳營了，現在剛剛到宮裡，已經是入殿侍衛。」

盛顏抬眼看一看她，微微笑了出來。

雕菰頓時臉紅起來，結結巴巴地問：「娘娘……笑什麼？」

盛顏笑道：「沒什麼，妳今天剛剛跟他見面，打聽得倒仔細。」

雕菰趕緊辯解：「哎呀，不是啦，他以前在雲澄宮就是守衛啊，只是娘娘沒有留意而已。奴婢剛跟娘娘到雲澄宮的第一天晚上，居然有小賊進來，還是鐵霏救了我呢。」

小賊……要是瑞王知道自己被說成小賊，不知道臉上是什麼表情？她想到這裡有點想笑，但是再想到瑞王，不覺心裡又一沉。

如果當時一念之差答應了他，跟著他到了他的身邊，自己現在會怎麼樣呢？會遇見什麼、發生什麼，現在又開心還是不開心呢？

但人生沒有如果，一切都已經是無奈了。

她裝作不知情，問雕菰：「那天晚上發生什麼了？怎麼會有小賊進來？」

「哎呀，我可被嚇死了，就是不敢對娘娘說啊……那天晚上有人進來，我剛剛被驚醒，結果一下子就被捂住口鼻，帶我到了旁邊的廂房，我還以為我死定了，沒想到那個人把我丟在那裡，就出門去了，過了好久我才被鐵霏發現，幸好沒出事，我也不敢聲張……」

「是嗎，還好他湊巧發現了妳……」盛顏淡淡地說，也不在意，繼續低頭繡花去了。

這時鄭太醫也過來了，稟告她說：「太子殿下受寒了，喝了藥湯之後，要趕緊捂一下汗才好。」

盛顏點頭，看見他身後被鐵霏扶著有氣無力的行仁，漫不經心地說：「雕菰，把棲霞閣收拾出來，讓殿下休息。」

雕菰趕緊領著鐵霏過去了，盛顏又問鄭太醫：「殿下沒什麼大礙吧？」

「太子寒氣侵體，可能會病一場，要好好休養才好。」鄭太醫憂慮地說。

盛顏說道：「不礙事，讓這孩子吃點苦頭也不是壞事，凡事我擔著。」

「是。」鄭太醫鬆了口氣，趕緊退下。

桃花畫疑起長歌

桃花盡處起長歌 上卷

作　　者／側側輕寒
發 行 人／黃鎮隆
副總經理／陳君平
總　編　輯／洪琇菁
執行編輯／陳昭燕
美術監製／沙雲佩
美術編輯／李政儀
國際版權／黃令歡
企劃宣傳／邱小祐、劉宜蓉
文字校對／施亞蒨
內文排版／謝青秀

國家圖書館出版品預行編目資料

桃花盡處起長歌（上）/ 側側輕寒作 . -- 初版 . -- 臺北市：尖端，2019. 3-
冊；　公分
ISBN 978-957-10-8499-2（上冊：平裝）

857.7　　107023876

出版／城邦文化事業股份有限公司　尖端出版
台北市 104 中山區民生東路二段 141 號 10 樓
電話：（02）2500-7600　傳真：（02）2500-2683
讀者服務信箱：7novels@mail2.spp.com.tw
發行／英屬蓋曼群島商家庭傳媒股份有限公司城邦分公司　尖端出版
台北市 104 中山區民生東路二段 141 號 10 樓
電話：（02）2500-7600　傳真：（02）2500-1979
劃撥專線：（03）312-4212
戶名：英屬蓋曼群島商家庭傳媒（股）公司城邦分公司
劃撥帳號：50003021
※ 劃撥金額未滿 500 元，請加付掛號郵資 50 元
法律顧問／王子文律師　元禾法律事務所　台北市羅斯福路三段三十七號十五樓

台灣地區總經銷／中彰投以北（含宜花東）　楨彥有限公司
電話：（02）8919-3369　傳真：（02）8914-5524
雲嘉以南　威信圖書有限公司
（嘉義公司）電話：0800-028-028　傳真：（05）233-3863
（高雄公司）電話：0800-028-028　傳真：（07）373-0087
馬新地區總經銷／城邦（馬新）出版集團 Cite（M）Sdn Bhd
電話：603-9057-8822　傳真：603-9057-6622
E-mail：cite@cite.com.my
香港地區總經銷／城邦（香港）出版集團 Cite（H.K.）Publishing Group Limited
電話：852-2508-6231　傳真：852-2578-9337
E-mail：hkcite@biznetvigator.com

版　次／2019 年 3 月 1 版 1 刷　Printed in Taiwan